空蝉《うつせみ》の城

穴太者異聞

西野喬

郁朋社

空蝉《うつせみ》の城／目次

スクリーン版画／伊佐雄治
装丁／根岸秀孝

空蝉《うつせみ》の城

——穴太者《あのうもの》異聞《いぶん》——

序　章

貧農の小せがれから身を起こし、戦国の世を統一した豊臣秀吉は自分《おのれ》の死が目前に迫っているのを覚《さと》ったとき、ひとつのことを除けば憂いなく冥土《めいど》へ旅立てると思った。

そのひとつとは、幼少のわが子秀頼《ひでより》のゆく末《すえ》である。

慶長《けいちょう》三年（一五九八）七月十五日。

伏見城の御殿で病床にあった秀吉は徳川家康と前田利家《としいえ》を枕頭《ちんとう》に呼びつけた。

「わし亡き後のことについて頼みたいことがある」

骨と皮ばかりにしなびた秀吉の声に力はない。

「何なりとお申しつけくださりませ。この家康、身命《しんめい》を賭《と》して殿下《でんか》の仰せに服しまする」

家康はそう答え、

――またひとまわり小さくなられた。これではあとひと月ともつまい――

と平伏しながら心中でつぶやいた。

「心弱いことを仰せられますな。幾万の猛将を切り従えなされた殿下。病魔は殿下を懼《おそ》れて退散いたし、必ずや御本復なさいましょう」

利家はにじり寄って秀吉の皺《しわ》くちゃな手を自分《おのれ》の両手で包み込み、

――なんともおいたわしい――

と涙をこぼしそうになる。

「頼むことはただひとつ。秀頼のゆく末」

秀吉は利家に手を委《ゆだ》ねたまま喘《あえ》ぎながら言った。

「万事心得ております。秀頼様の後見となり、万世の末まで豊家《ほうけ》を盛り立てて参る所存」

利家は秀吉の手を強く握る。

「この家康も前田殿と同じ思い」

そう言いながら家康は、

――本復すると利家は申したが、そのようなことはなかろう――

と思った。

「政《まつりごと》は右府《うふ》（家康）殿ら五人の大老《たいろう》にお任せする」

「万事、殿下の御意向に従って世を治めて参ります」

利家は握った秀吉の手を自らの額に押しつける。

五人の大老とは徳川家康を筆頭に前田利家、毛利輝元《てるもと》、上杉景勝《かげかつ》、宇喜多秀家《うきたひでいえ》のことである。

「唐入《からい》りのことはすでに申し渡してあるように仕置きをせよ」

それだけ告げるのが精一杯だったのか、秀吉は大きく息を吐《は》くと目をつぶった。

〈唐入り〉とは秀吉が日本の統一を成し遂げた翌々年、すなわち文禄《ぶんろく》元年（一五九二）、明《みん》国征討《せいとう》を企《たくら》み、その足掛かりの地として朝鮮国へ十五万八千余の兵を侵攻させたことを指す。

侵攻当初、日本軍は破竹の勢いで朝鮮国内を蹂躙《じゅうりん》し、漢城《ハンソン》（現ソウル）を陥《おとしい》れ、朝鮮国王を王宮から追い出すと、そこを拠点に朝鮮全土の制圧にかかった。

日本軍は朝鮮農民に米（兵粮米《ひょうろうまい》）を納めさせた。これに手向かう者は容赦なく斬り殺した。兵粮米を納めようとしない農民にはその親や妻子を連行し、解放を条件に兵粮米を強奪した。こうした仕打ちに朝鮮農民は義兵《ぎへい》を組織し決起する。義兵の決起は朝鮮全土に広まった。それに呼応して明の救援軍が朝鮮に進出して日本軍と戦うようになる。

漢城より追い出された朝鮮国王も陣容を立て直して日本軍をおびやかす。

明軍、義兵、朝鮮軍と日本軍の戦いは一進一退をくり返し、決着がつかぬまま文禄二年（一五九三）をむかえる。時が経つにつれて日本軍の兵粮は乏しくなっていく。その窮状に付け入った明軍は朝鮮軍の反対を押し切って漢城からの撤退を条件に日本軍に和平を迫った。和平条件の詳細は後日定めることとして日本軍は漢城を明け渡し、朝鮮半島の最南端、慶尚南道《けいしょうなんどう》一帯まで退《しりぞ》いた。和平に応じたからといって日本軍が敗れたわけではない。日本軍は駐屯地近隣に城を築いて軍の強化と兵粮の収奪をもくろんだ。築城にたずさわる人足は朝鮮の民を徴用。築城数は二十余に及んだ。これらの城を朝鮮の民は、〈倭城《わじょう》〉と呼んで蛇蝎《だかつ》のように恐れ忌《い》み嫌った。

日本軍と明軍、朝鮮軍はにらみ合ったまま和平条件のすり合わせに着手する。だがなかなか条件が整わない。和平にたいする思惑が明軍と日本軍で異なったからである。伏見城に居住する秀吉からは早く和平を整えよ、との催促が日本軍に何度も届けられた。窮した日本軍の和平条件作成担当者らは条文の内容が確定しないまま秀吉が喜びそうな事柄だけを伏見城に送った。両国で和平条件が整わないいまま、明国王からの和平使節団が秀吉の許《もと》を訪れると決まったのは慶長元年（一五九六）、和平交渉を始めて三年後のことであった。

和平使節団を迎えた秀吉は上機嫌であった。何しろ朝鮮に駐留する和平条件作成担当者らから伝えられていた和平内容は、秀吉の耳に心地よいものばかりであったのだから。

ところが、使節団が示した内容は秀吉に伝えられていたものとはかけ離れていた。そのなかに、秀吉を日本国の国王として明国王が認めてやる、という条文が記載されていた。これを知った秀吉は激怒する。

慶長二年（一五九七）、秀吉は朝鮮駐屯軍と新たな派兵軍、合わせて十四万余をもって再び唐入り（朝鮮侵略）を命じた。

対して朝鮮軍は三年間の休戦期間中に明軍、それに義兵と互いに手を結び、日本軍への抗戦態勢に万全を期していた。

秀吉が怒りにまかせて、こうした朝鮮国の内情を調べさせもせず、あたかも日本国内を平定した時のような甘い考えで唐入りを再度命じたのは明国と朝鮮国をみくびっていたか、あるいは耄碌《もうろく》によるものか定かではないが、この暴挙を止める武将は誰ひとりいなかった。

戦いは緒戦から日本軍に不利となった。兵数ではるかに上回る明・朝鮮連合軍は倭城《わじよう》を幾重にも包囲し、兵粮《ひようろう》の途《みち》を絶《た》った。城に籠もる日本軍は日を経ずして食うものに困るようになる。

こうした日本軍の窮状は秀吉に逐一報告されていたが、この時すでに病魔に冒《おか》されていた秀吉は自らが渡海して陣頭に立てないばかりか、命さえ危ぶまれるほど病は膏肓《こうこう》に入っていた。そこで万が一のことを考えた秀吉は、

――おのれが死んだら、唐入りの将兵をすみやかに本土（日本国）に還《かえ》すこと。またおのれの死は明国、朝鮮国にできるかぎり長く秘しておき、将兵達にも帰国するまで伏せておくこと――

と命じた。


八月五日、秀吉は後事を託した五人の大老に遺言書を残した。

内容は、

――秀頼の今後が成り立つように頼みます。秀頼以外に思い残すことはなく、くれぐれも秀頼のことを、五人の衆（五大老）に申し置きます。名残惜しいことです――

という文面であった。

八月七日、秀吉は五大老へ託すだけでは心許《こころもと》なく思ったのか、五奉行にも秀頼の庇護《ひご》を頼んだ。

五奉行とは石田三成《みつなり》を筆頭に前田玄以《げんい》、浅野長政、増田長盛《ましたながもり》、長束正家《なつかまさいえ》である。五名は豊臣家の重臣で、主計《かずえ》（財政等）部門を任《まか》された能吏《のうり》（文治派）である。

秀吉の心を占めるものはおのれ亡き後の秀頼のゆく末のみであった。

慶長三年（一五九八）八月十八日、従一位太閤《じゅいちいたいこう》秀吉は六歳の秀頼を残して伏見城で没した。享年六十二歳。

つゆとをち　つゆときへにし　わかみかな
なにわのことは　ゆめのまたゆめ

辞世の句である。

七日後の八月二十五日、秀吉の死が公にされた。

家康は伏見の自邸で政務を担当し、前田利家は秀頼の後見役として伏見城に入った。

多くの陣没《じんぼつ》者を出しながらも最後の日本軍が朝鮮から博多に帰還したのは十二月二日、秀吉が死して四ケ月も後のことであった。

陣没者とは戦《いくさ》にかかわって死んだ者の意であり、討死《うちじに》だけでなく餓死、凍死、傷病死を含めた死者を指す。


慶長四年（一五九九）一月、秀吉の遺言に従い、秀頼は伏見城から大坂城に移った。大坂城をひとりで守っていた秀吉の正室ねねは秀頼母子に城を譲り、京に居を移した。秀吉亡き後、ねねは大坂城になんの未練もなかった。

秀頼の後見役である前田利家も大坂城に入った。家康は伏見の自邸に留まって国政にあたった。

家康と利家という抜きん出た東西の実力者が伏見と大坂に居住することによって、秀吉亡き後の豊臣家の政《まつりごと》は危《あや》ういながらも表面上は平静が保たれていた。しかし表面下では家康を頼りとする加藤清正らと前田利家を後ろ盾とする石田三成らとの確執が日を追うごとに深まっていった。

第一章　穴太の郷

（一）

穴太《あのう》の郷《さと》は琵琶湖西岸のほとり、比叡《ひえい》山の麓《ふもと》にある。

八十戸ばかりの小さな集落であるが、ここに住み暮らす男達は野山に転《ころ》がっている石をそのまま用いて石垣を組む技に長けた石工《いしく》として世に聞こえていた。

郷の一段高い地に里長《さとおさ》の館《やかた》が建っている。館に塀はない。したがって館のどこからでも琵琶湖が見わたせた。

慶長四年（一五九九）二月。その館の前に髭面《ひげづら》の武士《もののふ》と背の低い武士の姿があった。

「戸波《となみ》殿は居られるか」

髭武者《ひげむしゃ》が大声で呼びかけた。館内からはなんの応答もない。

「戸波殿、鷹之助殿《たかのすけ》」

髭武者は再び声を高めて館内の様子をうかがった。すると戸口に壮年の男が現れた。

「おお、鷹之助殿。わしだ」

髭武者は鷹之助と呼びかけた男に顔を突き出して一歩近寄った。鷹之助は一瞬訝《いぶか》しげに目を細め、髭面を見つめる。まるで鍾馗《しょうき》のように黒髭が顎《あご》と両頬を覆っている。

鍾馗は疫病神《やくびょうがみ》を追い払い、魔を除くと言われている神で、唐から日《ひ》の本《もと》に伝わった。大きな眼をむいた顔に黒々とした髭を顎に蓄えた姿は大人ばかりか子供にもよく知られていた。

「鷹之助殿。わからぬか。虎じゃ」

髭武者がさらに顔を近づける。鷹之助は大きく目を見ひらき、

「これは加藤虎之助清正《きよまさ》様ではありませぬか」

と気づかなかったことを恥じるように深く頭をさげた。

「お久しゅうござる」

清正の後方に控える短躯《たんく》の武士が鷹之助に笑いかけた。

「おお飯田覚兵衛《かくべえ》殿」

今度はことさら親しげな声で応じ、

「お二方《ふたかた》がこのように鄙《ひな》な穴太に参られるとは……。さっさ、ともかくお入りくだされ」

そう告げて鷹之助はふたりを館内の一室に誘《いざな》った。

「清正様と最後にお会いいたしましたのは何年前のことでござりましょう」

ふたりが床に座すのを待って鷹之助は清正に問いかけた。

「たしか大坂城二の丸の石垣普請《ふしん》の最中《さなか》であったのではないか」

清正が懐かしげに応じる。

「わたくしが秀吉様から二の丸の石垣普請を命じられたのは天正十三年（一五八五）。してみると清正様と再会するのは……」

そこで鷹之助はしばらく考えてから、

「実に十四年ぶりでございますな」

驚いたように呟《つぶや》いた。

「あの折の鷹之助殿の勇姿は今でもこの虎之助の目に焼きついておるぞ。なにしろ穴太衆《あのうしゅう》を率いた鷹之助殿は大名達の間で、石積みの手練《てだ》れとしてその名を轟《とどろ》かせておりましたからな」

清正はその頃のことを思い出したのか、しげしげと鷹之助を見た。

鷹之助が武将達に知れわたるきっかけとなったのは、織田信長が築いた安土城の石垣を積んだことによる。

信長の居住する岐阜城（現岐阜市金華山天守閣）は京から離れている。天下統一を成《な》すにはなるべく京に近い方がよい。そこで岐阜城と京の中間地、琵琶湖のほとり安土山に城を築くことにして、琵琶湖近隣で石を扱う集団、穴太《あのう》の郷《さと》の者達に城石を積ませることにした。穴太の者達は信長の期待に応えて堅固で高い石垣を組み上げた。これにより穴太の石工集団（穴太衆）、わけても穴太の郷を束ねる戸波弥兵衛《やへえ》、鷹之助《たかのすけ》父子の名が戦国武将達の間に広く知られるようになった。

その信長が天下統一を目前にして家臣の明智光秀《あけちみつひで》に殺害される。仰天しあわてふためく信長の家臣達をまとめた秀吉は山崎（現京都府乙訓郡大山崎町）で光秀を破り、信長の後継者争いに勝って天下統一を果たした。

秀吉は天下を統《す》べる城（大坂城）を作ることにして、石垣築造を戸波鷹之助に命じた。これにより穴太衆の名はさらに高名となり、ついには穴太が石垣と同義までになった。すなわち築城に際して石垣を積む頭領を〈御石垣普請奉行〉と呼んでいたのを大坂城築城から〈穴太普請奉行〉と呼ぶようになった。

「大坂城普請で鷹之助殿と会った時、わしは二十五歳。殿（秀吉）から主計頭《かずえのかみ》を命じられ、大坂城普請の見廻《みまわ》り役を仰せつかった。あの折、鷹之助殿にはいかでか世話になった」

主計頭は秀吉が統治する領地（田畑、山林、鉱山等）から得られる米や特産物、木材、金、銀、銅などの管理を司《つかさど》る財務の長である。当然、築城にかかる経費についても主計頭が担当した。清正は穴太普請奉行の戸波鷹之助に便宜《べんぎ》をはかってもらい大坂城の普請場を意のままに歩き回り、城が作られていく工程をつぶさに学んだ。いつの世も財政を司る部署の力は強く、清正も大坂城築城の経費については当然のように口を入れた。

「主計頭でありながら石垣のことばかり訊《き》いて鷹之助殿を困らせたことをおぼえておる」

「秀吉様は清正様を主計（財政）に明るい方にお育てしたかったのはもちろん、城作りの巧者となることもお望みだったのでございましょう。それゆえ秀吉様は城普請の進み具合を見通せる見廻り役に清正様をお任じになられた。ところで肥後半国のお大名である加藤清正様が今日、直々にお越しになられたのは」

鷹之助には清正が昔話をするために訪ねてきたとは思えない。

「おおそうであった。鷹之助殿、どうであろう、肥後、隈本《くまもと》に来てくれぬか」

「肥後でわたくしに何をせよ、と」

「わしと共に城作りをしてほしい」

「肥後には隈本城という城があるのでは」

「いや新しい城を作る。新城普請については太閤殿下からお許しもいただいていた。だが唐入りで新城普請は頓挫《とんざ》した。その唐入りも殿下の薨去《こうきょ》で終わった。殿下亡き後の今、世は混沌としてきた。いつ戦乱の世となるやもしれぬ。あの古い城（隈本城）では肥後半国を守れぬ。それゆえ新城普請を早急に始めなくてはならぬのだ」

「秀吉様が薨去なされて政《まつりごと》は五大老、五奉行に委《ゆだ》ねられました。たとえ秀吉様のお許しを得ていたとしても五大老、五奉行の御同意なしに新城を普請なされば、領地召しあげになりかねませぬぞ」

「その懸念にはおよばぬ。右府《うふ》様からのお薦めがあっての築城じゃ」

〈右府〉とは〈右大臣〉のことで〈左大臣〉に次ぐ高位の身分で、徳川家康がこの地位に任ぜられていたことから、武将の間では家康を右府と呼んだ。

「右府様の、でございますか。五大老のご同意ではないのですな」

「十二月初め、唐入りから引き揚げてきたわしは、肥後に戻らず、その足で幼君秀頼公に殿下薨去の追悼を申し上げるため伏見城に参り、その後、右府様に御挨拶をいたそうとお屋敷に伺った。その折、わしは右府様から朝鮮での苦労についてねぎらいの言葉をかけていただいた。殿下亡き後の第一人者と誰もが認める右府様の温かいお言葉にわしは涙が出そうになった。右府様からは、早《はよ》う肥後に戻りたかろう、長い間、肥後を留守にしておったとなれば、領内は荒れておるやもしれぬ、しっかり立て直されよ、とお言葉をかけていただいた。そこでわしは、新城普請については五大老にお諮《はか》りし、お聞き届け願いたい、と申し上げた。すると右府様は、五大老に諮ることはない、国許《もと》に帰ったら新城普請を始められよ、と仰せられたのだ」

「そのようなことを右府様がひとりでお決めになるとは驚きです」

「わしも驚いた。すると右府様は、あの者らに諮っていてはいつ採決が下るかわからぬ。半年後、あるいは一年後、挙げ句、採決は新城普請ならぬ、となるやもしれぬ。ことは急を要する。そうでござろう、加藤殿。この家康が清正殿に新城普請を認めたのだ。これに異を唱える者が居るとすれば五奉行筆頭を自負する石田三成殿。だがのー、石田殿の異などなにほどのこともない。石田殿は十九万石佐和山城の主。わしは関東二百二十五万石。石田殿の十一倍の大名。加藤殿、大坂城に勝る城を築きなされ。そう重ねてお薦めくだされたのだ。そんなわけで鷹之助殿の懸念は不要じゃ。殿下が居《お》わさぬ世となった今、大坂城に勝る新城を作って防備を固めなくてはならぬ。その城を作れる者は、鷹之助殿をおいて他におらぬ」

「わたくしは秀吉様から扶持《ふち》(俸禄)を頂いておりました。秀吉様以外から扶持を頂くつもりはなく、今後一切の城普請から手を引く、と心に決めております。その思いはたとえ清正様の頼みであっても変わりませせぬ」

「そう頑《かたく》なにならずともよいではないか。聞くところによると、めぼしい穴太者《あのうもの》はすべて諸大名方の家臣として穴太の郷《さと》から送り出したらしいではないか」

「たしかに今、郷に残る穴太者は年寄りばかり」

「そうではあるまい。わしの目の前に鷹之助殿が居《お》るではないか」

「どうしてもと仰せられるなら、わたくしに代わる石積みの手練《てだ》れを推挙したいとぞんじます」

「郷に残る穴太者は鷹之助殿を除いて年寄りばかりではないのか」

「ひとりだけ残っております」

「それは何者じゃ」

「清正様もよくご存知の者にございます。ここに連れて参ります」

鷹之助は座を立ち部屋を出て、しばらくするとひとりの男を伴って戻ってきた。

「おお、これは三宅三郎太《みやけさぶろうた》ではないか。おぬしは何処《どこ》ぞの領主に召し抱えられたのではなかったのか」

清正と覚兵衛の前に座した男に清正が懐かしげに語りかけた。三郎太と呼びかけられた男は黙礼すると下を向いて、清正と目を合わせようとしない。

「三郎太はわたくしと共に年をとりたいと申して穴太の郷に居残っております」

答えぬ三郎太の代わりに鷹之助が応じる。

「隠居するには早すぎる。わしの家臣になれ。肥後で新たな城の石垣を積んでほしいのだ」

清正がひと膝前に進んだ。

「そのお申し出、ご容赦願いとうございます」

三郎太は身を小さくして平身した。

「なぜ断るのじゃ」

覚兵衛が不満げに訊《たず》ねた。

見廻り役として大坂城普請に乗り込んでいった清正の補佐役についた覚兵衛は普請場で三郎太から様々な指導を受けていた。

「わたくしは穴太者ではありませぬ。大坂城の手伝い普請を命じられた毛利輝元様の領民のひとりとして普請人足に加わった者にございます。どこの領主様も同じでしょうが、毛利家も普請にたずさわるお侍《さむらい》と領民とでは扱いが異なります。お侍の方が全てにおいて待遇がよろしいのです。毛利様が任されていた普請場で、あることがきっかけとなって、毛利様のお侍と人足（領民）の間で騒ぎが起こりました。いつの間にかわたくしが人足をそそのかし、その首謀者であると噂になりました。挙げ句、捕らわれて斬首されることになりました。それを鷹之助様が見かねてわたくしを貰《もら》い受けてくださいました。以来、わたくしは鷹之助様のお側《そば》に終生お仕えすることに決めたのでございます。ですからこの話はどうか、なかったことにしていただきたいのでございます」

「なるほど、そのようなことがあったのか。わしとて殿（清正）のお側に末長くお仕えするつもり。三郎太殿の心底はこの覚兵衛にもわかり申す」

覚兵衛は清正に同意を得るように頷《うなず》いてみせた。

「いや、三郎太にはこの鷹之助から申し聞かせます。三郎太なれば清正様の意に適《かな》う城石を積めるでしょう」

「わたくしは穴太の郷《さと》に残りとうございます」

三郎太はすがるような目で鷹之助に頭をさげる。

「三郎太の誠意は十分に受けた。これから後も郷に縛りつけておくのは忍びない。これを機に一本立ちしてもらいたい」

「わたくしが郷を去れば誰が鷹之助様のお世話をなさりますのか」

「三郎太とわたしはたった二つしか歳が離れておらぬ。人の世話を受けねばならぬほど老いてはおらぬ」

今年、鷹之助は三十九歳、三郎太は三十七歳、共に独り身である。奇遇にも清正、覚兵衛も三郎太と同じ年の三十七歳。違うのは清正、覚兵衛とも二十五歳のときに妻帯していることである。清正の妻帯は秀吉とねね（秀吉の正妻）の仲介である。三名は同年《おないどし》のこともあってか大坂城普請場では気が合った。

「鷹之助様もそう申してくださる。どうであろう、肥後に来てはくれまいか」

覚兵衛が頭をさげる。

三郎太は困惑しながら鷹之助をうかがった。

「さて……」

「肥後は良か国でござるぞ。と申してもわしが肥後半国を殿下（秀吉）から任《まか》せられたのは二十七歳の時。三十歳の時に唐入り。一度、殿下から伏見城に呼び戻されたが、再び唐入り。以後三十七歳になる今日《こんにち》まで肥後には戻っておらぬ。わしは長い間、肥後をほったらかしにしたままだが肥後は良か国じゃ。そのこと三郎太の目で確かめてほしい」

唐入りした大名達は清正と同じように七年近く領国を留守にした。これは歴史上いまだかつてないことであった。それでも日本が混乱しなかったのは豊臣秀吉が日本の覇者として諸国に目を光らせていたからである。その秀吉が死して世は混沌としてきた。

「肥後は良い国とのこと、三郎太、清正様をお助け申せ」

鷹之助の言葉に三郎太はうつむいてしばらく思案していたが、

「そこまで申されるなら参りましょう。ただ主計頭《かずえのかみ》（清正）様のお力になれるかどうかは、はなはだ心許《こころもと》ないばかりでございます」

と低めた声で告げた。

「三郎太の心情わからぬではない。そこで三郎太を肥後に赴《おもむ》かせるにさいして、わたくしからふたつばかり清正様にお願いいたしたきことがございます」

「なんなりと申してくれ」

清正は右手で顎髭《あごひげ》をしごきながら鷹之助に笑いかけた。

「三郎太はわたくしが独り身でいるかぎり、自分《おのれ》も独り者を通すと申して、とうとう今まで娶《めと》らずに参りました。そこで肥後に参ったら清正様の目にかなった女性《にょしょう》を三郎太に娶《めあわ》せてほしいのです」

「容易《たやす》いこと。肥後には良か女子《おなご》が掃《は》いて捨てるほど居《お》る。わしが選んで進ぜる」

「それにもうひとつ。三郎太にしかるべき俸禄《ほうろく》をお与えくだされ」

「そのことなら案ずるな。大坂城普請最中《さなか》で鷹之助殿と会った二十五歳のわしは五千石に満たぬ禄しか頂いておらなかった。だが今は十九万石余の領主。三郎太にはそれなりの禄を与えるつもりだ」

「そうと決まれば、三郎太にわたしから贈り物をしたい。三郎太はわたしや郷《さと》の長老から石について多くのことを学び、今では誰もが認める石積みの巧者。今、巷《ちまた》では穴太衆を束ねる戸波の名は、それなりに高名となっております。三郎太が穴太者《あのうもの》として肥後の築城人足達に敬意を持って受け入れられるには三宅姓より戸波姓を名乗った方がよいように思えます」

「たしかに三宅三郎太より戸波三郎太の方が城普請では通りがよい。戸波姓となれば人足等から信を得るのも早かろう」

「ならばそのように取り計らいたいのですが、それには清正様に立会人《たちあいにん》となってほしいのですが」

「わしに異存はない。よろこんで引き受けよう」

「では、しばしこの場にてお待ち願います」

そう告げて鷹之助はその場を立つと、しばらく戻ってこなかった。三郎太は恐縮して小さくなっている。やがて鷹之助が三人の老人を伴って戻ってきた。

「この三名は穴太の郷の長老。石を扱わせたら誰にもひけをとりませぬ」

老人達が座すのを待って、清正に紹介した鷹之助は、

「加藤清正様、三名の長老を立会人として三郎太を今日《こんにち》ただ今、わたくしの猶子《ゆうし》といたす。そのうえで、わたくしの名代《みょうだい》として肥後に赴いてもらうことにした。ついてはお四方《よんかた》にご異議がおありでしょうか」

と訊《き》いた。

猶子とは、〈猶《なお》（あたかも）子の如し〉、つまり他人の子を自分の子と為すという意である。通例では猶子に財産、権限などの委譲はなく、単に親子関係だけにとどまる。これに対して養子の場合は、実子に等しい権利義務が付与され、財産の譲渡、家禄を継がせる場合が多い。養子、猶子を世間に認めてもらうにはそれなりの身分を持った立会人が必要で、それを鷹之助は清正と穴太の郷の三長老に頼んだのである。

「三郎太なれば立派に鷹之助様の代わりが務まりましょう」

「鷹之助様の猶子と認めること、異議はござらぬ。精進あって三郎太の石積みの技は戸波姓を継げるほど巧みになった」

「戸波の姓を汚《けが》すことのないよう、お励みなされ」

三長老の声は温かい。三郎太は胸にせまるものがあったのか、黙したまま深く頭を垂《た》れた。

第二章　肥後

（一）

三月二十八日、戸波三郎太と覚兵衛は難波《なにわ》の港から京の豪商、角倉了以《すみのくらりようい》の持ち船で九州へ向かった。清正も同行するはずであったが、徳川家康に大坂に留まるよう申し付けられ、肥後入りは先延ばしになった。

早春の海は荒れていた。

覚兵衛と三郎太は船室でじっとしているしかない。

「これでは甲板に出て、航海を楽しむことも叶《かな》わぬ。ならば三郎太殿にこれから参る肥後について話して進ぜよう」

「肥後は名に聞くばかり、わたくしには遠い国でした。是非、お聞きかせくだされ」

「肥後は古《いにしえ》より国衆《くにしゅう》と呼ばれる土着の小豪族が割拠《かっきょ》して国の態《てい》をなしていなかった。十三年ほど前のこと、太閤殿下が数万の兵を率いて肥後に入り、国衆を討ち、あるいは服従させ、統治を佐々《さっさ》成政様に任せた。佐々様なら国衆を抑えて肥後を一国に纏《まと》めてくれるだろう、と太閤殿下は思われたのであろう。ところがそうはならなかった。佐々様は肥後、隈本《くまもと》城に居を定めると、国衆が拠《よ》り所としていた所領地を武力で奪い、国衆を追放しようとした。それまで互いに勢力を伸ばそうと小競《こぜ》り合いをくり返し、反目し合っていた国衆らがこのとき、ひとつになって佐々様に一揆《いっき》し、隈本城を取り囲んだ。その勢いは佐々様の武勇をもってしても押さえられなかった。佐々様は国衆の力を侮《あなど》っていたのだ。そこで太閤殿下は佐々様に見切りをつけ、豊前《ぶぜん》、豊後《ぶんご》、肥前《ひぜん》、薩摩《さつま》など九州全土の領主に命じて三万の兵を肥後に向かわせ、国衆を屠《ほふ》った。一揆は鎮圧されたが、佐々様はその失政を太閤殿下に咎《とが》められて死を賜《たまわ》った。肥後は二分されて北半分を殿（清正）が、南半分を小西行長《ゆきなが》様が治めることになった」

「すると肥後にはもう国衆の方々は居られないのでしょうか」

「いや、一揆に加わらず、太閤殿下に与力した国衆も居《お》った。ともかく、小禄の殿がいきなり十九万五千石の大名になられたのだ」

「殿はよほどの武功をお立てになられたのでしょうね」

「殿が主計頭《かずえのかみ》を務め、主計《かずえ》（経理）に明るいのは三郎太殿も存じているはず。その力量を太閤殿下が買われて殿に上使役《じょうしやく》を命じ、佐々様切腹で騒然となった肥後の立て直しに当たらせた」

　上使役とは上位の者が下位の者へその意向を伝えるために派遣した使者のことである。

「そこで殿は肥後国の仕置きに辣腕《らつわん》を振るわれた。それが太閤殿下に認められ、肥後半国を任《まか》されたのだ。武功は何も敵の首を取ることに限ったことではない」

「肥後半国を治めるには如何《いか》ほどの御家臣を要しますのか」

「所領地を守り、民を治めていくには六千名を超える家人《けにん》に働いてもらわねば立ち行かぬ」

「殿が上使役を命じられた折の御家臣は何名ほどでしたのか」

「百七十名ほどであった。国を治めるにはあまりに少ない。殿は信のおける家臣を早急に召し抱えなければならなくなった。そこで殿はまず、太閤殿下に与力した国衆を家臣に加え、次に隈本城に残された佐々成政様の旧家臣三百余名を召し抱えなされた。さらに殿はお生まれになった尾張の中村（現愛知県名古屋市中村区）から血縁の者も含めて多くの若者を召し抱えた。その数は百名を下るまい。また殿がこれぞ、と目をつけた者には惜しげもなく〈加藤〉姓を与えて家臣とした。ともかく殿は地縁、血縁、知人らを数多く召し抱えたのだ」

そう告げて覚兵衛は次のようなことを話した。

清正は国入りすると直ぐ、領地を三つに分けた。三つとは、太閤秀吉の蔵入地《くらいりち》、清正の蔵入地、地縁血縁者と古参家臣に与えた知行地《ちぎょうち》、である。

〈蔵入地〉とは領主の直轄地《ちょっかつち》のことで、年貢を領主の蔵に直接納入する領地のことである。これに対して領主が家臣に支配権を分与した土地を〈知行地〉と称した。さらに豊臣秀吉が各領主の領土内に豊臣家蔵入地を設け、そこで収穫される米を豊臣家の蔵に収納させた。したがって一国内には領主の蔵入地、家臣の知行地、それに豊臣家の蔵入地（太閤蔵入地）が混在していた。後に太閤蔵入地方式を引き継いだ徳川家康は、この名称を〈天領〉と改めた。

「入国して二年、殿はこの三つの領地を上手く差配して肥後の治安に力を尽くされ、六千余の家臣を揃《そろ》えた。これで肥後半国の政《まつりごと》は安泰と安堵したとき、唐入りが決まった。皮肉なものだ。殿は揃ったばかりの家臣六千余名の中から五千余名を選び出し、それと徴用した領民四千五百余名、あわせて一万に近い兵を率いて肥後を後にし、朝鮮に向かわれた。殿が肥後を留守にすると知行地家臣がかつて国衆が作った旧城を修築して居城し、その城を隈本城の支城（支える城）と称して、あたかも大名の如くに振る舞うようになった。そこで殿は朝鮮の陣中から書状をもって知行地家臣らに知行地領民に不当な夫役《ぶやく》など課さぬよう命じたのだが、それを守った知行地家臣は少なかった。今、殿と知行地家臣の間は冷え切っておる」

覚兵衛はそこでひとつため息をついて、

「三郎太殿に肥後について話して進ぜると申したが、わしも殿と同じように唐入りして後、肥後に戻っておらぬ故、今、肥後がどのようになっているのか定かでない。この話はこれくらいにして、三郎太殿に見せたいものがある」

と告げてその場を立つと、船室の片隅に置いた手荷物の中から八ツ折の半紙を取り出し、戻ってくると、それを開いて三郎太の前に置いた。

三郎太はひと目見て城の縄張図《なわばりず》であることがわかった。縄張図とは築城に際して、築城地の選定、選定した土地の何処に曲輪《くるわ》（城を構成する一区画、郭ともいう）を配置するか、また曲輪内に建てる櫓《やぐら》を何処に置くか、さらに曲輪の周囲に築く土塁や石垣の高さや長さ、そうした基本的な計画を図面で表したもののことである。今で言う〈土木設計図〉に似たもので、建築物（天守、館、屋敷、蔵、塀）を除いた図面のことである。ちなみに建築物のみを描いた図面を〈作事図《さくじ》〉と呼んだ。

「殿は隈本城にお入りになって間もなく、京より築城の巧者である竜蔵院慶長《よしなが》と申す僧を呼んで新城の縄張図を作らせた。これがその時のものだ」

「竜蔵院慶長殿？　初めて聞く名ですが」

「殿が京に滞在していたおりに知り合ったらしい。その者を連れてきて殿と慶長殿、それにわしの三人で築城に相応《ふさわ》しい場所を探しているうちに慶長殿がなみなみならぬ築城の名手であることがわかった。新城の地は城内と申してもおかしくないほど隈本城に近い茶臼山《ちゃうすやま》と申す小高い丘だ。まずはこの縄張図とおりにその丘に城が築けるか調べてくれ」

覚兵衛は縄張図をたたむとそれを三郎太に渡した。

「この角倉《すみのくら》の船は豊後《ぶんご》鶴崎港（現大分県大分市中東部）に寄る。わしらはそこで下船し、豊後路を隈本に向かう」

三郎太が船室の隅に置いた持参の包みへ縄張図をしまうのを待って覚兵衛が言った。

「豊後路ですか」

三郎太は九州に足を踏み入れたことがない。豊後鶴崎と言われても何処なのかわからない。

「鶴崎の近くには細川忠興《ただおき》様が守る杵築《きつき》城がある」

「それならわかります。杵築は別府湾に面した温暖な地と聞き及んでおります」

城の名で三郎太は鶴崎が九州のどこに位置するのかおよその見当がついた。三郎太に限らず穴太者《あのうもの》は城の名を聞けばどこにその城が築かれているのかわかった。

豊後鶴崎の港に角倉《すみのくら》の船が寄港したのは閏月《うるうづき》の三月十日であった。

当時の日本の暦は太陰（月）の満ち欠けを基準にした太陰暦《たいいんれき》と地球が太陽をひと廻りする公転《こうてん》を基準にした太陽暦《たいようれき》を折衷《せっちゅう》した暦（太陰太陽暦）を使っていた。

太陰暦は二十九日の小の月と三十日の大の月を交互において一年十二ヶ月を三百五十四日とした。太陽暦は一公転に要する日数三百六十五日を一年十二ヶ月とし、三十日と三十一日を交互（ただし二月は調整月として二十八日、四年に一度二十九日とする）においた。

太陽暦を用いれば春夏秋冬と月割りにズレは生じない。しかし太陰暦では一年で十一日、三年でひと月ほどのズレが生ずる。そこでこうしたズレを解消するため三年に一度、太陰暦に新たな月（これを閏月《うるうづき》と呼んだ）を加えて一年を十三ヶ月とした。

余談であるが〈閏〉は通例では〈じゅん〉と読み〈うるう〉とは読まない。本来なら月を余分に設ける意の〈潤す月《うるお》→潤月〉が正しいのであるが、〈潤〉を〈閏〉と書き誤り、その訓読みだけが残った。

その閏月が慶長四年に加えられた。

難波《なにわ》の港を発った時は寒かったが、鶴崎は初夏を思わせるほど暑かった。何よりも京、大坂と違ったのは風である。湿気の多い風は肌にまといついてなんとも気色が悪い。そのことを覚兵衛に告げると、

「これが九州特有、南国の風でござる。ひと月もすれば肌に馴染《なじ》むようになる。わしも初めは閉口したが、今は懐かしく心地よい風に思える」

と三郎太の苦言を一笑に付《ふ》す。

下船した日は別府に投宿した。

翌日、別府を発って豊後路を西に進み野津原《のつはる》（現大分県中東部）に入った。

「あれが野津原城だ」

覚兵衛はそう告げて、城へ続く道を逸《そ》れて細道に入った。細道の両側には畑が広がっている。百姓達が脇目も振らずに土を耕していた。覚兵衛はそのひとりに近づき、

「精がでますな」

と上方《かみがた》言葉で親しげに声をかけた。相手は老婆で、覚兵衛の上方言葉にしどろもどろしている。それを見た覚兵衛はこれ以上出せないと思われるような優しい声で地言葉を用いて老婆に話しかけた。すると老婆は地言葉に心を許したのか口許をゆるめ覚兵衛に応じた。ふたりのやり取りが始まった。三郎太には所々わかる言葉もあったが、何を話しているのか全くわからない。ただ老婆の口調が困惑と怒りに満ちているように三郎太は感じた。しばらくふたりの会話が続いた後、覚兵衛は老婆に深く頭をさげた。老婆は再び畑仕事に戻っていった。覚兵衛は三郎太を伴って野津原城に続く本道に戻った。

「一体、何を話されておられたのですか」

「なに、たわいもないことじゃ。阿蘇郡に向かう」

覚兵衛は後も見ずに三郎太を急《せ》かした。

翌日、豊後と肥後の国境を越え、阿蘇郡の宮《みや》ノ地《ち》村に入った。

「阿蘇郡は殿の蔵入地だ。ここには殿から管理を任されている者が住まう代官屋敷がある。今日はそこに泊まろう」

覚兵衛は何度かこの村に来たことがあるのだろう、道に迷うこともなく代官屋敷に向かう。

ふたりが門前に立って訪《おとな》いを入れると老僕が出てきた。

覚兵衛は名を告げて代官に取り次ぐように頼んだ。老僕は覚兵衛の名を聞いて驚いたのか、あたふたと館内に駆け込んでいった。

しばらく門前で待っていると恰幅《かっぷく》のよい初老の男が庭奥からふたりに近づいてきた。

「おお、これは飯田様。久米《くめ》でござる」

こんな所に飯田覚兵衛が来るはずはないと思っているのか、久米七蔵《しちぞう》の声には驚きが混じっている。

七蔵は丁重に館の一室にふたりを誘った。

「お久しゅうござる」

七蔵はふたりが座すのを待って頭をさげた。

「この者は殿が大坂で召し抱えた戸波三郎太殿」

覚兵衛は遠慮がちに座した三郎太を七蔵に紹介した。

「上方のお方でござるか」

と七蔵は興味なさそうに応《こた》えて、

「戸波様はお武家ではなさそうですな」

と探るような目をした。

「戸波殿は穴太衆を束ねる戸波家に縁のある者だ」

「あの大坂城の石垣を積み上げた穴太衆でござるか。してみると殿は唐入りでのびのびになっていた新城を築くことに決めたのですな」

七蔵は覚兵衛に厳しい顔を向けた。

「殿はそのご意向だ」

「普請は殿が御帰還なされてからにしてほしいものじゃ」

「なにか胸に一物あるもの言い」

覚兵衛はむっとして七蔵を一瞥《いちべつ》する。

「かれこれ二年ほど前から、支城の幾つかで百姓に夫役《ぶやく》を課して城の改修をさせており申す」

「そのこと、朝鮮に在陣していた殿の許《もと》にも届いていた。そこで殿は、領民に夫役を課してはならぬ、と認《したた》めた書状を隈本城の留守居役に送りつけた。当然、留守居役を通じて各支城に殿の御意向は届いたはずだ」

「ところが、いまだに支城の改修に百姓が駆り出されておる」

「そのことだ。ここに参る途中、野津原を通った。そのおり村人から野津原城の改修に村人の多くが徴用されていると聞かされた」

「なにも野津原城に限ったことではござらぬ」

「ほかの支城でも行われているのか」

「内牧城《うちのまき》など幾つかの支城が村人を駆り立てて改修を急いでおる」

七蔵の言に覚兵衛はしばらく口をへの字に曲げて黙っていたが、

「嫡男《ちやくなん》、長蔵《ちようぞう》殿の陣没《じんぼつ》、お悔やみ申しあげる。いずれ殿（清正）より戦功に対する褒賞《ほうしよう》の沙汰《さた》があろう」

と話を逸《そ》らした。七蔵の嫡男は唐入りで討死《うちじに》している。

「唐入りは負け戦《いくさ》。敗者に褒賞はない、長蔵は犬死。幸い吾《われ》には次男、三男が居るゆえ、久米の家名は残せますがな」

覚兵衛に七蔵は皮肉めかして言った。

「この蔵入地から唐入りした村人は何名でござった」

覚兵衛は七蔵の言葉を聞き流し、ひと呼吸置いて訊《き》いた。

「阿蘇郡八十八ヶ村から三百八十一名。皆働き盛りの者ばかり」

「戻ってきた者は」

「明言はできぬが百名に足らぬ。戻らぬ村人は飢えと凍死《こごえじに》だと聞いておる」

「戻らぬ者達の縁者はどうなっている」

「働き手を失って離散した家、年老いた父母が残されて未だに嘆き悲しんでいる家もある。殿が一日も早く御帰還なさり、これらの方々に手をさしのべてくださることを願うばかりでござる」

七蔵は憤懣《ふんまん》やるかたない、といった顔を覚兵衛に向ける。

「太閤殿下が薨去《こうきょ》なされて世は不穏となった。それを払拭《ふっしょく》するために殿はもうしばらく上方にご滞在なさる」

「隣国の領主小西行長様は国許《もと》にお戻りになっておられる。殿は国許に戻る気があれば今すぐにでも戻れるはず。このまま肥後を放っておけば、殿は佐々成政様のような末路をたどることになるやもしれぬ」

「蔵入地代官とは思えぬゆゆしき（不穏当な）申されよう」

「吾はかつての国衆《くにしゅう》のひとり」

久米七蔵は佐々成政に一揆した国衆に加わらず、秀吉軍に与力《よりき》した。それゆえ清正が肥後半国の領主になると家臣として召し抱えられ、阿蘇郡の蔵入地代官に任ぜられた。七蔵と同じような途《みち》を歩んだ国衆は十指にあまる。その者達も清正に取り立てられ、今では加藤家に欠かせない家臣となっていた。

「殿の麾下《きか》に加わり代官をお受けいたしたのは、殿がこの肥後を良くしてくださると思ったからでござる。その殿が永年、肥後の政《まつりごと》に取り組まず、働き盛りの村人を阿蘇郡から三百八十一名も徴用《ちょうよう》して唐入りさせ、さらに毎年毎年唐入りの兵の兵粮米《ひょうろうまい》と称して村人からほとんどの米を取り上げた。この八年近く阿蘇郡八十八ヶ村はもとより合志《こうし》郡、山鹿《やまが》郡、飽田《あきた》郡、玉名《たまな》郡などの領民は米の代わりに稗《ひえ》、粟《あわ》を食して飢えを凌《しの》いで参った。今、阿蘇郡内の百姓らの忍耐はその極に達しており申す。今年になって村人らの中から吾に、元の国衆に戻り、領主の首を挿《す》げ替えてくれ、と申してくる者が現れるようになり申した」

「まさかその百姓らの世迷い言に久米殿が応じるのではあるまいな」

「むろんそのつもりはござらぬ。もう国衆にそのような力はない。だとしてもこの肥後の行く末は厳しきものがあり申す」

「厳しいとは？」

「佐々様の失政は死で償《つぐな》わねばならぬほどのものであったのか、と佐々様の旧臣らは思っているようでござる。それゆえ佐々様に代わって肥後半国の領主に就いた殿（清正）と佐々様に死を命じた殿下（秀吉）に遺恨《いこん》を抱いている、とも聞いており申す」

「そのような者も居《お》ったであろう。殿の許《もと》に参集した家臣は寄せ集めだと言ってもよい。だから統制がとれぬこともあった。殿はそれらの者達を率いて唐入りなされた。異国での戦《いくさ》は自軍の兵達の結びつきを強くする。寄せ集めの者達は唐入りして、ひと月も経たずに精鋭の兵となってひとつになった」

「それにしてはあまりに多い陣没《じんぼつ》者。阿蘇郡の村人は、『加藤の兵はにわか作りの寄せ集め。それゆえに四百名に近い阿蘇郡の村人が餓死、凍死したのではないか』、と公言して憚《はばか》らぬ」

「村人の凍死と餓死は哀れと申すしかない。殿はそのことをひたすら悔いておられる」

「悔いたところで死者は戻らぬ」

久米七蔵が覚兵衛に向けた顔は厳しかった。

「久米殿は常に殿の側に立って働いてくれているとわしは思っている」

「むろん、殿に与力することにいささかの迷いもない」

「その久米殿がかように厳しく殿を悪し様《あざま》に述べる。わしはそのことに驚いておる」

「吾は肥後の今の実情を申したに過ぎぬ。この実情は最早、抜き差しならぬところまできており申す。今はただ殿が一日も早く肥後に戻り、疲弊した領民の立て直しに取り組んでいただきたいと思うばかりでござる。旅の疲れもありましょう。これ以上は申さぬ。夕餉《ゆうげ》の支度も調《ととの》っておるゆえ、今宵はゆっくりとお休みくだされ」

そう告げて七蔵は覚兵衛に初めて穏和な顔を向けた。

（二）

代官屋敷を辞した覚兵衛と三郎太はそれから四日間ほど阿蘇郡の村々を巡《めぐ》った後、慶長四年（一五九九）閏《うるう》三月二十五日、肥後隈本の城下に入った。

覚兵衛の屋敷は隈本城の西方三町（三百メートル強）の地にある。三郎太はひとまず覚兵衛の屋敷に投宿することになった。

覚兵衛と妻女が会うのは唐入りした文禄《ぶんろく》元年（一五九二）以来、実に七年ぶりということになる。

「また背が伸びたか」

戻ったぞ、とも告げず覚兵衛が気難しい顔で妻女を見上げた。だがその表情の下には今にもこぼれそうな喜悦が隠れている。

「変わりませぬよ」

妻女は覚兵衛を見下ろす。

「ではすこし太ったか」

「それが七年ぶりに会う妻への最初のひと言ですか」

妻女はさらに近寄って覚兵衛を見下ろす。穏やかでとろけそうな表情だ。三郎太は妻女に挨拶《あいさつ》する間がない。妻女の背丈は三郎太と同じくらい、五尺一寸（約一メートル五十四センチ）ほどであろうか、女としては高身長といえた。一方、覚兵衛の背丈は四尺五寸（約一メートル三十六センチ）ほどしかない。

「直国《なおくに》、直吉《なおよし》、直末《なおすえ》」

妻女は部屋の外に向かって大きな声をあげた。すると庭先に三人の少年が現れた。

「ここに参り、父上からお声をかけていただきなされ」

妻女の言葉に促《うなが》されて三人は部屋に入ってくると、覚兵衛の前に立った。

「直国、直吉、直末、なのか」

覚兵衛は驚きを隠せずに三人に問う。三人はうさんくさげに覚兵衛を見遣《や》る。

「そう、あなたの息子達ですよ。直国は十一歳、直吉は九歳、直末は八歳になりました。皆、お前様より背が高くなったのではありませぬか」

妻女が代わって応じた。

「かもしれぬ」

覚兵衛は息子達の成長ぶりを見て肥後を留守にした歳月の長さを改めて知った。三人の息子に直の字を冠したのは覚兵衛の正式の名が直景《なおかげ》であるからで、覚兵衛は通称である。

「わしじゃ。父じゃ。母様《かか》を困らせてないか」

覚兵衛は真顔で問う。直国は首を横に振ったが直吉と直末は素知らぬ顔で、覚兵衛の前に居るのが心地悪そうだった。

「七年間も家を留守にしていたのじゃ。急に父だと言われても、はい、そうですか、とはいかぬであろう。今日は去《い》んでよいぞ」

頷《うなず》いた息子らは庭に飛び出すとそのまま振り返りもせずに消えた。去った方角を覚兵衛は探るように透かし見ていたが、

「おおそうじゃ、この者は上方《かみがた》で殿が新しく召し抱えた戸波三郎太殿。わしと同じ年。しばらくここに寝泊まりするので頼んだぞ」

と妻女に紹介した。

「登世《とせ》と申します。何もてなしはできませぬが、旅の疲れをここで癒《いや》しなされませ」

妻女の顔は覚兵衛に向けたそれと違って神妙で控え目であった。

翌日、三郎太が宛《あ》てがわれた一室で目を覚ましたのは巳《み》の刻（午前十時）を過ぎていた。寝具をかたづけて土間に行くと、そこに登世が立ち働いていた。

「起きられましたか。庭に井戸がありますので手と顔をお洗いくだされ。その間に朝餉《あさげ》を調《ととの》えておきます」

そう言って登世は土間の隅に設《しつら》えてある棚から小さな金盥《かなだらい》と手拭いを持ってくると三郎太に渡した。

「覚兵衛殿はまだご寝所か」

金盥を受け取りながら三郎太は覚兵衛が朝餉をすませてないなら一緒に食したいと思って訊《たず》ねてみる。

「一刻（二時間）ほど前にお城に向かわれました」

旅の疲れは覚兵衛も自分も同じ。自分だけぬくぬくと惰眠《だみん》をむさぼっていたようで、なんだか覚兵衛にすまない気がする。

「そうそう、朝餉がすみましたら、茶臼山に戸波様をお連れ申せと覚兵衛から申しつかっております」

庭の井戸に向かう三郎太の背に向かって登世の声。

飯田家は三千五百石を清正から与えられている。それだけの禄高であれば下僕《げぼく》や賄《まかな》いをする女、さらには郎党《ろうとう》などを召し抱えていてもおかしくないのだが、そうした者の姿はどこにもない。朝餉夕餉の支度ばかりか茶臼山までの案内まで妻女が担《にな》う。どう考えても大身《たいしん》の妻女のすることではないように三郎太には思えた。

朝餉を終え、妻女と茶臼山に向かう途中、そのことを問うてみると、登世は、

「覚兵衛が唐入りしていた七年間、主だった郎党は覚兵衛と共に唐入りし、飯田屋敷にはわたくしと幼い息子三人、それに下僕と下働《したばたら》きの女達ばかりが残されました。この肥後《くに》から唐入りなされた御家臣と領民はおよそ一万人」

「そのことは飯田殿から聞いております」

「ならば話は早うございます。つまり、肥後半国から一万人もの働き盛りの男が唐入りしたのでございます。田畑を耕す者は百姓ばかりではありませぬ。お侍《さむらい》も田植えや稲のとり入れに欠かせぬ手となります。その方々が七年も国を留守にしたのですから、肥後に残った領民の辛苦は忍びがたいものでした。病で臥《ふ》せっている者を除くすべて、それこそ老いも若きもこぞって田畑に出て働きに働きました。それで人手が足りるわけもなく、飯田家の老僕、下僕、下働きの女達すべてに暇を出し、唐入りした領民の穴埋めをしていただきました。殿（清正）様から頻繁に兵粮米《ひょうろうまい》を朝鮮に送るよう催促《さいそく》があり、また火薬、武具、衣服の補充も求めて参りました。領民等はこれに応えようと、さらに身を粉にして働く。肥後半国で収穫した全ての米の半分ほどを兵粮米として朝鮮に送りました。残りの米はわたくし達の口に入ることもなく、皆売りに出されました。米を売った金で鉄砲、火薬、武具などを買い、これも朝鮮に送りました。隈本城に蓄えてあった非常米や金銭もすべて唐入りした兵のために費《つい》やされた、と聞いております。そんな苦しい日々が七年も続いたのでございます。肥後は今、困窮のただ中にあります。三千五百石を頂く飯田家とて変わりませぬ。飯田家に納められるべき米は

三千五百石の十分の一にもなりませぬ。飯田家だけではなく隈本城のお留守居役《るすい》でも百石のお侍様でも、皆十分の一ほどに減らされております。昨年十二月に唐入りが終わり、博多に戻ってきた肥後の方々はおよそ七千人。三千もの方々が異国で命を落とされたのです。幸い覚兵衛は命存《いのちなが》らえて戻って参りました。安堵はしましたが、多くの方の死を思うと心底から喜ぶことはとてもできませぬ。そんなわけで当分の間、飯田家はわたくしひとりで家の細々《こまごま》したことを担《にな》わなければならないのでございます」

登世は心の内に溜まっていたものを一気に吐き出すように言った。それにしても登世の筋道たてた語り口に、三郎太は登世の聡明《そうめい》さを見た思いがする。

「それ、あれが茶臼山」

登世が前方を指さした。

「あれが？　山というより小さな丘にしか見えませぬな」

「確かに山にしては低すぎます。でも形が石臼に似ておりませぬか」

登世は三郎太に同意を求めるように手のひらを水平にして平らな山頂を強調してみせる。

小高い丘陵の中央部に石臼を置いたような山容である。

「ここまで手引きしていただければ、あとはひとりで茶臼山まで行きつけましょう」

「山頂への登り口は茶臼山の西の麓《ふもと》にあります。気をつけて参らせませ」

登世は三郎太に一礼すると走るようにしてその場を後にした。三郎太は登世のうしろ姿に頭をさげると、茶臼山に向かった。

遠方から眺める茶臼山の形は石臼のように頂《いただき》が円形で平坦に見えた。近づくに従って茶臼山の全容が見えてくる。三郎太は茶臼山の西麓へ向かう。

西麓はなだらかな斜面が山頂まで続き、登世が教えてくれたように登り口があった。登り口から山頂まで石段が設けられていた。三郎太は石段を上って頂《いただき》に着いた。石段の数からすれば、麓から山頂までの高さは二十間（三十六メートル）に満たないかもしれない。思ったよりずっと茶臼山は低かった。山頂の一番高いところに観音堂が建っていた。観音堂の横に立って三郎太は四周を見渡した。山頂は連想していたような平坦の丸い形ではなく、東から西に向かって傾斜しているいびつな円形であった。

三郎太は北に目を向けた。茶臼山の北端は急な崖（北崖《ほくがい》）だった。北崖と向き合う形で盛り上がった小山（台地）が累々《るいるい》と北東の彼方まで続いている。茶臼山北崖と台地との間は谷になっている。その谷には北崖と台地南端を結ぶ細い尾根が立ち塞《ふさ》がっている。近隣の百姓らがこの渡り廊下のような尾根を〈馬の背〉と呼んでいることを三郎太は後《のち》に知った。馬の背の東に目を遣《や》れば、ここも急峻な崖（東崖《とうがい》）であった。東崖の麓を北から南に向けて川（坪井川《つぼいがわ》）が流れている。縄張図ではこの川を内堀に組み入れている。

さらに三郎太は南側に目を移した。城下町が見下ろせた。その城下町の中ほどを幅広の川が東から西に流れている。白川である。普請図ではこの川を新城の外堀としている。白川は南方向に瘤《こぶ》状に湾曲し、茶臼山南崖《なんがい》近くまで流れて再び城下の中ほどに戻って西に流れを変える。城下町の一部はこの瘤状の流れに囲い込まれている。

それから三郎太は南西に目を転じた。隈本城が手の届きそうな近さで茶臼山南西麓に築かれている。

さらに今登ってきた西を見れば緩やかな傾斜地が山裾まで続き、そこから先には幾つかの集落（横手、春日、田崎、八嶋などの村々）と耕作地、それに大きな池が望めた。縄張図ではここに二の丸と三の丸を築くことになっている。

つまり新城は茶臼山山頂に本丸を、西側に二の丸と三の丸を配し、他の三方（北、東、南）が急峻な崖、二つの川を堀とした構えであった。天然の地形を巧みに生かした縄張図を描いた竜蔵院慶長に三郎太は改めて感服した。またその慶長の才を見抜いた清正に頼もしさを感じた。築城にあたって石垣を築く人足を束ねる頭領が何よりも頼りにするのは、築城術を心得た施主（領主）である。

三郎太は観音堂の近くの表土を手ですくい取ると、指ですり合わせて土の感触を確かめる。それを数度繰り返し、

――大坂城の土とはずいぶん違う。これは難儀な土だ――

と、独《ひと》り言《ご》ちた。黒っぽい土はどこか頼りなげで脆《もろ》い感じがする。粒が細かいのである。築城地に適さぬ土なのだ。すると一抹の不安が三郎太の頭を過《よ》ぎった。その不安を振り切るように三郎太は足早に茶臼山を下りた。

翌日、三郎太は覚兵衛に遅れては申し訳ないと思い、夜が明けると直ぐに目を覚ました。土間に行くと、なんと覚兵衛がすでに起きて妻女と親しげに話している。

「お目覚めになられましたか」

三郎太に気づいた妻女が覚兵衛との話をやめて微笑みかける。

「今、起こしに参ろうとしていたところだ」

覚兵衛はそう言って、

「朝餉が済んだら、隈本城の城代《じょうだい》に会いに参る。ついては三郎太殿にも船中で預けた新城の縄張図《なわばりず》を持参して同道していただく」

と告げ、早く朝餉を食べてしまうように、と三郎太を促した。

「なにか火急のことでも起こりましたのか」

覚兵衛はどこか落ち着きがない。

「昨日、角倉了以《すみのくらりょうい》殿の使いの者が参って書状を届けてくれた」

「どなた様からの書状でございますか」

「殿からだ。角倉殿の廻船が難波《なにわ》の港から有明の菊池河口(現熊本県玉名市)に着船したのが一昨日。殿は角倉殿にわし宛ての書状を託したのじゃ」

「それで御城代とお会いなさると」

「実は昨夜遅く、城代の使番《つかいばん》がわしの許に参り、今朝、会いたい旨を伝えてきた。おそらく城代にも角倉殿から殿の書状が届けられたのであろう」

覚兵衛はそう告げて衣服を着替えるため、その場を立った。

四半刻（三十分）後、覚兵衛と三郎太は隈本城へと向かう。

「三郎太殿は隈本城の来歴を存じているか」

歩きながら覚兵衛が訊いた。

「百年ほど前に肥後に威を張った菊池一族の支城であった、と聞いておりますが詳《つまび》らかなことは存じませぬ」

「菊池家滅亡の後、鹿子木《かのこぎ》なる国衆《くにしゅう》が隈本の城に入り他の国衆を圧したが、その後、城《じょう》一族に取って代わられた。城一族は天正十五年（一五八七）に太閤殿下の九州征伐で滅ぼされ、佐々成政様が隈本の城に入られた。その後のことは三郎太殿もよく存じておろうから申さぬ」

隈本城と城下町を隔てる白川に架かる橋を渡りきると、ふたりの眼前に大手門が見えてきた。

「おそらく城代とわしは城普請で言い争うことになるだろう。三郎太殿は双方に遠慮せず自分《おのれ》の思うままのことを述べられよ」

覚兵衛は大手門に目を合わせながら厳しい口調で言った。

大手門番卒はふたりを認めると軽く腰を折って、案内仕《あないつかまつ》ります、と心得顔に告げ、先にたって歩き出した。城道はゆるい上り坂である。しばらく進むと、

「ここは二の丸じゃ」

と覚兵衛。三郎太は周辺に目を配《くば》る。二の丸は土塁《どるい》で区画されている。土塁の天端《てんたん》を高くする改修工事が行われているのであろう、城道の両側に木材、もっこ、鋤《すき》などが所狭しと並べてある。早朝のためか改修に従事する者の姿はなかった。

二の丸を過ぎると城道は急坂となった。登り詰めた所に数棟の館が建ち並んでいる。どの屋根も茅《かや》葺《ぶ》きで瓦を用いた殿舎は見当たらない。

「この一帯が本丸」

覚兵衛が再び三郎太に告げる。本丸の外郭は石垣で区画されている。天守らしき楼閣《ろうかく》はない。大坂城天守の普請に携《たずさ》わってきた三郎太にすれば、天守のない隈本城は頼りなげで、堅固さに欠ける城構えに映った。ちなみに〈天守〉を〈天守閣〉と呼称するようになるのは明治以降のことである。

番卒は館《やかた》群のひとつにふたりを導くと、

「奥御殿大広間に御城代がお待ちでございます」

と告げ、きびすを返して大手門へと戻っていった。

三郎太は覚兵衛のあとについて大広間に行くと、そこに三名の男が座していた。広間の障子《しょうじ》は開け放たれ、朝の陽光が部屋の隅々まで射し込んでいる。磨き込まれた床には塵《ちり》ひとつ落ちていない。

三人は座したまま覚兵衛と三郎太を迎えた。

「昨日、お伝え申した戸波三郎太殿でござる」

覚兵衛は三名に相対して座すと三郎太にも座るよう促《うなが》した。三郎太は覚兵衛の隣に座すと三名に頭をさげる。

「中に居られる方は城代の下川又左衛門《しもかわまたざえもん》殿、その左に座すは惣《そう》奉行中川重臨斎《じゅうりんさい》殿、右は加藤喜左衛《きざえ》門《もん》殿。喜左衛門殿も惣奉行。このお三方で殿の留守を預かり、肥後半国を統《す》べっておられる」

覚兵衛の紹介に三名は軽く頭をさげる。三郎太はそうそうたる顔ぶれに、思わず床に着くほど頭をさげた。惣奉行の惣は総の意で、行政の総てを司る役である。

「戸波と申すからには、あの穴太衆《あのうしゆう》を束ねる戸波家の一族でござるか」

重臨斎が口を開いた。

「殿が直々に穴太の郷《さと》に参られて召し抱えた戸波家の縁者じゃ」

覚兵衛が三郎太の代わりに告げる。

「昨日、わしのところに茶臼山近辺をうろつく不届き者がおる、と注進があった。あれは戸波殿であったのか」

三郎太を警戒するような又左衛門の口調である。

「戸波殿のことは後ほど申すとして、お三方がこのような早朝から会いたいと申すのは殿から届けられた書状に関してのことでござるか」

「さよう、殿からの書状に記された諸々のことでござる。だが、どうして殿からの書状とわかったのか」

又左衛門が探るような目をした。

「昨日、わしにも殿から書状が届いた。となれば御城代にも殿からの書状が届けられたはず、そう思ったまででござる。その前にひとつ、お三方にお伺いいたしたき儀がござる」

覚兵衛は改まった口調で言った。

「そう格式張らずゆるりと申されたらよかろう」

又左衛門が不快げに覚兵衛をうかがう。

「殿は唐入り（朝鮮）の地から、支城改修にあたって百姓らを徴用することならず、と認《したた》めた書状を再三に亘《わた》って御城代宛てに送り、支城の城主にこれを徹底するよう命じられた。そのことに間違いはございらぬな」

覚兵衛の声が小さくなった。それで言葉に威圧感が増した。

「確かに殿からの書状がわしの許《もと》に何度か届いた。その書状に従って、ここに居る中川殿、加藤殿とわしの連署にて各支城の城代に、支城改修に百姓らを使役してはならぬ旨の奉書《ほうしょ》を送った」

又左衛門はそれがどうかしたのかと問いたげに口を尖《とが》らせた。

奉書とは近臣が主君の意を奉じて、近臣の名で同じ家中の者らに出す書状のことである。

「わしは上方からここに戻る途中、野津原城下に立ち寄った。そこでは城の改修に多くの村人が使役されていた。野津原城主がお三方の奉書に従わず村人を徴用している、そういうことですな」

「野津原城主が奉書に従っているか否かを確かめるようなことを吾等はいたさぬ」

喜左衛門は憮然とした顔で応じた。

「内牧城《うちのまき》、さらに南関城《なんかん》などの改修普請でも村人を徴用し、使い回していると聞いている。まさか隈本城の改修にも百姓らを徴用しているのではないでしょうな」

「殿のご意向は重々承知しておる」

重臨斎の声はさらに低くなった。

「承知なれば隈本城改修は家中の武士《もののふ》だけで普請しているのですな」

「家中の者はほとんどが唐入りいたし、肥後に残った者はわずか。そのわずかな者達で肥後半国を差配するとなれば隈本城改修に手を割《さ》ける者などほとんどおらなかった。となれば領民の手を借りねば改修は立ちゆかぬ」

重臨斎はそれのどこが悪いのだと言わんばかりに胸を反らせた。

「それでは支城の留守居役が奉書を軽んずるのは当たり前。なんとも締まらぬ仕儀でござる。このこと、わしは殿に何とお伝え申してよいのか」

「そこまで申されるならひと言、言わせてもらうが、野津原城留守居役は加藤平左衛門殿。飯田殿とは旧知の仲ではなかったか」

「旧知の仲であろうがなかろうが、殿の命に反していることに変わりはない。それにわしは野津原の城下を密かに通り過ぎただけ」

「城に立ち寄り、平左衛門殿に改修普請に百姓を使役せぬよう忠言なされてもよかったのではないか」

重臨斎がさらに言い募《つの》った。

「殿から肥後半国を任《まか》されているのはここに座すお三方。そうでござろう。そのお三方を差し置いてこの飯田覚兵衛が政《まつりごと》に口を入れる。それではお三方の面子《めんつ》は立ちますまい」

覚兵衛の言に重臨斎は返す言葉を失った。気まずい沈黙が四人を覆《おお》った。三郎太は息をひそめて四人のやりとりを聞いていた。そして、加藤清正が治める肥後北半国の国情がいかに難しいかを知った。

「七年もの間、吾等三名は朝鮮から送られてくる殿の書状に従って肥後の政を行ってきた。書状が毎日届くならば殿の御指図《ごさしず》とおりに隈本城改修も行えたであろう。書状はひと月に一度、いや、三ヶ月も届かぬこともあった。そのような中で、吾等三名は殿の御心情を慮《おもんぱか》って精一杯、政や城の改修に励んできた」

やや経って又左衛門が言った。

「だからと申して、村人を駆り立てて使役していることの言い訳にはなりませぬぞ」

覚兵衛の声が一段と厳しさを増した。

「最初は殿の命に従い、家中の者だけで改修を行った。だが家中の者だけでは百年かかっても改修は終わらぬ」

「殿は改修に期限など設けてはおらぬ」

「吾等は殿が肥後にお戻りになられたときに本城（隈本城）、支城の改修が済んでいる姿をお見せしたかったのだ。私利私欲で村人を徴用したのではない。もちっと穏やかに話したらどうじゃ」

又左衛門の抑えた言い方には憤懣《ふんまん》が宿っている。

「わしはお三方に言いがかりをつけに参ったのではござらぬ。殿に代わって申したまで。留守居を預かるお三方の御辛苦は重々わかっており申す。それを知ったうえであえて言わざるを得ぬ、わしの心中をお察しくだされ。それに本城（隈本城）の改修も今日限りとなれば、今さら過ぎ去ったことを申し立てて事を荒立てることもないと存ずる」

「本城の改修も今日限りじゃと。それはどういうことだ」

重臨斎が腰を浮かせて覚兵衛に迫った。

「昨日、殿から戴いた書状に、そう記されておりませなんだか」

「そのようなことは一行たりとも記されておらぬ。城改修については飯田殿の指図に従え、と記されている。そこで飯田殿にお越し願ったのだ」

「わしの許に届いた殿の書状には、本城ばかりでなく支城ことごとくの改修を中止せよ、と認《したた》めてある」

覚兵衛は懐から書状を取り出し、それを又左衛門に渡した。又左衛門は押しいただくようにしてからそれを開いた。

「なんと前田利家大納言様が閏《うるう》三月三日に薨《こう》じられたのか。してみるとお亡くなりになって半月ほど経つことになる」

又左衛門は書状から目を離して驚嘆の声を発した。喜左衛門と重臨斎が息をのむ。

「先を読み進められよ」

覚兵衛が促す。又左衛門は再び書状に目を移し読了するとそれを喜左衛門に渡した。喜左衛門が読み終わると重臨斎へと渡り、再び覚兵衛に戻された。

「殿が右府（徳川家康）様と誼《よしみ》を通じていることはお三方ともご存じのはず。また殿と石田三成様の確執も聞き及びのことと存ずる」

覚兵衛は確かめることもないといった風に三人に念を押した。

唐入りで和平を優先する石田三成、小西行長らと和平を有利に結ぶための戦いを敢《あ》えて優先する加藤清正らとの確執は朝鮮から撤退した後も双方にしこりとして残っていた。この確執に関与したのが徳川家康と前田利家である。清正らは家康を頼りとし、三成らは利家を後ろ盾《だて》とした。双方は家康と利家の均衡のうえに平穏を保っていた。その利家が死去したのである。

「石田三成様の後ろ盾であった利家様の死去で、殿と三成様の険悪な間柄はあからさまになった」

覚兵衛が言った。

「書状には、殿が石田様との仲に決着をつけるために福島正則様らと謀《はか》って事を起こしたが不首尾に終わったと記してあるが」

又左衛門が覚兵衛をうかがう。

「どのような事を起こしたのか定かではない。これからの世の先は読めぬが大きく動く。動くのは大坂や伏見だけではない。この肥後も動く」

「なればこそ本城の改修を急ぎ、不穏な世に万全を期すべき、と思うが」

喜左衛門が意を込める。

「殿の書状を読まれなかったのか」

覚兵衛が苛立《いらだ》つ。

「飯田殿に宛てた殿の書状には隈本城の改修を即刻中止して新城普請に入れ、と認《したた》めてあった。だがの、なにも新城など作らずに隈本城の改修を続けて堅固な城に作り直せばよいと飯田殿は思わぬか。これではわしが五年余の間、この城の改修を進めて参ったことが全くの徒労になる」

「殿の御意向に喜左衛門殿は異議立てをなさるおつもりか」

「異議立てなど、とんでもござらぬ」

「ならば隈本城の件はこれまでといたし、新城についての話に入らせていただく。戸波殿、お頼み申す」

前触れもなく覚兵衛は三郎太に話を振った。三郎太は一瞬困惑したが、一呼吸置いて懐《ふところ》に入れておいた縄張図を取り出し三名の前に開いた。

「これは殿が新しく作ると仰せられている城の縄張図でござるか」

やや経って喜左衛門が抑揚のない口調で訊《き》いた。

「茶臼山に新城を築きます」

「茶臼山なれば隈本城内と申してもおかしくない。ならば新城など作らず、このまま隈本城の改修を続け、堅城に仕立て上げれば労力も主計《かずえ》（経費）もかからぬものを」

喜左衛門はまだ隈本城の改修に未練があるようだった。

「殿がお決めになったことだ。もうそのことは申されるな」

又左衛門が喜左衛門に釘をさす。

「この縄張図に基づいた城を築けば、隈本城がいかに堅城からかけ離れた城であったかがおわかりになるでしょう」

昨日、茶臼山に赴き、四方を見まわしただけで三郎太には完成した新城の姿をありありと思い浮かべることができた。

「穴太者《あのうもの》である戸波殿がそう申されるのであれば返す言葉もないが、わしには隈本城がそれほど見劣りするとは思えぬ」

喜左衛門が縄張図に目を向けたまま言う。

「で、さしずめ吾等は戸波殿に何を与力すればよいのじゃ」

又左衛門が苦々しげに訊く。

「わたくしはこれから茶臼山近隣を歩き回ります。時には隈本城内奥深くにも足を運び、不審な動きをすることもありましょう。その折、見咎《とが》めぬよう城に詰めている方々に周知願いとうございます」

「そのこと皆によく申しておく。ともかくすこしでも早い殿のお戻りを願うしかない」

又左衛門は大きく息を吐《は》くと肩の力を抜いた。

（三）

翌日から三郎太は誰にも気兼ねせずに茶臼山周辺を歩き回った。そして十日ほど過ぎた時、覚兵衛の妻女が三郎太の住まう借家《かりや》を世話してくれた。覚兵衛の知友が所有していた家であったが、その者は唐入りで討死《うちじに》したとのことだった。

妻女は転居するにあたって、三郎太の身の回りと賄《まかな》いをする若い女を世話しようとしたが、三郎太はこれを断った。にもかかわらず妻女はさらに熱心にすすめる。

妻女の好意に素知らぬ振りもできず、三郎太は若い女の代わりに老女を世話してほしいと頼んだ。

妻女は、

「そこまで申されるなら年の召した方にいたします」

と、しぶしぶ承諾した。

借家は覚兵衛の屋敷から一町（約百メートル）ほど離れた城下町の東端にあった。衣服数枚と戸波鷹之助から拝受した鏨《たがね》と鎚《つち》、それが三郎太の所持品の全てである。三郎太がそれらを一抱えの包みにして背負い移転先に着くと、門前に中年の女性と若い男が待っていた。

「ようお越しくだされた。わたくしは生駒菊乃《いこまきくの》と申す者」

菊乃と名乗った女は化粧気《け》のない顔のためか老けて見えるが、顔の色艶《いろつや》や立ち姿から四十路《よそじ》前ではないかと三郎太は思った。

「よろしくお願い申す」

頭をさげ、

「して、そこもとは？」

と菊乃の隣に心細げに立つ若者に訊《たず》ねた。

「李《リ》」

若者はそれだけ告げ下を向いた。

「この者は李惟尚《リシンショウ》と申す者。この家の雑事をさせていただきます」

菊乃が若者に代わって答えた。

「李とは大層な名だが、ご先祖は大陸の方か」

〈李〉姓は朝鮮の王族姓として日本に伝わっている。

「くれにここにきた」

李は顔をあげ、言葉を押し出すようにしてたどたどしく告げた。

「李は二十二歳。昨年十二月《くれ》に肥後の兵が釜山浦《プサンポ》から引き揚げてきた折に連れてきた朝鮮の者。わたくしどもが話す言葉は聞き取れますが、和言葉は片言《かたこと》しか話せませぬ」

「朝鮮から連れてこられた方は李おひとりか」

「とんでもございませぬ。二百、いや三百人は居られましょう」

菊乃は何でもないことのように言ったが、三郎太はその数の多さに驚いた。

「その方々は肥後でどのような暮しをしているのか」

「瓦《かわら》を焼く者、学に長けた者、石垣を築く者、器《うつわ》を焼く者、算が得意な者など技を身に着けた方ばかりだそうですが、詳しいことはよく存じませぬ」

「李も何か技を持っているのか」

「わかりませぬ。李は覚兵衛様のはからいで戸波様の下僕としてここに連れて参りました。そこで李がここに通ってくるのでは戸波様の御用に応じられぬこともありましょう。この家の庭隅《すみ》に納屋《なや》がありますが、李にはそこに寝泊まりさせます」

「それでは李にすまぬ気がする。この家はわたくしひとりでは広すぎる。李にはこの家内《いえうち》に一室を与えたいと思うが、それでよろしいか」

三郎太が菊乃に同意を求めたのは、李が隈本ではどのような扱いを受けているのかわからなかったからである。

「隈本のお侍衆《さむらいしゅう》であれば、同じ屋根の下に下僕を寝泊まりさせるようなことはいたしませぬ。まして異国から連れてきた者など論外でございます」

「異国の者達が下僕より劣る、と菊乃殿は申されるのか。まさかそのようなことを菊乃殿は心底からお思いになられているのではないでしょうな」

三郎太はかつて安芸《あき》毛利家の領民だった。毛利家の侍は権高《けんだか》で領民をさげすむことが多かった。三郎太はそんな侍達に腸《はらわた》が煮えくり返るほどの怒りや悔しさを味わってきた。その時の怒りを三郎太は菊乃の言葉に感じたのである。

「わたくしの夫は佐々成政様にお仕えした武将でありました。佐々様の顛末《てんまつ》は肥後で知らぬ人はおりませぬのでここでは申しませぬが、夫はその後、加藤清正様に召し抱えられました。ホッとしたのも束の間、二年後に唐入りし、討死《うちじに》しました。夫は朝鮮の兵に殺されたのでございます。李を見るとどうしても夫の死と重なります」

「戦《いくさ》に死はつきもの。敵を恨《うら》んではなりませぬ。恨んだとて死した者は戻って参りませぬ」

「よくわかっております。わかっておりますが、この理不尽に耐えるには、誰かを恨まなくては心のつりあいがとれないのでございます」

菊乃は顔を歪めて李を一瞥《べつ》し、

「夫が残したこの家をわたくしひとりで切り盛りして参りました。この度、戸波様にこの家をお貸しすることになり、わたくしはここを引き払い、登世様の世話になります。覚兵衛様と夫の生駒利昌《いこまとしまさ》は同じ山城国《やましろ》の生まれで旧知の仲だったのでございます」

「なんとこの館の持ち主は菊乃殿か。それはとんだ御無礼をいたしました。てっきり菊乃殿は登世殿がお世話してくだされた老女代わりの賄《まかな》い婦と思い違いしておりました。してこの館をひとりで切り盛りなされるようになって何年ほどになりますのか」

「七年ほどは経ちましょう」

「それがなぜ急にわたくしに貸す気になられたのでしょう」

「登世様からお願いされたからでございます。それとわたくしひとりでこの館の切り盛りをすることに疲れたからでございます」

「そういうことであれば、この家に菊乃殿が引き続き住まわれて、わたくしと李がそれぞれ一部屋ずつお借りする、というのはどうでしょう」

「京ではいざ知らず、ここは肥後でございます。ひとつ屋根に妻でもないわたくしが戸波様と暮らすなど、まともな人が申すことではございませぬ」

菊乃はまなじりを上げて三郎太を睨んだ。三郎太はその視線を受け流し、

「わたくしは登世殿に朝餉《あさげ》、夕餉《ゆうげ》の賄いと家内《いえうち》の細々《こまごま》したことをしてくださる老婆をお頼みしたのですが、その方はいつ参られるのでしょうか」

「そのようなことを登世様からは伺っておりませぬ。ただ家内の細々したことはわたくしが担うことで登世様と話がついております。それにしても老婆とは」

菊乃は自分が老婆と言われたかのように憤慨する。

「この館の主《あるじ》に雑事をしていただくなど畏《おそ》れ多いこと。やはり老婆を雇ってその者にさせましょう。雑事と炊《かしき》（炊事）ができる歳を召した方を菊乃殿は知っておりませぬか」

「そのような方は存じておりませぬ。それにこの館の細々《こまごま》したことをいたすのは、戸波様のためでなく、この家を常に整えておきたいが故《ゆえ》でございます」

「弱りました。この館を諦めて他を探せばよいのでしょうが、わたくしはこの館をひと目見て気に入ってしまったのです」

「真《まこと》、この館をお気に召しましたのか？」

「気に入りました」

「そうですか」

菊乃はそこで口をつぐんだ。ふたりの間にしばらくの沈黙があった。

「お気に召したなら仕方ありませぬ。家の細々したことと煮炊きをわたくしがいたしましょう」

「それは有難い。賄いはわたくしだけでなく、李のもお願いします。それからもうひとつ、李には一部屋をあてがいます。それでよろしいか」

「お貸ししたのです。戸波様のお心のままになされませ」

「今日の夕餉《ゆうげ》は李とふたりで何とかします。明日の朝餉《あさげ》からお願いします。それからしばらく茶臼山あたりを歩き回りますので、明日からわたくしと李に中食《なかじき》（昼食弁当）を作ってくだされ」

三郎太は菊乃にゆっくりと頭をさげた。

翌朝、約束通り菊乃が炊事場で朝餉の用意をしてくれていた。

小半刻（三十分）後、三郎太と李は茶臼山に向かった。

四月になったばかりであるが、前月が閏月《うるうづき》だったので季節としては初夏に近い。早朝にもかかわらず陽光には肌を焼くような強さが感じられる。三郎太は大きく息を吸い込む。盛んな草木の蒸れるような匂いが胸中に入り込んできた。それは大坂では味わえなかった青臭い匂いで、遠く異国に来た、という実感を伴っていた。

「ここに隈本城に代わる新しい城を築く。そのことは知っているか」

茶臼山山頂に着いたとき、三郎太が李に問うた。李は、

「倭城《わじよう》」

と、口に出して顔を曇らせた。

「そう倭城だ。だがここは日《ひ》の本《もと》だ。ことさら倭城などとは呼ばぬ」

それが李に通じたかどうかわからなかったが、李が呟いた〈倭城〉のくぐもった言い方に、三郎太は朝鮮で日本軍に駆り立てられ、築城に従事した李ら朝鮮の民の苦しみを垣間見たような気がした。

三郎太は李に縄張図を示して、

「この山頂に新城の本丸を作る。本丸が何かわかるか」

と訊《き》いた。李は縄張図を見ていたが、しばらく経って、

――朝鮮でも城を作る前には同じような図を描く――

つっかえつっかえ、そのような意味のことを話した。菊乃が言ったように李は和言葉を解すが和言

葉で伝えることはまだ無理なようだった。

「ところが、山頂を覆っている土、これを表土《ひょうど》と呼ぶが、この表土が軟弱なのだ。こんな柔らかい表土の上に石垣を築くのは難しい。李ならどうする」

李は手振りと稚拙な和言葉で、表土を取り除き硬い土と入れ替える、と答えた。

「表土の厚さは一間や二間ではなさそうだ。すべてを入れ替えることなどできぬ。となればどうすればよい」

三郎太がさらに問いかける。李は時をかけて、

――ならば縄張図を描《か》き直して、本丸を他の所に移せばよい――

と告げた。それは思いもよらぬ答えだった。

さらに李とやりとりしていると、朝鮮でも縄張図と同じような図面があるが、それは単に指針のようなもので、城を作るべき地の現況に合わせて、日々描き換えられていく、ということがわかった。しかし、ここは朝鮮ではない。しかも縄張図を描いたのは肥後半国を統治する加藤清正と修験者の竜蔵院慶長である。描き直せなどとはとても言えない。

「話はこれくらいにして中食《なかじき》にしようではないか」

そう告げると三郎太は李を伴い観音堂まで行ってその縁《えん》に腰掛け、菊乃が出がけに渡してくれた竹皮の包みを開いた。握り飯が二個入っていた。三郎太は無言で握り飯を口に運ぶ。李もそれに倣《なら》う。

李は食べながらぽろぽろと飯粒《めしつぶ》をこぼした。ずいぶんとだらしない食べ方だ、そう思って三郎太は李のにぎり飯をのぞき見た。にぎり飯は粟《あわ》であった。自分のにぎり飯は麦を主に米が混じっている。粟

には麦や米のような粘りけがない。だからぽろぽろとこぼれるのだ。李は三郎太のにぎり飯に一度目を遣《や》ったが、黙って粟《あわ》のにぎり飯に食らいつく。それもいかにも美味《うま》そうにである。その李の仕草には粟のにぎり飯であることを三郎太に気づかせぬための配慮がみてとれた。三郎太は残りの一個を李の眼前にさし出し、代わりに李の包みを無言で取り上げた。驚く李に、

「明日からにぎり飯は同じものにしてもらうよう菊乃殿にお願いしておく」

とさりげなく言った。李は首を横に振り、粟は朝鮮で食していた、よく噛《か》んで食べればおいしい、これでよい、とたどたどしい和言葉で告げた。

「ならば、わたしも明日から粟のにぎり飯にしてもらおう。わたしと違う扱いを受けたら遠慮なく申してくれ」

三郎太の申し出に李はおずおずと頭をさげ、それから和言葉を教えてほしい、と頼んだ。

「そうしよう」

頷《うなず》いて三郎太は粟のにぎり飯を口にした。

第三章　茶臼山

（一）

「至急、来てほしいと覚兵衛が申しております」

李《リ》を伴って茶臼山踏査に出かけようとした矢先に、覚兵衛の妻女登世が三郎太の借屋《かりや》に来た。

「なにか火急なことでも起こりましたのか」

過日の覚兵衛と城代ら三名との激しいやりとりを間近で見聞きしていた三郎太である。不吉な呼び出しのように思えて妻女をうかがったが、その顔はおだやかである。その場にふたりを残して、三郎太は覚兵衛の屋敷に急いだ。早朝のせいか城下の道々を往来する人影はまばらである。頬に当たる風は心地よかったが、懐《ふところ》に入る風には日中の蒸し暑さを予感させる熱気が含まれていた。

覚兵衛の館《やかた》前に着いたが門前に人影はない。三郎太は、ごめんこうむります、と大声で訪《おとな》いを入れ母屋《おもや》に走った。

「おお、もう参ったのか」

縁側に覚兵衛が座していた。

「お呼びとのこと」

「ここに上がってこい」

その言葉に促されて三郎太は縁側に上がり、隣に座した。

「明日、大坂に出立《しゅったつ》する」

覚兵衛は前触れもなく言った。

「はて、大坂から殿がお戻りになるのではなかったのですか」

「わしもそう思って城代らと話を進めていたのだが、五日前、大坂より書状が届いた。書状には大坂と伏見での諸々が記されていた。その中で殿が御正室をお迎えになることが記されていた」

「御正室ですか？」

「殿にはすでにお小夜《さよ》様というお方《かた》様（側室）が居られるが、正室をお迎えになられるらしい」

「覚兵衛様おひとりで大坂に向かわれるのでしょうか」

「百人ほど腕の立つ家臣を連れていくことになっておる。すでに手配済みだ。そのうえ城に蓄えてある金子《きんす》も持ってこいとのこと。大坂、伏見で今、殿は抜き差しならぬ事に巻き込まれているらしい」

百人の家臣を上方に呼び寄せなければならないほど身辺が危ういのであれば、正室を迎えるどころではないはず。上方で何が起こっているのか、三郎太には思いもつかない。

「三郎太殿に来てもらったのは新城普請の下準備に入ってほしいからだ。そこで三郎太殿には普請人足として家中の者二千人を用意する」

「その儀について御城代は御同意なされましたのか」

「それで苦労したのだ。この三日間というもの、城代らと夜を徹して話し合った。ために大坂への出立が二日も遅れた」

「二千の人手が揃ったとしても、その方々をまとめ、命じ、監視する者、つまり御城普請総奉行が居なくてはなりませぬ。それは誰が担《にな》われるのでしょうか」

「城代にその役を引き受けるよう掛け合ってやっと引き受けてもらった。だが下川殿は御用繁多の身。三郎太殿が主になって新城普請の下準備に入ってくれ」

「わかりました。ついてはひとつだけ覚兵衛殿の耳に入れておきたい儀がございます」

「ややこしいことは殿が戻った時にしてくれ。出立の用意がまだ残っておるのだ」

「手短に申せば、茶臼山の土は石を組み上げるには柔らかすぎるのです」

「柔らか過ぎるとはどういうことだ」

思わず覚兵衛は問い返してしまった。覚兵衛も築城に深い知識を持っているひとりである。

「肥後と大坂の地味《ちみ》（土質）が全く異なるのです」

「地味の何が違うと申すのだ」

「肥後には火を噴く阿蘇山があります」

「阿蘇山は茶臼山からはるか彼方にある。あそこに行き着くには丸一昼夜を要するほど遠いのだ、茶臼山とは関わりはなかろう」

「茶臼山の裾野に住む古老にわたくしは話を聞きました。古老によれば、阿蘇山の噴火でどろどろの岩石があたかも舌のように流れ出て、その舌の先端が茶臼山である、とのこと」

今で言う〈火砕流《かさいりゅう》〉のことである。

「愚《おろ》かなことを申すな。いくら噴火が大きくともここまで岩石が流れてくるなど考えられぬ。阿蘇山からここまでは十二里（四十八キロ）余り隔たっている」

「阿蘇山とはそれほど恐ろしい山だ、とその古老は申しておりました。さらに古老が申すには、阿蘇山の噴火で吹き上がった灰が茶臼山にたくさん降り積もって今の形になったとのこと。そこに天守の土台石垣（天守台）を築こうとしても、それは砂上の楼閣になりかねませぬ」

「砂上の楼閣」

そう言って覚兵衛は絶句した。つまりは茶臼山山頂の表土をどうにかしなければ天守台は築けないと三郎太は述べているのだ。だが一日も早く新城を作らねば、先の見えぬ世に対処できない。清正は隈本城をきっぱりと見限ったのだ。その意を受けて覚兵衛は隈本城代の下川又左衛門らと激しくやり合ったのだ。

「このこと大坂に着きましたら殿にお伝え願います」

「そう申し上げるが、三郎太殿もじっくりと考えてよい対処法を探してくれ」

「むろんそのつもりですが、殿の早いお戻りをお待ちしております。その際には是非、竜蔵院様もお連れ願いとうございます」

「殿は遅くとも稲が実る頃までにお戻りになるであろう。それまで二千人を使って下準備に励んでくれ。おお、言い忘れるところであった。家中の者以外に朝鮮から連れてきた者、二百人ほども人足として使ってくれ」

「それで思い出しました。覚兵衛殿に前々からお訊《たず》ねしたいと思っていたのですが、李は一体どのような経緯《いきさつ》で肥後に連れてこられたのですか」

「あの者は釜山浦《プサンポ》に殿が城を築いた折に徴用し、石垣を積ませた朝鮮の石工《いしく》だ。歳は若いが石工としてはなかなかの技をもっておる。李には朝鮮の人足を束ねる役に就かせるよう城代に言ってある」

三郎太は李のうつむき加減の姿を思い浮かべた。これで李の素性が少しわかったような気がした。

四月二十日、飯田覚兵衛は百余名の肥後武士を率いて隈本城を発った。

隈本から大坂へ行くには二つの経路がある。ひとつは豊前《ぶぜん》街道を、もうひとつは豊後《ぶんご》街道を利用する経路である。

一ヶ月前に覚兵衛と三郎太が大坂から肥後に入った経路は豊後街道である。しかしこの度は豊前街道を利用することにした。

隈本から豊前街道を辿《たど》って豊前小倉津（小倉港）に行き、そこから海路で難波《なにわ》へと向かう。小倉津経由に決めたのは、この港に加藤家の軍船が繋留《けいりゅう》されていたからである。前年加藤清正軍は朝鮮から数十隻の軍船に分乗して博多港に引き揚げてきた。その軍船の数隻が小倉津に送船されていたのである。百人の家臣を乗せてくれる廻船問屋の商船を小倉津に着いてから探し出すことなどできないとわかっていたので、加藤家の軍船で難波に向かうことにした。

覚兵衛を見送った登世は再び主の居ない飯田屋敷で息子三人との暮らしに戻った。ようやく覚兵衛と息子らがうちとけてきたことに安堵《あんど》していた登世であったが、三人は父との別れにさしたる寂しさも見せず、むしろ清々しているのが登世には羨《うらや》ましかった。

（二）

開け放たれた隈本城本丸御殿に盛夏を思わせる風が吹き込んでくる。

「家中の者二千人を普請人足として揃《そろ》えることで覚兵衛殿と話がついた。と申すより覚兵衛殿に押し切られた。すでに二千人の目鼻はついた。だが今日明日に揃うというわけにはいかぬ。何せ阿蘇郡のような遠方の地から参る者もおるからの」

城代下川又左衛門は三郎太にこれ以上できないと思われるほどの渋い顔をして見せた。

「今すぐに二千の普請人足を揃えることはありませぬ。まずは二百人ほどをお願いいたします」

「二百人で何をいたすのだ」

「縄張図に基づいて新城の本丸、二の丸、三の丸の区画割りをいたします。区画線は縄を地に張って決めていきます。故に縄張りと呼ぶのですが、二百人でこの業《ぎょう》をいたします」

「二百人はすぐ揃《そろ》えよう」

「縄張りをするには木材、鋤鍬《すきくわ》、稲縄《いねなわ》、カケヤ（木製の大槌《づち》）、木車《きぐるま》などが要ります。その調達もお願いしたいのですが」

「木材、木車は隈本城の改修で使っていたのを流用すればよい。鋤鍬については百姓らから供出してもらう」

「この時節、お百姓の方々は田畑の手入れに忙しい最中。田植えが始まれば鋤鍬を使う回数は減りましょう。その時を待って鋤鍬を借り上げてくだされ」

「借り上げる？」

「お百姓方に鋤鍬の借り賃を支払ってほしいのです」

「そのようなことは聞いたこともない。飯田殿は百名の家臣と城に蓄えてあった金子《きんす》のほとんどを持って殿の許《もと》に参られた。百姓らに支払う金子など隈本城を逆さにして振っても出てこぬわ」

又左衛門はいまいましげに口をゆがめる。

「今すぐに払えとは申しませぬ。殿がお戻りなされた折に、この戸波三郎太が百姓から鋤鍬を借りたが、まだその借り賃は支払ってない、と申し添えていただきたいのでございます」

「小賢《こざか》しいことを申す。わしがこの七年もの間、肥後の百姓らの苦しみを知らぬとでも思っておるのか」

又左衛門は三郎太を睨《にら》みつけ、それから腕を組んで目をつぶった。大広間には三郎太と又左衛門しかいない。風は絶えず三郎太にまといつくようにして吹き抜けていく。

「承知した。肥後半国を統《す》べるよう殿から命じられたのはこの下川又左衛門。おぬしに責を取らせるようなことはせぬ」

目を開けた又左衛門は初めて穏和な顔をした。三郎太は頭をさげて謝意を示すと、

「わたくしは肥後の内情を知るにつけ、統治の難しさがわかって参りました。その肥後を殿（清正）に代わって懸命に治めてこられた御城代の手腕に感服しております」

媚《こ》びるように言った。人は褒《ほ》められて悪い気はしない。又左衛門は思わず口の端をゆるめた。

「それに比べ、わたくしは肥後に参ってまだふた月余。頼るべき覚兵衛殿は再び上方に参られました。新城普請を始めるにはまず家中の方々にそのことを周知させることが肝要かと存じます。そこで御城代の手で鍬入《くわいれ》を行っていただきたいのでございます」

鍬入、とは今でいう地鎮祭、起工式のことである。

「鍬入は殿直々に行うのがよいのではないか」

「殿のお戻りを待って行うのでは時期を失します」

「わしでよいなら引き受けよう」

又左衛門はそう告げて、これ以上新城普請の話は聞きたくないといった風に素早く座を立った。

翌朝、菊乃が用意してくれた朝餉《あさげ》を食べ終えた三郎太と李は家の拭き掃除を始めた。三日に一度の割で家内《いえうち》の掃除をすることに三郎太は決めて、自ら率先して行うことにしたのだ。菊乃が下僕や下働きのやることだからやめるよう忠告したが三郎太は意に介さなかった。李と一緒に拭き掃除をするこ

とは和言葉を教えるよい機会でもあった。三郎太らの掃除姿に菊乃は黙っているわけにもいかず、ふたりに加わって雑巾を手にした。菊乃は自邸を大事に扱ってくれる三郎太と李《リ》に密かに感謝した。掃除が一段落して三郎太と李は縁に腰掛けた。

「覚兵衛殿は新しい城を普請するにあたって、朝鮮の方々三百余人も加わるよう告げ、さらにその者達を李に束ねさせよ、と言い置いて上方に発《た》たれた」

李は仰天し、

「わたくしにそのような力はありませぬ」

と手を横に激しく振った。

「朝鮮の者ばかりであれば話も弾《はず》むであろう、気張らずにゆるりとやればよい」

李はしばらく考えた末、次のようなことを話した。

朝鮮から連れてこられた人々は三つの集団に分けることができる。ひとつは瓦や陶磁器を焼く者と紙を作成する者などの職人集団で、清正が釜山から撤退する際に連れてきた人々。二つは唐入りした日本軍に進んで協力した者達で、日本軍が優位な戦いをしている時は羽振りもよかったが、劣勢になると朝鮮にいる場所を失い、やむなく日本軍と共に肥後に来た者達。そして三つは清正が唐入りで疲弊した肥後を立て直す一助として捕虜にした朝鮮農民。三百余人はそのいずれかの集団に該当すると、とつとつと伝えた。

「そのようなわけで、気張らずにやれと申されても、わたくしごときの者では自国（朝鮮）の者をまとめることは難しいと存じます」

考えてみれば李はまだ二十二歳、しかも和言葉もまだまだとあっては固辞するのも無理からぬように三郎太には思えた。

「どうしても断るなら李に代われる者を教えてくれ」

「キム様なら束ねられましょう」

「その者とは？」

「李王朝の宮中奥深くに勤めておられた方で、金宦《キムカン》と申します」

「李王朝なれば殿の兵と戦った敵軍。その重鎮《じゅうちん》がなぜ肥後に居られるのか」

「わたくしから委細《いさい》は申し上げられませぬ。ただキム様は加藤清正様から目をかけられ和言葉にも通じておられます」

「金《キム》殿は今、何処に」

「隈本城の城代下川様に預けられているそうでございます」

「李がそう申すなら、その金殿に一度会ってお願いしてみよう」

「そうなされませ」

李は一礼すると、これから庭の掃き掃除をする、と告げて縁を立った。三郎太は自室に戻り着替えを済ませると隈本城に向かった。

城下から城に続く道には多くの人々が往き来していた。三郎太は城を正面に見て歩く。白川に架かる白川大橋を渡る。東から西に流れ下る白川は白川大橋の下流半町（約五十五メートル）のところで北側に大きく蛇行し、円を描くようにして城下町を割って流れていく。その形は昔物語の瘤《こぶ》とりじいさんの瘤《こぶ》のようだ、と三郎太は白川大橋を渡るたびに思う。橋を渡れば隈本城は目前である。

城代・下川又左衛門の屋敷は隈本城二の丸東側の一角にある。三千五百石取りの下川邸は本城（隈本城）城代でありながら豪奢《ごうしゃ》ではない。支城を預かる家臣らのなかには四千石を超える者もいて、本城城代の石高が家臣のなかで一番高いというわけではない。このことも清正の留守の間、肥後半国を預かる又左衛門の施政を難しいものにしているように三郎太には思えた。

「昨日、会ったばかり、なんぞまだ言い足りぬことでもあったか」

登城直前だった又左衛門は不機嫌をあらわにする。

「朝鮮より参ったキム（金）殿に話があって参りました」

「ほう、キムを存じておるのか」

「新城普請で与力していただく朝鮮の方々をキム殿に束ねていただきたいと思い、ここに参った次第」

「それは妙案じゃ。覚兵衛殿は李《リ》なる若者に束ねさせると申したが、李は朝鮮で一介の石積み人足だという。朝鮮の者共を束ねるにはいささか荷が重すぎると思っていた。キムはわが屋敷の西隅にある改造した蔵に住まわせておる。行って会われよ」

そう言い残して又左衛門は数名の供を従えて本丸に向かった。

三郎太は蔵に行って訪《おとな》いを入れた。重い蔵の扉が開いて壮年の男が顔を出した。肥後武士そのものの姿形で朝鮮を思わせるものは一切身に着けていない。

「どなたでございますか」

受け答えも日本人が話す抑揚《よくよう》と全く変わらない。蔵内に導いた金《キム》は三郎太と正対すると、

「ご用件は」

と訊《たず》ねた。三郎太は新城普請の経緯《いきさつ》を告げたうえで、

「どうであろう引き受けてもらえないであろうか」

と頼んだ。

「清正公はわたくしが自国（朝鮮）の者達を束ねることをお喜びなされましょうか」

「それで城作りが首尾よく進むのであれば、殿はむろんお喜びになられるはず」

「殿のお役に立てるなら、命に代えてお引き受けいたします」

金の思い入れた口調に三郎太は李が言ったことを思い出した。李は金が李王朝の重鎮であったにもかかわらず何故肥後に来たのか、その理由は金自身に訊《たず》ねるように、と告げて口をつぐんだのだった。

「キム殿は何故そのように殿に心を寄せておられるのだ」

金に朝鮮の者達を任せる以上、金の心情を知っておくことは三郎太にとっても欠かせないことである。

「清正公に惚れたからでございます」

三郎太は思わず眉をひそめた。惚れるとは心を失うまでに思いをかけるということで、通常では男女の間柄に限ることが多いからである。その時、三郎太は李が、金は宮中奥深くに勤めていた、と言っていたのを思い出した。

明朝（中国）や李朝（朝鮮）には宦官《かんがん》という制度があると聞いたことがある。宦官とは宮廷や後宮に仕える去勢した男子の呼称で、しばしば政権を左右するほどの権力を振るった、とも聞いている。そういえば金の名は宦《かん》である。ひょっとして金は宦官なのかもしれない。そう思い至ると、金が言う〈惚れた〉は男と女の感情に近いものなのかもしれないと思った。

「もしや、キム殿は宦官であったのでは」

「いや、わたくしはちがいます」

気分を害したのか金は首を横に強く振った。

「異国の殿（清正）に惚れたがゆえに李朝で高い身分であったキム殿が自ら職を辞して肥後に参ったなど、わたしにはどう考えてもわからぬ。一体、殿のどこに惚れたのだ」

「これは下川様にもまだ打ちあけておりませぬが、こうしてわたくしをわざわざお訪ねくだされた戸波様のお心を察してお話しいたします」

金宦は姿勢を正すと、

「壬辰和乱《じんしんわらん》（文禄の役）の折、わたくしは宮中で臨海君、順和君の二王子に仕える小侍郎という役についておりました。その宮中に加藤清正公の軍が攻め込み、二王子とわたくしは捕らえられました。朝鮮では清正公のことを鬼将軍と呼んで、泣き止まぬ赤子に〈清正〉とささやけばたちどころに泣き止むとさえいわれるほど恐れられ嫌われておりました。王子もわたくしも死を覚悟しました。ところが清正公は私どもを丁重に遇して、決して礼を失するようなことはありませんでした。朝鮮・明軍と日本軍の間に和平交渉が始まると、王子とわたくしは手厚く漢城《ハンソン》に送り返されました。他の武将に捕らわれていたら首を落とされていたでしょう。それをもってわたくしは清正公に惚れたと申したのです。この恩をお返しするため清正公のお側で生涯お仕えしよう、そうわたくしは意を決し、清正公が朝鮮を去る時、頼み込んで肥後に連れてきていただいたのでございます」

金《キム》は日本軍と明・朝鮮軍の間で和平交渉が続いていた四年にわたる休戦期間中、駐留する日本の兵士から和語を学んだという。壬辰和乱とは文禄の役のことで朝鮮ではそう呼んで、決して文禄の役とは呼ばなかった。同じように再度の朝鮮出兵である慶長の役も朝鮮では丁酉再乱《ていゆうさいらん》と呼んだ。朝鮮では年号を干支《えと》であらわすことから、日本兵が朝鮮に侵攻した年を干支で言い表した。

聞き終わった三郎太は何とも答えようがなかった。これは美談であるのか、それとも単に金の思い入れなのか、三郎太には判ずることが難しかった。ただ金の顔に李の顔を重ねた時、連れてこられた朝鮮の人々の様々な苦悩が少しだけわかるような気がした。

（三）

茶臼山の西麓に二百余人の家中の者が集まっていた。手にはカケヤ（大木槌）、木杭、間縄《けんなわ》、稲縄《いななわ》の束などを持っていた。

「今日から縄張りを始める。昨日までの五日間、方々《かたがた》は木杭の扱い、縄の張り方、方角の定め方など、わたしと共に学んだはずだ。それをよく頭に入れて縄を張ってほしい」

三郎太は二百余人を前にして大声で告げる。

五日前、領内九郡（玉名、山鹿《やまか》、山本、飽田《あきた》、託麻《たくま》、菊池、阿蘇、芦北《あしきた》、合志《こうし》）から召集した家中の者二百余人を隈本城本丸の大広間に集め、城代下川又左衛門から新城築造について話がなされた。又左衛門は三郎太を土方の棟梁役に任じるとともに普請場での全権を三郎太に委ねることを申し伝えた。その日を入れて五日の間、三郎太は二百人に縄張図の見方、東西南北の決め方、城郭の境界に張り巡らす縄の扱い方、木杭を打つ箇所などの知識を丁寧に教え込んだ。いわゆる城作り前段の研修である。

驚いたことにこの二百人は三郎太が教えたことを瞬《また》く間に理解した。あまりの飲み込みの良さに三郎太は家中のひとりにその理由《わけ》を訊《き》いてみた。

「わしらは召し抱えられたその日から隈本城の改修に加わり、それが終わらぬうちに唐入り本陣となる名護屋城（現佐賀県唐津市）普請に駆り出され、さらに唐入りすると釜山浦《プサンポ》などに城を作らされた。つまり吾等は城作りの手練《てだ》れでござる」

と胸を張った。三郎太はにわかに眼前が開けるような気がした。大坂から遠く離れた肥後、城作りは一歩も二歩も遅れていると思ったが、どうやらそれは思い違いだった。

三郎太は縄張りに従事する二百人を五十人ずつ、四つの組に分けた。各組には組頭《くみがしら》を置いてその者に指揮を執らせた。組頭は研修中に特に優れた理解を示した新美八左衛門《にいみはちざえもん》、阿佐古《あさこ》太郎、小野弥五兵衛《やごへえ》、天野九十郎に就いてもらった。新美は七十五石取り、阿佐古は五十石取り、小野と天野は又者《またもの》でそれぞれ十五石取りであった。

又者とは領主の家臣が召し抱えた侍《さむらい》のことである。たとえば清正の家臣である下川又左衛門が召し抱えた家臣は又者となる。徳川期になって又者は陪臣《ばいしん》と呼ばれるようになる。

新美組には茶臼山南崖《なんがい》を、阿佐古組には茶臼山西麓の緩斜面を、小野組には茶臼山東崖《とうがい》、天野組には北崖《ほくがい》の縄張りを受け持たせた。その上で三郎太は本丸となる山頂の縄張りを自ら行うことにした。

縄張りは順調に進まないのが常である。現地（茶臼山）と縄張図の間に様々な差異が生じるからである。

縄張図は平面に描かれたもので、この図に基づいて城郭の区画線を縄を張って地表に落としてゆく。しかし高低差を描けない縄張図と現地（茶臼山）では必ず差異が生ずる。この差異を解消するには縄張図の作成者と現地に縄張りを施《ほどこ》す者の緊密な打ち合わせと調整が欠かせない。しかし縄張図を描いた竜蔵院慶長は、今どこに居るのか定かではなかった。そこで三郎太は独断で現況に合わせて縄張りを変えていくことにして、これを新美らに指示した。

三郎太は山頂に縄を張っていくに従って不安になってきた。それは初めて茶臼山の山頂に立って権現堂脇の表土を手に取ったときに感じた不安と同じものだった。山頂の表土がともかく細かいのである。なんとも扱いにくい代物だった。縄を張るのに必要な木杭をカケヤで打ち込むのだが、二、三回打ち込んだだけで二尺（約六十センチ）も貫入する。大坂の土ならば十回打ち込んでもせいぜい一尺（三十センチ）だ。この表土で重い石垣を支えられるのか、そのことを考えると不安になった。

――五月《さつき》に入りました――

と李《リ》に言われた時、三郎太は比叡山の麓、穴太《あのう》の郷《さと》に思いを馳せた。五月の穴太の郷は梅雨に入る前で、最も新緑が美しい季節である。比叡山から吹き下ろす薫風《くんぷう》にはまだ寒気の芯《しん》が残っていて、汗ばむ身体に一服の清涼剤となった。それに比べ、隈本の風には来《きた》るべき夏の猛暑を感じさせる熱の塊《かたまり》が感じられた。梅雨が到来していないのに、すでに肥後の空は初夏のもやった色を帯びている。

三郎太はまだ肥後の夏を知らない。だがその暑さは今からでも十分に肌に感じることができた。

「今日をもって縄張りは仕舞いですぞ」

茶臼山南崖の縄張りを担当した組頭、新美八左衛門が三郎太に笑いかけた。

「縄張りが終われば、次は茶臼山西麓に作る二の丸の地均《じなら》し」

三郎太は縄張りが終わったことに安堵《あんど》しながら笑い返した。

「縄張りは初めてのことで戸惑いもありましたが、地均しとなればお手のもの」

新美は支城の改修、名護屋城の普請、釜山浦《プサンポ》の城作りに加わったひとりである。

「昨日、新城普請総奉行の下川様より鋤鍬《すきくわ》二千挺が揃《そろ》った、との報《しら》せも届いた」

「なんでも百姓らは競って鋤鍬を貸し出したそうですな。借上げ賃を支払うなど、今までになかったこと。吝《しわ》い下川様がよく銭を出されましたな。これで地に落ちていた下川様の評判も少しはよくなるやもしれませぬ」

「下川様は下川様で一所懸命なのだ」

三郎太は笑いたいのをこらえて言った。

「下川城代は損な籤《くじ》を引いたとも言えますな。この七年間というもの、肥後半国の政《まつりごと》は殿（清正）が朝鮮から下川様に送った書状に基づいて行われてきました。殿の留守が一年ほどなら下川様もそれほど御苦労はなさらぬであろうが、かくも長い留守では統治のタガがゆるむのも無理からぬこと」

「下川様からは新たに城普請に加わる千八百人余の家中の方々が揃《そろ》った、との報《しら》せも届いた」

「そのことでござる。千八百人のうち、隈本城下に居を構える家中の者はおよそ三百人。残りの千五百人ほどは阿蘇郡、玉名郡、山鹿郡、託麻《たくま》郡など九郡から参った御家中の方々ですが、この者達が寝泊まりする所を確保するのが厄介。そのような大員数を寝泊まりさせる館など隈本の城下にはありませぬから隈本城の二の丸、三の丸の館に寝泊まりすることになります。今までわたくしも、三の丸の片隅に建てられた仮宿舎に寝泊まりしておりましたが、これからは寝返りも打てぬほどに混み合うことになります」

「城下には空き家も多いと聞いているが」

「むろんそうした空き家にも寝泊まりさせるようですが、それはせいぜい五百人ほど」

「早急に仮宿舎を作るよう普請総奉行の御城代にお願いしてみよう」

大坂城の普請では最盛期に七万もの人足が城下にあふれた。城下に住まう者と人足の間で様々な諍《いさか》いがあり、それを裁くための奉行（町奉行）も新たに置いた。肥後半国、そこまでの心配は無用としても、このまま放置してはおけない。ただその配慮は三郎太がするものではないようにも思えた。

「どうであろう、わたしの住まいしておる家は独り身には広すぎる。今、李とふたりで住んでいるが、まだ十人ほどが寝泊まりしても余る広さだ。新美殿、それに他の組頭、阿佐古殿、小野殿、天野殿に宿舎として供《きょう》したいのだが」

「それは願ってもないこと。戸波様がお住まいになられている家は、たしか生駒《いこま》利昌様の館でしたな」

「生駒様を存じていたのか」

「利昌様は玉名郡内の蔵入地《くらいりち》代官をなされておりました。その折、わたくしは利昌様の与力として代官屋敷に出仕しておりました」

「では菊乃殿を存じておられたのか」

「菊乃様も代官屋敷に移って参られましたので、いつも顔を合わせておりました」

「利昌様は唐入りで討死《うちじに》なされたそうだが」

「どこで、誰に殺されたか未だに不明です。と申すより何十万もの明、朝鮮軍に攻め立てられたわが軍はちりぢりとなり、お互いを助け合うこともままならぬ中、自分《おのれ》の命を守るだけで精一杯でした。利昌様の御遺骸は朝鮮の原野のどこかに野ざらしになっているに違いありませぬ」

三郎太が肥後に着任した時から感じ続けていることのひとつは、この肥後《くに》は唐入りの打撃からいまだに立ち直っていない、ということであった。立ち直るには清正の肥後帰還が必須だ。だがその清正は豊臣秀吉薨去《こうきょ》の後の覇者争いに巻き込まれて、戻る日さえ決まっていない。

城下は急に活況を呈するようになった。一挙に二千人近い男達が押し寄せてきたのだ。それを目当てに日用品を商う者、食べ物を売る百姓らが近隣から城下に参集した。いつもは閑散としていた道々にそれらの人々が仮設の店を出して、大きな声で客を呼び込んでいる。

城作りは直接工事に携わる者達だけでなく、様々な人々の助けがあって進んでいくものだ、と三郎太はつくづく感じる。

それから数日後、新美ら四名は三郎太の住まう屋敷に移ってきた。

「そうですか、新美殿が新城普請に一役買われるのですか。夫が生きていれば喜んだでしょうね」

菊乃は久しぶりに会った新美に感慨深げに応じた。

「この館を戸波様にお貸しになる菊乃様の御心中、お察しいたします。そのうえわたくし達の朝餉《あさげ》、夕餉《ゆうげ》の賄《まかな》いまでしてくださるとは……。利昌様は天空からどんな思いで菊乃様を見下ろしておられることか」

新美の顔がゆがんだ。

「新美殿はまだ唐入りの諸々をひきずっておられるのか。わたくしは戸波様にこの家《や》をお貸しした時をもって前を向くことにいたしました。今、わたくしは賄婦として戸波様をはじめ新美殿ら六人の朝、夕餉をいかに美味しく作るかで頭が一杯です。さいわいなことに戸波様は下僕ふたりと下働きの女《もの》二名をわたくしにつけてくださるとお約束してくださりました。そこでこの家を退去するまで雇っていた下僕と下働きの女に戻ってきてもらうことにいたしました」

「おお、それはなによりのことでございます」

新美の泣きそうな顔は安堵のそれに変わっていた。

（四）

五月二十五日、三郎太は李《リ》と共に茶臼山山頂に立っていた。

西に広がる平地（熊本平野）を割って白川が蛇行しながら流れ下っている。白川をどこまでも下ればば有明の海に溶け込む。干満の激しい有明の海は豊穣の海でもある。そこからもたらされる魚介類は肥後の民にこのうえない恵みをもたらした。唐入りした兵の兵粮米《ひょうろうまい》を七年もの間送り続けた百姓らが、困窮しながらも飢死《うえじに》しなかったのは有明の海がもたらす魚介類があったからである。

三郎太は反転して東に向いた。遠方に望める阿蘇連山の頂から抜け出した太陽が三郎太の両眼を射た。三郎太は目を閉じて深く頭を垂れ、

――首尾良くいきますように――

と心中で祈った。それから李を伴って西の斜面を下る。

西麓には百五十人ほどの家臣が参集していた。その中央に城代下川又左衛門が装束を正して床几《しょうぎ》に腰掛け、両脇に中川重臨斎、加藤喜左衛門が控えている。三郎太と李は又左衛門の近くに進み、そこに用意されていた床几に腰掛けた。

又左衛門の前には白砂が富士山状に盛られている。高さは半間（九十センチ）ほどである。その白砂の正面と思《おぼ》しき所に赤色の絹弦《けんげん》を張った弓と三本の白羽の矢、それに柄を紅白の布で巻いた鍬《くわ》が置

いてある。さらにその横には赤飯を山盛りした平桶五本と酒三樽、肴《さかな》をうずたかく盛った盆二十枚などが置かれていた。

卯の刻（午前六時）を告げる梵鐘の音《ね》が朝の静寂《しじま》を破って城下から聞こえてきた。

床几に腰掛けていた又左衛門は、立ち上がると白砂の間近まで進んだ。三郎太もそれに倣《なら》う。又左衛門はそこに置かれている弓を取った。三郎太が少し遅れて三本の矢を取った。又左衛門が弓を構えると三郎太が一本目の矢を又左衛門に渡す。又左衛門はそれを受け取ると丑寅《うしとら》(北東)の方角に向かって矢を番《つが》え、一呼吸おいてから射た。これを三度繰り返すと、又左衛門は弓と引き換えに鍬《くわ》を手に取り、白砂の小山に三度振り下ろした。鍬を三郎太に渡した又左衛門は家臣達に向き直り、ひとつ大きな咳《せき》払いをした。

「まだ、殿は肥後にお戻りになられておらぬ。僭越《せんえつ》ではあるが、この下川又左衛門が新城の鍬入《くわいれ》の音頭をとらせていただいた」

居並ぶ家臣は皆、不服そうな顔で又左衛門を注視する。鍬入とは起工式と地鎮祭のことである。

「鍬入は新城を作るにあたって最も大事な行事。そこに殿が居られぬ。何故《なにゆえ》このように長きにわたって殿が大坂に御逗留あそばすのか、その理由《わけ》をお聞かせくだされ」

家臣のひとりが問う。

「殿からの書状にその理由など記されてはおらぬ」

又左衛門が興ざめした声で応じた。

「家中の二千人もが築城に駆り出されるのだ。しかも百姓らはこの普請に誰ひとり加わっておらぬ。

まずは百姓らを人足として徴用し、それで足りないのであれば吾等を使う、それが御城代としてとるべき途《みち》ではござらぬのか」

この厳しい抗議に他の家臣らは大きく頷《うなず》く。

「まずは百姓らを人足として徴用してくだされ」

家臣が声を高める。

三郎太は清正が留守の肥後半国の実情をまざまざと見せられた気がした。又左衛門がどう収めるか、そう思って三郎太は又左衛門を注視した。又左衛門はいかに返答しようかと思い倦《あぐ》ねているのか、問いつめる家臣をにらみ据え、口を噤《つぐ》んでいる。険悪な沈黙がその場を覆《おお》った。陽は少しずつ高くなり、容赦なく南国の熱波を集まった者達に注ぐ。沈黙は少しずつ膨れ上がり、噴出するかに思えたその時、

「そのことお答え申す」

と家臣らの後方から声があがった。全ての者が後方を振り向く。短躯の男が家臣らを割って又左衛門の傍《かたえ》に進み出た。家臣らから驚きの声があがった。

「覚兵衛殿」

三郎太は思わず呟いた。まぎれもなくそこに現れたのは飯田覚兵衛であった。

覚兵衛は先月、四月二十日、百名の武士を連れて大坂に向かったはずである。今日は五月二十五日、ひと月あまりで肥後と大坂を往復したことになる。徒《かち》でも船で瀬戸内を漕《こ》ぎ渡っても、大坂までは十二、三日を要する。つまり覚兵衛は大坂に数日滞在しただけで、再び肥後に戻ってきたのだ。

「これから申すことは飯田覚兵衛でなくわが殿、加藤清正様がわしの口を借りて話されている。そのように心得くだされ」

覚兵衛の声が百五十人の家臣に響き渡る。

「では、改めてお訊《たず》ね申す。なにゆえに百姓らを徴用せぬのか」

覚兵衛の言に怖《お》じることなく、家臣のひとりが声を高める。

「ここにお集まりの方々のほとんどは朝鮮にて共に戦った方々。吾等が存分の戦働《いくさばたら》きができたのも、また飢えもせずに肥後に戻れたのも兵粮米《ひょうろうまい》があったればこそ。その兵粮米は百姓らが食らうべき米を全て供出し、自《みずか》らは稗粟《ひえあわ》を食らって送り届けたもの。しかも一年や二年ではない。実に七年の長きにわたってである。ために百姓らは疲弊しきっておる。それでも百姓らは歯を食いしばって今年も田植えを終え、秋の収穫に向け、繁多な日々を送っている。このこと殿は大坂にあって重々おわかりになっておられる。ところがおぬしらはどうじゃ。戦場《いくさば》では多くの同胞を失ったが、生き残ったおぬしらは朝鮮から退去した後、何をしていた。疲弊した肥後半国の現状を嘆くだけで、殿の御帰還がないことに不満を募らせるのみ。その他に何を為したと申すのだ」

覚兵衛はそこで大きく息を吸い込んだ。

「吾等とて指をくわえて座していたわけではござらぬ。七年も異国にあって、肥後に戻ってみれば覚兵衛殿が申す如くの国情。今浦島《いまうらしま》の心境であった。殿がお側に居られるなら殿のご命令に従って為すべきことを為すのだが、殿は大坂からお戻りになるご様子もない」

その言に皆は等しく頷《うなず》く。

「今、為すべきことは百姓らの手を借りずに新城の普請に取りかかることでござる」

覚兵衛が断ずるように告げる。

「新城など築かずに本城の改修を続け、堅固な城にすれば人手も銭もかからぬ。惣奉行は覚兵衛殿の説得を受け入れて本城の改修を断念なされたが、それは吾等の本意ではござらぬ。本城の改修は続けるべきであると思っている」

「はっきり申そう。吾等は長きにわたった朝鮮への出兵で、戦惚《いくさぼ》けに陥《おちい》っておるのだ。目をさまして畿内や東海に目を向けよ。今大坂では容易ならざることが起きている」

覚兵衛が一段と声を張り上げる。

「大坂は海を隔てた地にある。そのような遠地で容易ならざることが起きていると申されても、とんと腑《ふ》に落ちぬ。覚兵衛殿は上方から帰ったばかり、ならば吾等が得心するよう申されよ」

居直るように家臣のひとりが言い返す。

「おお、そのためにわしはたった七日ほどしか大坂に留まらず、肥後に戻って参った。お伝え申そう。話は閏《うるう》三月三日に遡《さかのぼ》る。その日、ご存じのように前田利家様がお亡くなりになられた」

「むろん存じておる。それを契機にして殿や福島正則様らが石田三成様を除こうと決起したこともな。朝鮮での石田様の意地悪い仕儀を振り返ってみれば、殿が決起した心情を吾等は重々わかっているつもりだ」

秀吉は唐入りした武将の行動を評価する目付《めつけ》役に石田三成を充《あ》てた。

唐入りする前までの清正は、後世で言い伝えられているような勇猛な武将ではない。それまでの清正は秀吉が率いる軍の兵粮や銭の管理などの裏方として奔走し、戦功らしきものはない。賤《しず》ヶ《が》岳《たけ》七本槍のひとりとしてその剛勇ぶりが喧伝《けんでん》されているが、それは後世、明治時代以降になってからのことで、賤ヶ岳の戦いでの清正は福島正則らと比べれば武勇を誇れるほどの働きはしていない。秀吉は清正を勇猛な武将としてでなく、事務処理に優れた武将（能吏《のうり》）に育てようとしたのである。だからこそ清正に主計頭《かずえのかみ》という役を与えて豊臣家の財産管理を担《にな》わせたのだ。そこへ後から秀吉の家臣となった石田三成が割り込んできた。三成は天才的な能吏と言ってよかった。たちまち秀吉の信任を得る。清正と三成はいやがうえにもお互いを意識するようになる。今流に言えば強力なライバルである。清正が二十七歳の時、肥後半国の領主となると、それより二年遅れて三成は近江国の四郡十八万石の領主となって佐和山城に入った。この時、三成は三十一歳、すなわち清正より二歳年上である。

そして朝鮮への出兵である。主戦力は西国、四国、九州の大名が担うことになったため、石田三成ら近畿の大名は出兵を最小限にとどめることができた。出兵の第一陣の総大将は小西行長、二陣の総大将は加藤清正である。四千石にも満たなかった加藤清正が、十九万石の大名になり、さらに二陣、二万二千余の兵を率いる総大将にのぼりつめたのである。なにもかも清正にとっては未体験であった。それゆえ秀吉の命令を仏の声と思い定めてひたすら守り、遮二無二突き進んだ。そこに戦場での働きを評価する目付《めつけ》として石田三成が朝鮮に乗り込んできた。すでに清正と三成、相容れない仲である。三成の清正評価が良いわけはない。それに比して第一陣の総大将小西行長の評価は高かった。行長と三成は出世争いをする仲ではない。一方、肥後の半分ずつを領している行長と清正は領主として競い合っている仲である。清正からみれば三成は敵。三成と行長が緊密な仲となったのはごく自然な成り行きであった。

「殿の決起は石田様が事前に知ることとなり、不首尾に終わった。そのこともすでに皆には周知してあるはずだ」

覚兵衛は皆に確かめる。

「それも聞かされておる。しかしながら、その先の顚末《てんまつ》を吾等は聞かされておらぬ」

「殿や福島様らの決起を知った石田様は大坂の自邸を抜け出し、右府様（徳川家康）の館に逃げ込んだのだ」

「なんと自ら火中に飛び込んだのか」

「窮鳥懐に入れば猟師またこれを殺さず、の例《たと》えがあるように、右府様は石田様を自邸に匿《かく》まった。殿や福島様、細川様らは徳川邸を十重《とえ》二十重《はたえ》に囲み、石田様を引き渡すよう談判したが、右府様は殿らを一歩たりとも自邸に踏み込ませなかった」

「殿と右府様は共に手を結ぶ仲であろう。それに比して石田様は右府様と相容れぬ仲。引き渡してもよかろうものを」

「石田様は五奉行の筆頭。五大老の前田利家様の跡を継いだ利長《としなが》様が石田様の新たな後ろ盾になられるのは明らか。さらに他の三大老、毛利輝元《てるもと》様、上杉景勝《かげかつ》様、宇喜多秀家《ひでいえ》様らは石田様と親しい間柄。こうしたなかで右府様が殿や福島様らの要請に応えて石田様を引き渡せば、四奉行三大老を敵に回すことになる。右府様は二百五十五万石の大大名でおわすが、大坂からはるかはなれた江戸の領主。大坂に右府様の家臣はわずかしか居らぬ。ところが四奉行三大老の領国は江戸から比べれば大坂にずんと近い。石田様を殿らに引き渡せば、これを口実に四奉行三大老のお大名は右府様を攻め殺そうとするであろう。右府様の家臣らが江戸を発って大坂に着く頃には、右府様の首が京の三条大橋に晒《さら》されているやもしれぬ。そうならぬために右府様は、殿らの立場と四奉行三大老の立場の落としどころとして、石田様の一命を助け、佐和山城に閉居《へいきょ》させたのでござる」

「そのような重大事を殿は今まで吾等に隠していたのか」

家臣のひとりが声を荒げる。

「そうではない。殿は吾等に書状を認《したた》める暇もなかったのだ。右府様は殿を頼りとしておられる。それに応えるために殿は国許《もと》から腕に覚えのある家臣百名ほどを呼び寄せ、右府様の警護にあたらせた。そのお心遣いに感じ入った右府様は、殿に右府様縁《ゆかり》の方を正室として迎えるようお薦めになったのだ」

家康の生母は於大《おだい》の方である。その於大の方の弟、水野忠重《ただしげ》の娘（清浄院）を家康は養女にした。この清浄院を清正の正室として取り持ったのである。これによって徳川家と加藤家は縁戚となる。おそらく家康はいずれ四奉行三大老と決別して戦う羽目になるだろうと考えていたに違いなかった。その時、清正の立場は微妙である。石田三成は豊臣秀吉の忘れ形見、秀頼を担ぐ筆頭である。その三成を敵にすることは豊臣家に弓を引くことになる。清正は迷うはずだ。そこで家康は清正と縁戚を結ぶことによって清正を徳川側に引き込もうと考えたのであろう。

「それで上方は丸く収まったのでござるか」

「収まるはずもない。石田様は佐和山城から太閤殿下（豊臣秀吉）恩顧の大名方に、殿や右府様を討つべし、との檄文《げきぶん》を送りつけている。それに気づいた右府様は江戸から数万の家臣を呼び寄せることにした。殿は右府様の家臣団が大坂に着くまでは、右府様の警護を続けなければならぬ」

「右府様の警護が終われば殿は肥後にお戻りになられるのだな。してその時期は」

「稲が実る頃までには肥後に戻る、とこの覚兵衛に何度も申された。さらに殿は、世はこのまま平穏に収まることはないと仰せられ、わしを肥後に戻すに際して幾つかのことをお命じになられた」

覚兵衛はそこで言葉を切った。家臣らは咳《しわぶき》ひとつせずに覚兵衛へ耳を傾ける。

「殿は緑深いこの地とここに住み暮らす民のことを一日とてお忘れになったことはない。この肥後を守るために皆に為すべき事を為してほしいと仰せられた。為すべき事とは、疲弊した百姓らに思いを馳せ、この国を奪い取ろうと企てる輩《やから》を一歩たりとも入れぬよう刀槍《とうそう》を磨き、弓弦《ゆづる》を張り替え、鉄砲の手入れを怠らず、一年ほど食いつなげる米、麦、稗《ひえ》、粟《あわ》などを蓄えよ。その髄《ずい》（中心）となるのは城、新しい城だ、と仰せられた。新城によって豊穣な領土を、勤勉な民を、そして信義に篤《あつ》い吾等を攻め来る敵から守らねばならぬ。そう殿はわしに説いてくだされた。そして殿はこうも仰せられた。この意に賛同できぬ者あらば、速《すみ》やかに俸禄《ほうろく》を返上し肥後より立ち去れ、と」

覚兵衛は時に手を大きく開き、時に肩をすぼめて家臣らに説き続けた。

「おお、吾等は殿が仰せられたとおり新城を速やかに築き、民百姓の安寧とこの肥後国を守ろうではないか」

覚兵衛の言葉に感服した家臣らが口々に新城普請に賛意を示し、その声は茶臼山に響きわたった。

「殿は新城普請に当たって普請総奉行に下川又左衛門殿、土方《つちかた》普請奉行に加藤喜左衛門殿、石方《いしかた》普請奉行に中川重臨斎殿、それに穴太役《あのう》に戸波三郎太殿を任じられた。これがその委任状である」

覚兵衛は懐から半紙を取り出し、開くと参集者に見えるように頭上にかざした。

そこには覚兵衛が告げた四名の名が列記され、左下に清正の花押《かおう》が明記されていた。

それまで素知らぬ顔を決め込んでいた喜左衛門と重臨斎は仰天して半紙に目を通し、そこに名が記されていることを知ると何とも言えぬ渋い顔した。

その中でただひとり李《リ》だけがうつむいて大地を睨《にら》んでいた。

〈緑深いこの地、だと。ここに住み暮らす民のことを一日とてお忘れになったことはない、だと。疲弊した百姓らに思いを馳せよ、この国を奪いとろうとする輩《やから》だと〉

李はうつむいたまま心中で覚兵衛が家臣らに語りかけた言葉を反芻《はんすう》する。

〈緑深い地は肥後に限ったことではない、朝鮮もまた緑深い国である。おまえ（清正）は肥後の民のことをいつも思っているというが、朝鮮を侵略し民を地獄に突き落としたことを忘れたのか。肥後の百姓らが食う物も食わずに兵粮米《ひょうろうまい》を送ったから兵らは飢えずに無事肥後に戻れた、だと。嘘をつけ、兵粮米のほとんどが兵に届いていなかったことをここにいる家臣らは知っているはずだ。戦線が漢城《ハンソン》（現ソウル）まで延び、長くなった補給路を朝鮮の義兵が切断し、補給路を断ったことなど、おくびにも出さない。さらに兵粮米が絶たれた加藤軍はあろうことか民の家に押し入り、口に入る物なら何でも奪い尽くした。抗する者は男はもとより女子供まで容赦なく斬り殺したではないか。斬り殺したのは紛れもなくここに集まったおまえらだ。そのおまえらが緑深い肥後を外敵の侵攻から守るだと。ではおまえらの侵攻によって縁者を殺され、家を焼かれた朝鮮の者達をおまえらはどう思っているのか。散々に朝鮮で蛮行をくり返しておきながら、肥後に戻るとそのことに口を閉ざし、覚兵衛の言葉にただただ感服する。おまえらの蛮行を朝鮮の民は生涯、いや百年、五百年先でもしっかりおぼえているであろう〉

李は胸中で無言の叫びを続けた。〈おまえ〉というやや人を蔑《さげす》んだ言い方は三郎太から教わったのではない。心ない肥後の百姓らが李を呼ぶ時にしばしば使ったのをおぼえ、それを清正に向けて使ったのだ。李は荒れた故郷と父母、妹の顔を目蓋《まぶた》に浮かべた。堪えていた涙がこぼれ落ちた。その涙を三郎太は見逃さなかった。

李の涙は覚兵衛の肥後を思う情熱に感銘したからだ、と三郎太は錯覚した。そして李が覚兵衛の述べたことをそこまで理解できるようになったことに三郎太は和言葉を教えた甲斐があったと喜んだ。

辰の上刻（七時）、参集した家臣らに供えられた赤飯、酒、肴《さかな》が振る舞われた。巳の刻（九時）、ホラ貝を吹く音を合図に家臣らが一斉に西麓に散っていった。

（五）

借家《かりや》の縁側に座して三郎太は庭の植え込みに目を向けていた。そこには数羽の雀が忙しげに嘴《くちばし》で地面をつつき、走り廻っていた。三郎太は飽かずに小半刻（三十分）も雀を眺めていた。肥後に来て初めて味わう昼の穏やかな一刻《ひととき》であった。新美らは新城普請に出かけて居らず、菊乃は下女を連れて城下に出かけている。

――肥後であっても大坂であってもそして穴太《あのう》の郷《さと》であっても雀の鳴き方は同じ、雀にお国訛《なま》りはないのだろうか――

三郎太はたわいもないことを思いながらなおも雀を見続けた。

突然雀がいっせいに飛び立った。

「買い物から帰って参りましたら、異様な形《なり》をしたお方が戸波様にお会いしたいと門前に参っておりますが、どうみても怪しげな気がいたします。下僕に申しつけて追い返させましょうか」

菊乃が下女を連れて庭先から声をかけてきた。

「わたしに会いたいと申されましたのか」

三郎太は飛び立った雀がどこに消えたか探しながら菊乃に確かめた。

「はい、はっきりと穴太者《あのうもの》の戸波三郎太殿、と申されました」

「穴太者、と申されたのか。ならば会ってみましょう」

縁側から立ち上がると門前まで行った。

「戸波三郎太でござる。そこ許《もと》は」

数歩離れたところで立ち止まった三郎太の声には、いかがわしい者を問い詰めるような響きがあった。

「竜蔵院慶長《よしなが》と申す修験者《しゅげんじゃ》」

修験者とは役小角《えんのおずぬ》に始まる修験道の行者のことで、山伏《やまぶし》とも呼んだ。修験道とは日本古来の自然信仰（山岳信仰）と外来の仏教、道教などが習合して成立した宗教のことである。

三郎太は男を仔細に見た。

垢《あか》にまみれた装束に身を包み、被髪《ひはつ》、兜巾《ときん》を戴き、笈《おい》を背負い、手に金剛《こんごう》杖を携えている男が立っている。夕暮れ時と重なってその姿は薄闇に溶け込み、辺りに異彩を放っていた。

被髪とは髪を結わずにのばしたままにしておくことの意である。兜巾とは山伏が頭部に着ける小さな十二角形の黒色布のことで、山中遍歴の際、邪気に触れるのを防ぐためのものである。また笈とは背負い籠《かご》やリュックに該当し、これに生き抜くための全ての物、衣類、食料、薬草などを入れた。

そのような修験者を三郎太は誰ひとり知らない。怪訝《けげん》な顔を竜蔵院に向けると、

「縄張図を作った者にございます」

と消え入るような声で告げた。

「殿と共に縄張図を描いた、あの竜蔵院殿でしたか」

驚いた三郎太は男に駆け寄った。想像していた竜蔵院慶長は高名な寺できらびやかな法衣に身を包み、侍僧を何人も従えた僧侶の姿であった。それゆえ門前に立つ男と竜蔵院慶長が同一人物とは想像だにできなかったのだ。

「慶長殿が参られることを待ち望んでおりました。ささっ、内《なか》へお入りくだされ」

三郎太は手を取らんばかりにして慶長を門内へ誘《いざ》なった。慶長からは汗と垢にまみれた異臭が強く

していた。

　菊乃を呼び、湯浴《ゆあ》みの用意を頼んだ。菊乃は下女と下僕に命じてたちまち釜一杯の湯を用意した。三郎太は李《り》を呼んで湯を庭に用意させた大盥《おおだらい》に移し、ふたりして慶長を裸にしてその身体と髪を洗い立てた。慶長は黙したままふたりに自分《おのれ》の身体を預ける。小半刻（一時間）を要して洗い終わった慶長に、三郎太は自分の衣服を部屋から持ってきて着せた。すでに陽は西に落ちて、庭は深い闇となっている。下僕に松明《たいまつ》を備えさせ火を入れる。それから菊乃を呼んで剃刀《かみそり》を用意させ、慶長が着ていた装束を洗うように頼んだ。菊乃は慶長の装束を手に取り顔をしかめた。異臭が強かったからである。だがそれも一瞬のことで、装束を両腕で抱え庭隅の井戸端に持っていった。三郎太は松明の明かりの下《もと》で慶長の顔面に密生した髭《ひげ》を剃り落とした。後始末を李に任せて三郎太は慶長を自室に伴った。壁に掛けた灯明《とうみょう》には菊乃が気を利かせてくれたのか火が点《とも》っている。その明かりに映し出された慶長は清楚で凛々《りり》しい壮年の男に変身していた。

「覚兵衛殿に乞われて参られたのか」

　部屋に座して三郎太が最初に訊《き》いたのはそれだった。もしそうならあらかじめ覚兵衛から慶長来訪の報《しら》せがあってもよいように思えたからである。

「京に雨露を凌《しの》ぐだけの三坪に満たぬ拙宅があります。そこに帰ってみると書状が置いてありました。清正様からのものでした。書状には飯田覚兵衛様が明後日、大坂を発って肥後に戻る。肥後では穴太者《あのうもの》の戸波三郎太なる者が新城普請に取りかかったばかりであるが、その戸波なる者がわたくしに至急会いたがっておる。そこで覚兵衛様の供をして肥後に向かってくれ、とそのように記されておりました」

「では覚兵衛殿と一緒に肥後に参られたのですな」

ならば覚兵衛から慶長来国の連絡があってもよいはずだ、と思いながら訊《たず》ねた。

「ところが僕《やつがれ》が拙宅に戻ったのは覚兵衛様が大坂をお発《た》ちになって二日も過ぎておりました」

「家には毎日戻られませぬのか」

「修験者は一度家を出《い》づれば、十日はおろかひと月も戻って参りませぬ。そのようなわけで、単身、取るものも取りあえず肥後に参った次第。覚兵衛様の館をお訪ねしたのですが、家人《けにん》がわたくしの身なりを見て犬でも扱うように追い払いました。おそらく僕を物乞いの類《たぐい》だと思われたのでしょう。思案の末に書状に記されていた穴太者の戸波三郎太様の名を思い出し、肥後城下の者に戸波様の住する館を教えていただき、ここにたどり着いた次第」

「一体、路銀の工面はどうなされましたのか」

「修験者にとって銭《ぜに》とは不浄のもの。ゆえに一銭《せん》も懐にしたことはございませぬ。京よりここに参る道々、勧進《かんじん》で米を寄進していただき、あるいは野草を食し、野に伏して眠りをとり、ひたすら歩いて参りました」

「肥後に来るには海を渡らねばなりませぬが、銭を払わずに船には乗れませぬ」

「いささか水手《かこ》の技を有しておりますゆえ、下関から小倉津までを船主に漕ぎ手として雇ってもらい、その持ち船で海を渡りました」

どこか世間離れした慶長に三郎太はそれ以上の問いを控えた。一緒に居ればおいおい慶長の生い立ちもわかるであろうと思ったからである。

その夜から慶長は三郎太の借家《かりや》に転がり込むことになった。

戻ってきた新美、阿佐古、小野、天野の四人に慶長を引き会わせ、李《り》を含めた七名で夕餉《ゆうげ》をとった。終始慶長は寡黙《かもく》であった。三郎太と相対《あいたい》で話した先ほどとは別人と思えるほど、ひと言も言葉を発しない。そして誰とも目を合わせようとしなかった。その慶長が夕餉の終わる寸前に白湯《さゆ》を運んできた菊乃に、

「まことに、まことに恐れ入りますが、明日からの夕餉に一合のにごり酒を添えていただけないでしょうか」

と消え入りそうな声で頼んだ。

「御酒《ごしゅ》を慶長殿は召《め》されるのか。それは重畳《ちょうじょう》」

「吾等も戴こう」

「肥後はにごり酒より球磨《くま》焼酎が甘露《かんろ》。球磨焼酎になされ」

話のきっかけが摑《つか》めなかった新美らが次々に話しかける。

「いえ、にごり酒をぴったり一合だけ戴きたいのでございます。半合でも一合五勺でもいけませぬ。一合でお願いいいたします」

一瞬、場がしらける。

「慶長殿は修験者。吾等にわからぬ戒律があるのだろう。菊乃殿、明日より一合のにごり酒を竜蔵院殿にお出ししてくだされ。それとわたくし達には少々の焼酎を」

三郎太の言葉に救われたように、その場が和んだ。

夕餉《ゆうげ》が終わり、それぞれが与えられた部屋に引きとった。三郎太は慶長を自分の部屋に伴い、ふたりで枕を並べて寝ることにした。

就寝前に慶長は、何故《なにゆえ》に自分に会いたいのか、その理由を話してくれるように頼んだ。そこで三郎太は、

「実は慶長殿の縄張図に基づいて茶臼山山頂に縄を張っていったのだが、山頂を覆っている表土が軟弱なのだ。特に天守を支える土台石垣、すなわち天守台を築く所の土が細かいうえに柔《やわ》いことがわかった。そこに天守台を築けば傾いて石垣が崩れてしまうのは目に見えている。柔い土中に木の杭を何本も打ち込んで強くするか、あるいは柔らかい土をすくい取って畑土に入れ替えることを考えたが、それがどうもうまくいきそうにないのだ。と申すのは、縄張りをする際に用いる木杭を打ち込んだが、何処までも深く入ってしまうので、一間半（二メートル七十センチ）の槍を持ってきて、それを土に突き立て押し込んでみたのだ。するとさしたる力も要せずに槍はするすると土中に貫入して槍尻まで入ってしまった。これは容易ならぬことと思い、他の所にも槍を突き立ててみたのだが、天守の土台石垣を据える所ほど柔らかくはなさそうだった。おそらくはこの粒が細かく柔らかい土の厚みは一間から二間、それが山頂を覆っているものと思われる。そこで天守台を築く地表の高さを今の縄張図より一間ほど低くして、なおかつ今の据え付け位置を他の場所に移すよう、新たな縄張図を描いてほしいのだ」

と一気に告げた。慶長は三郎太の話を聞いていたのか、いなかったのか、表情を変えずに無言で

あった。

　翌朝、三郎太が目を覚ますと隣に寝ているはずの慶長の姿がない。夜具が部屋の隅に畳まれていた。慶長が持ち込んだ笈《おい》と金剛杖、それに兜巾《ときん》を探したが見つからない。さらに三郎太が昨夜湯浴みの後に着せ掛けた三郎太の装束もきれいに畳まれて置いてある。三郎太は着替えを済ませて館外に出た。すでに夜は明けていた。庭周りに人の気配はない。三郎太の装束が返されているのは、おそらく笈の中に着替えの装束が収めてあったからで、それに着替えていったのであろう。気弱そうな竜蔵院慶長の顔が三郎太の胸中を過《よ》ぎった。まさか逃げ出したのでは、と一瞬思ったがそれは直ぐに杞憂《きゆう》であろうと思い直した。

「今朝はずいぶんと早いお目覚め。どうなされましたのか」

聞き覚えのある声に振り返ると、菊乃が下女ふたりを伴って庭に入ってくるところであった。

「竜蔵院殿と行き会わなかったか」

「いいえ」

　菊乃は首を大きく横に振る。

「笈も金剛杖も何もかもないのだ」

「御酒を用意して参りましたのに。まさか、立ち去ったのではありますまい」

「そうではなさそうだ」

「昨日お預かりした竜蔵院様の御衣装、洗っておきました。汚れがひどかったのでずいぶん手間取りました。それで今朝はいささか寝不足気味ですよ」

菊乃はくだけた口調で三郎太に笑いかけ、

「朝餉《あさげ》の支度に取りかかりますが、竜蔵院様の分もお作りしておきます」

軽く会釈して下女ふたりを追い立てるようにして館内に向かった。


朝餉の時刻になっても竜蔵院は戻ってこなかった。新美ら四人は、慶長が逃げ出したと断じた。

「李《り》殿はどう思われる」

天野九十郎が食事の手を止めて訊《き》いた。

「わたくしは竜蔵院様が逃げ出したとは思えませぬ。あれだけの縄張図を描いたお方です」

「では戻ってくると申すのだな」

小野弥五兵衛が確かめる。李は謝るように背を丸め、はい、と小さく頷《うなず》く。

「わたしも李と同じ考えだ。慶長殿は夕餉の時刻までには戻ってくるのではないか。これからわたしは城普請の諸々について御城代ら重臣の方々と談議することになっている。新美殿達は茶臼山に赴いて普請準備を続けてくだされ。李も新美殿らと一緒に茶臼山に行ってくれ」

三郎太はそう告げて、

「菊乃殿、白湯《さゆ》をお願い申す」

と炊事場に向かって大声をあげた。

（六）

隈本城本丸、奥御殿大広間に新城普請総奉行の下川又左衛門、土方《つちかた》普請奉行の加藤喜左衛門、石方《いしかた》普請奉行の中川重臨斎、それに飯田覚兵衛と戸波三郎太が車座になっていた。

「今日お集まりいただいたのは新城普請に入る前に取り組まなくてはならぬ諸事項について普請総奉行、石方普請奉行、土方普請奉行、お三方のご意向をうかがうため。ここにその諸事項を書き記《しる》した半紙をお持ちしました」

三郎太は携《たずさ》えてきた半紙《はんし》を四人に配《くば》った。

「さてここに記しました事柄の第一は家屋移転の件でございます。新城の縄張りをいたしましたところ、茶臼山西麓に居住する百姓家《や》と田畑が城域内に入ることがわかりました。立ち退いてもらう家屋は五十軒余。立ち退きの交渉は下川様らお三方が話し合われて然るべき御処置をお願いいたします」

「町奉行に命じて立ち退かせるが、何時までにいたせばよい」

又左衛門が半紙に目を通しながら応じた。

「殿がお戻りなさるまでには、と思っております。次に人足小屋と材料収納倉庫について話させていただきます」

三郎太は家屋移転についてもっと押し問答があるかと思ったが、又左衛門はあっさりと請け合ってくれた。大坂城普請時では移転家主の承諾を得るまでに数ヶ月を要した。此度《こたび》の立ち退きがそうならなければよいが、と思いながら、

「その前に新城普請に加わる御家中の方々の員数を確定しなければなりませぬ」

と続けた。

「今普請に加わっている家中の者は二千余人であったな。これで普請を続けていくのか」

喜左衛門が質《ただ》した。

「あと千人ほど。それもなるべく早くお願い申します」

「千人については直ぐにでも集められるが、さてその者達を何処に泊めればよいのか。すでに隈本城二の丸の館は初めから新城普請に加わっている千五百余人が寝泊まりし、寝所は寝返りも打てぬほどの混みよう。そこにさらに千人も寝泊まりさせることなどできぬ。戸波殿にはなにか腹案はござらぬか」

又左衛門の顔は渋いままだ。

「城外に人足小屋を建て、そこに全ての家中の者を移すようお考えください」

「二の丸に泊まっている者らも移すのか。となれば三千人を超える。何棟の人足小屋を建てることになるのだ」

「人足小屋は二間（三メートル六十センチ）に十間（十八メートル）、建坪《たてつぼ》二十坪。一棟に二十五人が寝泊まりします。三千人の人足を収容するには百二十棟を用意せねばなりませぬ」

大坂城普請時の人足小屋も同じ広さである。その人足小屋に一時期三十人を寝泊まりさせたら人足間での諍《いさか》いが極端に増えた。このことから三郎太は二十坪の人足小屋には二十五人が限度であると考えていた。

「城外の何処にそのように数多《あまた》の人足小屋を建てろと申すのか」

重臨斎は憮然とした顔である。

「畑地を百姓から借りて建てるか、あるいは新城の近くの林を切り開いてそこに建てるか、わたくしではいかんともし難いこと。どうかお三方でご相談の上、御処置願います」

三郎太に押しつけることもならず、三名は承知せざるを得なかった。三郎太は段々腹が立ってきた。三名の対応はまるで他人事のようなのだ。

「次は採石場のことが記されておるが、石をどこから取り集めるのか、取り集めた石をどこに仮置きするのか記してないが」

石方《いしかた》普請奉行を命じられた中川重臨斎が半紙の一箇所を咎《とが》めるように指さした。

「石をどこから工面し、どのようにして築城地に運ぶのか、隈本城を長年にわたって改修なされてきた中川様なら、およその目鼻はついているのではありませぬか。どうか石方普請奉行であるご自身で差配なされてくださりませ」

これ以上無責任なことを申し立てるようならば席を立って穴太に戻ろう、そう思いながら三郎太は重臨斎を睨《にら》み据えた。

「あいにく隈本城の改修に石はほとんど用いておらぬ。石の手当てを、と申されてもここで、わかり申した、と軽々《けいけい》に請け負うわけには参らぬ。それにわしらにはどれ程の量の石を集めなくてはならぬのか全くわかり申さぬ」

重臨斎が首を傾《かし》げる。

「三郎太殿ならばおよその数をつかんでおるはず。それをお二方にお伝えなされ」

覚兵衛が三郎太を促した。三郎太は怒鳴り出したい気持ちを押さえて、

「石垣用野石の表《おもて》寸法は差し渡し一尺から二尺（三十〜六十センチ）、奥行き半間（九十センチ）から一間ほどでござる。この寸法の野石で一坪の石垣を築くには十三個ほどを要す。長浜城、安土城そして大坂城本丸もほぼ同じ使用個数でござった。となれば此度《こたび》の新城に用いる野石の数は石垣の総坪数（総面積）に坪当たりの個数十三を掛けた数。そう思《おぼ》し召されよ」

「思し召されよ、と申されてもさっぱりわからぬ」

重臨斎が三郎太の怒りを煽《あお》るように言った。

「新城に築く石垣の総坪数はどれほどになるのかの」

堪りかねた覚兵衛が穏やかな口調で問いかけた。

「三万坪は下らないと思われますが、縄張図での石垣の高さや長さが確定していませんので詳細は出し切れておりませぬ」

覚兵衛の顔を見てだんだん三郎太の怒りが収まってくる。

「三万坪とすれば野石の数はおよそ四十万個」

覚兵衛が大仰に告げる。

「四十万個だと」

重臨斎と喜左衛門が同時に驚嘆の声をあげる。

「さらに、石垣の裏に込める栗石《ぐりいし》（裏込め石）は野石の三倍ほどを要します」

三郎太の言葉付きがもとのように丁寧になった。

「おお、そうであったな。すると栗石だけでも百二十万個を手当てせねばならぬのだな」

覚兵衛が告げた数に喜左衛門と重臨斎は声も出なかった。

「次に木材、縄、人足の風呂、さらには厠《かわや》など細々《こまごま》したことでございますが、これはおいおい対処すればよいこと。今日のところわたくしの方からは、これまででございます」

「ともかく殿が一日でも早くお戻りになり、新城普請の陣頭に立たれることを願うばかりだ」

又左衛門は大きく息を吐いた。

「では、わしから三つばかり新城普請に対しての心得をお話し申す」

覚兵衛はそう言って懐から半紙を取り出すと四人に配った。

そこに記されていたのは、新城普請に関する様々な役職名、普請中に犯してはならない行為等であった。

覚兵衛は四人が読み終わるのを待った。

三郎太はこれを読んで、大坂城築城に際して、戸波鷹之助が太閤秀吉と相談して作成した〈諸役〉〈御法度《ごはっと》〉〈組頭御役〉を少し変えて作り上げたものであることを見抜いた。

そこには次のように記されていた。

一　諸役

◇土方《つちかた》

土方普請奉行　土に関する諸々を統括

御土役　土砂の取り除き、掘り上げ、埋め立て、運搬並びに処分の管理

御進捗《しんちょく》役　土方の進捗（行程）管理

調整役　石方との調整

◇石方《いしかた》

石方普請奉行　石に関する諸々を統括

穴太役　石垣を積む総括責任者

御石役　城石の採集と普請場までの運搬及びその管理

御進捗役　石垣普請の進捗（工程）管理

穴太調整役　石垣の仕上がり面の整合・精査・指導

◇万《よろず》奉行　普請に用いる諸道具の請取《うけとり》請渡しおよび管理

◇見廻り番　普請場の警備

◇火之廻り番　普請場の火災防止

二　御法度《ごはっと》

普請場に無用な者を入れぬこと。

普請場へ刀・脇差《わきざし》を持ち込まぬこと。
普請場での喧嘩・口論があった時、関わりのない者は小屋から外へ出ぬこと。
喧嘩をしたる者は善悪にかかわらず両成敗とすること。
普請中の振る舞い合い（遊行）を禁ずること。
善悪とも世間の評判をしてはならぬこと。
衣装から頭のつくりまで派手なことは一切まかりならぬこと。
町中の子女等に一切の手出し無用のこと。また話しかけることもならぬこと。

三　組頭御役

人足としての家臣、又者ら百人を束ねること。
穴太役の指示に違背《いはい》せぬこと。
人足（家臣、又者《またもの》）の安全と病に万全を期すこと。
日々の作業予定を立て、滞りなく進捗《しんちょく》させること。
身分の上下を問わず、毎日出勤を点検すること。
病で普請に出られぬ者ある時は、病状を見届け、適宜の処置をすること。
就労時刻、卯の刻（午前六時）から酉の刻（午後六時）を厳守すること。
普請場内の清掃、整理に心がけること。

の三項目が記されていた。

「組頭が束ねる員数が百人の理由《わけ》は」

半紙に目を通しながら喜左衛門が訊《き》いた。

「組頭は百人をまとめるのが精一杯。それ以上を束ねるとなると、監視の目も指導も疎《おろそ》かとなり、業（作業）が雑になります。これはわたくしが多くの城に携わって学んだことでございます」

「千人では十名の組頭が必要となる。組頭は石に通じ、石を組み上げる技を持った者でなければ勤まらぬであろう。そのような石の扱いに長けた者が家中に十人も居《お》るとは思えぬ」

又左衛門が苦言を呈する。

「太閤殿下が唐入りに先立ち、肥前に出兵の基地となる名護屋《なごや》城を築くよう殿（清正）に命じられたことはわたくしが申すまでもありませぬ。その折、殿の下《もと》で御家中の方々が名護屋城の石垣築造に加わり石積みの技を身に着けました。さらに唐入りすると釜山浦《プサンポ》に城を築きました。これで御家中の方々の築城術はさらに磨きがかかりました。そうした方々がこの肥後半国にはあふれております」

「組頭は穴太役の指示に違背《いはい》せぬこと、と記してあるが、穴太役の指示には得心できぬものもござろう。もし違背した輩《やから》が出た時、その者の扱いは如何に」

こうした問いかけをする重臨斎には戸波三郎太ごときの軽輩から指示は受けたくないという憤懣《ふんまん》が根底にあるからだ。三郎太にはそれが痛いほどわかった。

「指示に服さぬのは殿の命令に違背することに他ならぬ。そうでござろう。たとえ殿の遠縁である中川殿だとて家禄召しあげ、あるいは切腹の御処置があろうと存ずる」

覚兵衛の言葉に重臨斎は顔色を失った。

「わたくしの補佐役として新美八左衛門殿、阿佐古太郎殿、小野弥五兵衛《やごへえ》殿、それに天野九十郎殿を充てたいと思います」

三郎太は淀みなく四名の名をあげる。

「誰もかれも皆、禄高が低い者ばかりだの」

又左衛門が不満そうに告げる。

「普請総奉行に意中の方がおられるのなら、仰せられてくだされ」

三郎太は又左衛門らとなるべく穏便に城普請をしたいと思っている。

「そのような者はおらぬ。だが隈本城改修で尽力した者なら幾らでも存じておる」

「その方々は石に詳しいのでしょうか」

「隈本城の改修は石垣の改修ではない。土を掘り、土塁を高くする、そうした土いじりに長けた者達だ」

「ならば是非その方々をご推薦くだされ。石垣を組むのは地形《ぢぎょう》(整地)に目鼻がついた後。城普請当初は土を扱うに長けた方々の力添えが欠かせませぬ」

「後ほど戸波殿にその者らの名を記した半紙をお届けいたそう」

又左衛門は今までの硬い表情を解いて満足げに頷いた。おそらく半紙に記す者らは又左衛門が召し抱えた家臣、すなわち清正からすれば又者《またもの》(陪臣)らであろう。新城普請に際して主だった役職に又左衛門の家臣らが就けば自分《おのれ》の権威も上がる。そのことに思い到ったからこそ又左衛門は硬い表情を解いたのであろう、と三郎太は思った。

半刻（一時間）後、奥御殿大広間を退出した覚兵衛、三郎太は二の丸に通ずる急坂の城道を下《くだ》る。すでに陽は天中に達し、熱気を含んだ風が城道にそって吹き上がってくる。

「お三方はなかなかしたたかですな。それにしてもお三方が今もって隈本城の改修を諦め切れずにいる、そのことにわたくしはただただ驚くばかりです」

三郎太が苦々しげに語りかけた。

「下川殿らの気持ちはわからぬではない。七年もの間、手塩にかけて隈本城のほころびを改修し続けてきたのだ。それを殿のひと言で改修をやめ、さらに隈本城に代えて新しい城を築け、と命ぜられても、すなおに頷《うなず》けるものではなかろう」

「とは申せ、昨今の大鉄砲《おおでっぽう》の威力を目の当たりにすれば、隈本城などいくら改修しても役に立たぬくらいのことはおわかりのはず」

「下川御城代、中川、加藤惣奉行らは一度も戦《いくさ》なるものに加わっておらぬゆえ大鉄砲の恐ろしさなど知らぬ」

「肥後は国衆と佐々様の兵が肥後中を巻き込んで戦に明け暮れたのではなかったのですか。そうであったなら下川様も中川様も加藤様も大鉄砲の威力をご存じでしょう」

清正に代わって肥後半国を長年治めてきた三名が大鉄砲の威力を知らぬはずはないと三郎太は思った。

「下川殿、中川殿が殿に召し抱えられたとき、すでに国衆との戦は終わっていた。下川殿は殿と同郷の尾張国愛智《あいち》郡中村の出、殿が直々に口説《くど》かれて召し抱えた者。中川殿は殿のいとこ。殿ともっとも近しい間柄である。同郷の誼《よしみ》ということもあろう、殿はことのほかお二方に信頼を寄せている。だからこそ城代、惣奉行なる役を与えて殿が留守にした肥後半国を任《まか》せたのだ」

「加藤喜左衛門様は」

「喜左衛門殿はその昔、肥後の大半を支配していた菊池一族の末裔《まつえい》で旧姓は菊池喜左衛門尉《のじょう》右馬允《うまのすけ》と申した。殿は喜左衛門殿を家臣に加えたばかりでなく、加藤姓を名乗らせて留守居役の惣奉行に抜《ばっ》擢《てき》した。殿が喜左衛門殿を重く用いたのは未だ肥後国に根強く残る国衆の反発を名族の血をひく喜左衛門殿に託せば上手く慰撫《いぶ》できるとお考えになったのであろう。いずれにせよこの三名は肥後が平穏になってから殿の家臣となり、唐入りもせぬまま、殿の留守居役として肥後半国の政《まつりごと》に邁進した。おそらく大鉄砲の恐ろしさを目の当たりにしたことはないであろう。お三方にとって戦《いくさ》とは火縄銃が初戦に火ぶたを切り、後は弓矢、刀槍を持った足軽達が走り回る戦場《いくさば》しか頭に浮かばないのであろう。それゆえ隈本城を改修すれば幾万の敵が押し寄せようとも守りきれると今もって信じているのだ」

「そのような遅れた考えを持つ武将など京、大坂、畿内には誰もおりませぬぞ」

「ここは京から何百里と離れた肥後じゃ。上方から比べれば何もかも遅れている。これは肥後に限ったことではない。豊後、豊前、筑前さらには肥前でも下川殿のような者が数多《あまた》居《お》るに違いない。だがの、そうした下川城代らが一揆も起こさせず曲がりなりにも肥後半国の政《まつりごと》を七年も続けたのだ。下川殿らの手腕は素直に認めねばならぬ」

肥後が平穏だったのは秀吉という巨大な統治者が全国に目を光らせていたからであろう、と三郎太は思っている。そしてこれから先、誰が目を光らせる者になるのか。秀頼では幼すぎる。石田三成では器が小さい。前田利長は父君の跡を継いだばかりで加賀をまとめるだけで精一杯。そう考えていくと、残るは徳川家康という名に突き当たった。

白川に架かる橋を渡った橋詰めで覚兵衛と別れた三郎太は借家《かりや》である自邸に戻った。陽はすでに西に傾きつつあるが、蒸し暑さは増していた。

門内に入ると、井戸端で菊乃が桶《おけ》の前にしゃがみ込んで洗い物をしている。洗い物は三郎太の着物であった。

「竜蔵院殿は戻られたか」

菊乃の背に向かって訊《き》いてみた。突然の声に菊乃は一瞬身体を硬直させて洗う手をとめ、それから振り向いて三郎太に気づくと、

「驚かさないでくださいませ。まだお帰りになってはおりませぬよ」

立ち上がりながら答えた。

「夕餉《ゆうげ》は竜蔵院殿の分も作っておいてくだされ」

「御酒《ごしゅ》も一合きっかりお付けしておきます」

「竜蔵院殿は戻ってくるかの」

「御酒一合を夕餉毎に付けてほしいと頼まれたときの竜蔵院様の真剣な眼差しをおぼえておいでですか。あの方は御酒が大好きに違いありませぬ。その御酒がこの家に夕餉と共に待っているのです。戻らぬわけがありませぬ。三郎太様は何も案ずることなく竜蔵院様のお戻りを待てばよろしい

のでは」

菊乃は三郎太に背を向けて再び桶の前にしゃがみ込むと、洗いかけの着物に手をかけた。

その夜、竜蔵院慶長《よしなが》は戻ってこなかった。覚兵衛と菊乃の予測は外れたのだ。

——天守台を移すことなど論外、もやはここに留まるのは無用。そう考えて慶長殿は姿をくらましたか——

三郎太は縄張図に定められた位置に天守台を築くしかない、そのためには軟弱な土をどうすればよいかと思いを巡《めぐ》らせるしかなかった。

二日経っても、三日経っても竜蔵院は姿を見せなかった。

とうとう五日が過ぎた。

依然竜蔵院の行方は不明なままだった。菊乃は相変わらず竜蔵院の夕餉《ゆうげ》に御酒一合を添えていた。

「もう竜蔵院様の夕餉は用意しなくてよろしいのでは」

夕餉の膳に向かった新美が菊乃にそっけなく言った。

「今頃、竜蔵院様は小倉津から船に乗って上方にでも向かっておられるのでしょう」

天野も竜蔵院が戻ってくるなどとは全く信じていないようで、その思いは三郎太も同じだった。

「戻って参られて夕餉の膳が外されていたら竜蔵院様はどんなに悲しまれるか」

菊乃はずっと竜蔵院の夕餉を用意し続けるつもりらしい。三郎太は菊乃の人としての温かさを感じた。

その夜、三郎太らは竜蔵院のことを忘れたかのように夕餉を平らげた。いつもなら夕餉が終わる頃を見計らって白湯《さゆ》を運んでくる菊乃が現れない。

「菊乃殿、白湯をお願い申す」

三郎太が炊事場に向かって声をあげる。はーい、と応じる菊乃の声がして、やがて菊乃が白湯を入れた椀を盆に乗せて運んできた。

「なんと！」

三郎太が絶句した。菊乃の後ろに隠れるようにして竜蔵院慶長が山伏姿で立っていた。

「ほれ、竜蔵院様はお戻りなされたでしょう」

菊乃が幾分得意げに言った。

「今まで何処に消えていたのだ」

思わず三郎太は詰問《きつもん》調になった。

「茶臼山」

短く答えると竜蔵院は用意された膳の前に座り、椀に入っている酒を一息に煽《あお》った。それで人心地がついたのか、供された菜も飯もむさぼるように食べ尽くした。

「茶臼山から続く台地に先ほどまで居《お》った。戸波殿から話を聞いた夜、わしは戸波殿が眠るのを待ってこの館を抜け出した。以来四日四晩、わしは茶臼山山頂と馬の背とそれに続く北東の台地を歩き回っていた」

菊乃が出した白湯を飲み終わった慶長の口調は恬淡《てんたん》としていた。

「その間の食物《じきもつ》（食事）はどうなされたのか」

新美が慶長をのぞき込む。

「修験者にその問いは無用でござる。木の実、木の根、草々が命を支えてくれる」

「で、四日四晩歩き回って何か得たものはありましたのか」

「大坂の土に比べて茶臼山の土は柔らかい。この柔らかい土の上に天守の土台である石垣、つまり天守台を築くのは難儀、そう三郎太殿は申された」

「縄張図では茶臼山山頂の北端に天守台を据《す》えることになっている。その北端の土が特に軟弱なのだ」

三郎太が応じた。

「天守台を山頂北端から東に移す」

「天守台を移すということは城の中核を動かすということ。となれば城構えも変わることになるのでは」

「今、この新城は北を背に南に向いている。それをどの向きに変えるか、四日四晩茶臼山を歩き回って決めた」

「縄張図を描き直すにはどれほどかかりますのか」

「わからぬ」

「直ぐにでも天守の土台構築に手をつけたいのだが」

「わからぬものは、わからぬ。ともかく縄張図は描き直す。その間に戸波殿は山頂の表土を一間の深さで掘り取ってくれ」

「掘り取ってどうなさるつもりか」

「掘り取った後に考える」

竜蔵院慶長はそこで崩《くず》れるように臥《ふ》した。驚いた三郎太らがのぞき込むと、鼾《いびき》が聞こえてきた。菊乃は寝具を持ってくると、慶長の身体にそっと掛けた。


翌朝、三郎太らはいつものように朝餉《あさげ》の膳の前に座った。そこに慶長の姿はない。

「竜蔵院殿はいかがいたした」

小野弥五兵衛が菊乃に訊《たず》ねた。

「明け方、いつものようにわたくしがここに参りますと、竜蔵院様が寝具の上に胡座《あぐら》をかいて所在なげに外を見ておりました。そしてぼそりと、『昨夜、わしは何か不都合なことを戸波様らに申さなかったか』とお訊《たず》ねになりました。わたくしが首を横に振ると、安堵《あんど》したのか寝具を抱えて寝所に引き取られました。まだお休みになっているのでしょう。竜蔵院様はとても気の弱いお方のようですね」

「ほう、なぜそう思われる」

小野が菊乃の言葉に同意しかねるように訊《き》いた。

「竜蔵院様が一合の御酒を望まれるのは御酒の力を借りなければ、皆様とお言葉を交わせないからでございましょう」

三郎太は頷《うなず》くところもあったが気弱《きよわ》な人物とは思えなかった。

「朝餉の支度が調《ととの》いましたので、竜蔵院様を起こして参ります」

菊乃は慶長の寝所に向かった。しかしすぐ戻ってくると、

「竜蔵院様はまたどこかにお発ちになられたようです」

と首をかしげた。三郎太らは驚くより、またか、といった思いで朝餉の膳についた。

食べ終えた三郎太ら六人は茶臼山に赴《おもむ》いた。

すでに家中の者二千人が茶臼山西麓の緩斜面に麓から山頂に向けて仮設路を作り始めている。

三郎太は新美、阿佐古、小野、天野の四人に、

「ここに土を扱うに長けた者達の名を記した名簿がある。これは昨日城代から送られてきたものだ。名簿には十人の名が記されている。この者らを今、立ち働いている二千人の中から探し出して、わたしのところに半刻（一時間）後に連れてきてほしい」

そう頼んで新美に名簿を渡した。四名はその場を足早に去る。三郎太は李《リ》を伴い仮設路の検分に入った。

仮設路は二の丸整地で発生する土砂の運搬や人足の往来、さらには木材、石、縄などの土木用材を運ぶためのものである。路幅は三間（五メートル四十センチ）、茶臼山の西麓に広がる原野から掘り起こした土砂を西緩斜面に盛り土、あるいは切り土して仕上げてゆく。まだ工事は始まったばかりで、半町（五十メートル）も仕上がっていないが、二千余人が立ち働くかけ声と熱暑に吹き出る汗の臭いが茶臼山西斜面を覆っていた。

半刻後に元の所に戻ってみると、すでに新美らが十人を集めて待っていた。

「方々は下川又左衛門様のご家臣でござるか」

三郎太は十名に問うた。

「いかにも城代に召し抱えられた者でござる」

「では隈本城改修に腕を振るわれた方々ですな」

「吾等十名はいずれも組頭を務めた者でござる」

「それは頼もしい。ご城代によれば、方々は土を動かすことに長けているとのこと」

「隈本城の改修は土塁のかさ上げ、堀の拡幅、斜面の整地など土を扱うことばかりであった。それ故《ゆえ》に石を扱ったことはほとんどござらぬ。もし吾等に石垣積みをお命じになるなら、きっぱりとお断り申す。吾等が石を組んだとて、一間も積めば崩れるは必定」

「新城の普請が終わる頃には方々も見上げるような高い石垣が積めるようになる。だが今日、お呼びしたのは石垣のことではない。得手とする土を動かしてもらうためだ」

「それなれば、今、二の丸予定地までの仮設路を作っている最中」

「方々一人ひとりに家中の者百人を束ねていただく」

「吾等は皆城代の家臣。すなわち又者《またもの》。おそらく百人の中には大殿（清正）の御家臣が居るやもしれませぬ。そのような者を又者である吾等が束ねるのは僭越《せんえつ》でござる」

「新城普請に携わる者に家臣も又者もない。皆等しく人足」

「京や大坂ではそうであろうが、ここは肥後。百人を束ねることとお断り申す」

「そのように気弱いことでどうする」

三郎太は尻込みする十人に語調を強める。

「それに吾等は唐入りに加わってはおりませぬ。又者のうえに唐入りもせぬことで、吾等は肩身の狭い思いをしており申す」

清正に従って唐入りした家臣や又者の出兵組と肥後に残って国政に専念した居残り組の間には微妙なすきま風が吹いていた。唐入りの凄惨な情況を居残り組が知るに及んで、そのすきま風は居残り組にひけ目となってのしかかっていた。

「吾等が百人を束ねること、わが殿（下川又左衛門）はご存じか」

「知るも知らぬも、これは下川城代のご要望でもあるのだ」

その言葉で十人は観念したようだった。

「ところで、百人を束ねて吾等は何を為せばよいのか」

「茶臼山の山頂を覆っている粒の細かい土を一間ほどの深さで剝《は》ぎ取ってほしいのだ」

十名の顔が一瞬にして輝いた。

「面白い。茶臼山山頂の表土を引っぺがすのですな。土だけの扱いなれば、家中の者の誰にもひけはとらぬ」

「茶臼山山頂には観音堂が建っている。表土を剝ぎ取る前にそれを城下のしかるべき所に移してほしい。殿は信心深いお方。後のち殿の御不興を買うような扱いだけは避けてくだされ」

「万事、心得ており申す。心してお移しいたそう」

その言葉に三郎太はこの十人に組頭を任せてよかった、と心底思った。

後に観音堂は城下に移され〈チョット観音〉と呼ばれるようになる。

第四章　清正肥後入り

（一）

五月に入ると梅雨が始まった。

茶臼山山頂に三郎太と李《り》が立っている。すっかり日焼けした肥後侍千人ほどがある者は鍬《くわ》で土を掘り起こし、ある者はその土をモッコに入れてふたり一組で担ぎ、またある者は木車に縄、木杭、カケヤなどを積んで動き回っている。

「空を見なされ」

三郎太に気づいた新美八左衛門が駆け足で寄ってきた。新美の顔は日焼けで真っ黒、破顔した時にのぞく歯がまぶしいほど白い。三郎太は空を見る。

「厚くて真っ黒な雲。大坂ではこのような雲にまずお目にかかれない」

「上方の梅雨はぐじぐじと纏《まと》いつくような雨だそうですが、肥後の梅雨は豪快ですぞ。まるで桶《おけ》をひっくり返したような降り方。この雲行きでは後半刻《はんとき》（一時間）もせぬうちに戸波様は肥後の走り梅雨を身に受けることになりましょう」

「それは楽しみ、とはいかぬぞ。桶をひっくり返したような雨となれば、二の丸の地形（整地）した所が崩《くず》れるやもしれぬ」

「地形した箇所は筵《むしろ》で斜面を覆うよう阿佐古、小野、天野らと諮《はか》って決めました。今ごろはその業《ぎょう》の真っ最中でしょう」

「なんと手回しのよい。ならばこの山頂の普請場も筵で覆うよう指示を出さねばならぬな」

「その懸念には及びませぬ。見なされ、今まで木車にカケヤや木杭を乗せて仮設路を上《のぼ》り下りしていましたが、今は筵を山盛りにして運びあげております。肥後で土を扱う者は梅雨から野分《わき》（台風）が過ぎ去るまでのおよそ三ヶ月、いつも天と諮《はか》ってその日何をすればよいか決めます」

「上方でも梅雨はあるが、城普請にこれといった対応はしなくても済んだ」

「上方の地味《ちみ》（土質）は茶臼山の土と異なり、粒が大きいと聞いております。ここの土は戸波様もご存じのように粒が細かく、一度水を含めば、まるで底なし沼のようにぬめりとして手応えのない土となります。そのうえ乾くと、わずかな風でも舞い上がり、行く手も見えぬほど」

「その手に負えぬ土は阿蘇山の噴火がもたらしたのだと、古老の百姓が教えてくれた」

「百姓達は何世代にもわたってこの土に手を加え、田や畠の土に育て上げました。新城を堅固に築くための眼目はこの土を百姓達に習って、いかに生かし、あるいはなだめ、収めるかにかかっております。こうして一間ほどの深さで表土を剥《は》ぎ取るのもひとつの手立てでしょう。吾等が知恵を出し合えば、必ずやこの土を巧《うま》く押さえ込めましょう」

土に縛られた百姓達は生き抜くために土からの恵みをいかに多く受けるかを日夜考えている。阿蘇近隣の百姓達は土を手に取り、時には口に含み、たえず改良を重ねて豊かな畑土に変えていったのであろう。そうした百姓達の努力から比べれば、軟弱な表土の上に堅固な石垣を築く工夫などさしたる労苦ではない、と新美は言っているのだ。新美ら四人、さらには下川城代が選んだ組頭らが新城普請に邁進《まいしん》してくれるかぎり、普請途中でどんな妨《さまた》げがあっても大坂城を超える城を築けるのではないかと、三郎太は改めて思った。

新美と別れた三郎太は李を従えて馬の背に向かった。李は初めて会った時よりずっと和言葉を話せるようになっていた。上達が早かったのは新美ら四人が仮家《かりや》に寄宿するようになってからである。新美らは李を粗略に扱うことはなかった。釜山浦《プサンポ》に清正が築かせた城の石垣を積んだ時の李の巧みな技を新美らが認めていたからである。

「竜蔵院様は姿を隠したまま。一体どうなされたのでしょうか」

李が三郎太の一歩後を歩きながらさりげなく訊《き》いた。

「わたしも案じているのだ。本丸の縄張図を描き直すと申し、茶臼山山頂の表土を取り除くよう言い置いて出ていった。おそらく慶長殿はこの近くを夜となく昼となく歩き回っているに違いない」

「そうでしょうか。竜蔵院様はすでに肥後をお出になってしまったのでは」

「かもしれぬ。だがそうだとしても表土の剥《は》ぎ取りは続けねばならぬ。いずれ慶長《よしなが》殿は新しい縄張図を持ってひょっこり現れるであろう。縄張図で思い出した。李は釜山浦《プサンポ》で倭城《わじょう》の石垣を積んで殿から賞賛された、と新美殿が申していたが石垣を積むだけでなく縄張図の作成にも長けているのか」

「いいえ、わたくしは一介の石工にすぎませぬ。ただ、わたくしの父が石工の頭領をしており、縄張図の作成に長けておりました」

「その父上はご健在か」

「いえ、……」

李は絶句し、下唇を噛んでうつむいた。

「父も母も妹も皆亡くなりました」

しばらく経って李が呟《つぶや》いた。

「すまぬ。訊《き》いてはならぬことを申したようだ」

三郎太は李から目を離して北に向けた。台地が北東方向に何処までも続いていて、はるか先は厚い真っ黒な雲に覆《おお》われていた。

新美が話したように南国の梅雨は上方とは違っていた。雲は梅雨雲というより野分《のわき》（台風）のような沸《わ》き立つ黒雲に近かった。豪雨と猛暑である。しかし肥後では梅雨時を当然のこととして受け止めて愚痴《ぐち》る者はいなかった。

茶臼山山頂の表土剥《は》ぎ取り作業は雨との駆け引きでもあった。いつの世も雨と土木作業は相容れない間柄である。三郎太は山頂の表土剥ぎ取り作業の進捗《しんちょく》については目標値を定めないことにした。進捗は雨次第である。

依然、慶長の消息は不明のままであった。だが三郎太はそのことでやきもきすることをやめた。慶長を当てにせず、本丸の新しい縄張図は、戻ってくる清正に委ねることに決めた。

六月に入って直ぐ、梅雨が明けた。今の暦から言えば七月中旬にあたる。梅雨明けの時期は上方とさして変わらなかった。

茶臼山山頂の表土剥《は》ぎ取りは続いていた。一間の深さで取り除いてもその下は同じように細かい土であった。どこまで剥ぎ取れば硬質な土となるのか、三郎太には見当もつかない。やりかけた剥ぎ取りを途中でやめるわけにはいかなかった。

幸いなことに野分は二度しか普請場を襲わなかった。例年野分は五つか六つ来るのだが今年は少ない、と新美らが胸をなで下ろしているのを三郎太は聞いている。

覚兵衛を訪ねる暇もなく、また覚兵衛が会いに来ることもなく瞬《また》く間にふた月が過ぎ、九月になった。

竜蔵院慶長の行方は不明のままだった。

「やっと殿が御帰郷なさるぞ」

三ヶ月ぶりに飯田覚兵衛が三郎太を普請場に訪ねてきた。

「覚兵衛殿は稲が実る頃、殿はお戻りになると申されましたが、ひと月ほど遅くなりましたな」

すでに稲刈りは七月下旬に終わっていた。

「おそらく今月の終わり頃には戻られる。ひと月後、必ずや殿はこの場に立たれる。茶臼山山頂がきれいに均《なら》され、石垣が築ける寸前まで進むよう励んでくれ」

「石垣を築くには石がなくてはなりませぬ」

「石の手当ては石方普請奉行の中川重臨斎殿に任せてあるはずだが」

「それが未だに何の沙汰もありませぬ」

「重臨斎殿は殿の命をなんと心得ておるのか。この分では殿がお戻りなされて直々にお命じなさるまで動かぬというのか。仕方ない、三郎太殿が石の手当てに動いたらどうじゃ」

覚兵衛はいかにも苦々しげに告げた。

この日を境に三郎太は重臨斎に見切りをつけ、李《リ》と共に白川の踏査に入った。

白川は阿蘇山の根子《ねこ》岳を源流とし、阿蘇谷の黒川を併呑《へいどん》して西流し、隈本城下に入って後、平地(熊本平野)を貫流して有明の海に注ぐ。延長は十八里(七十二キロ)余である。

白川は隈本城下に入ると、大きく蛇行して茶臼山丘陵の南麓に近接する。

「これからしばらくの間、白川の岸辺を上流に向かって探索するが、なぜだと思うか」

三郎太は李に問うてみる。李の力量をためすという意地の悪い魂胆ではなく、できる限り李と認識をひとつにしておくためであった。

「これから城作りは土を動かす業から、石を積む業《ぎょう》へと移ります。釜山《プサン》でもそうでしたが、城石の調達はなかでも最も難しいことでございます。三郎太様がどんなに石積みの巧者であっても石がなくては只人《ただびと》に過ぎませぬ。石が多く散在するところは川の近辺。それゆえ白川に入られるのでしょう。それにもうひとつ、白川は大きく弧を描いて茶臼山南崖《なんがい》近くを流れ下っております。朝鮮でも大陸（中国）でも古来より河川に船を浮かべ、これに物を積んで往来します。重い石でも白川の水運を頼れば新城の至近まで楽に運べます。陸路で運ぶよりはるかに人の手は少なくなります」

李は時に口をつぐみ、時に考えるために言葉を中断しながら三郎太に話し続けた。三郎太は李の和言葉を学び取る早さに驚くと共に、白川探索目的を的確に言い当てたことに感心した。

「石運搬船の船着き場を何処にするかも考えなくてはならぬ」

「船の調達もしなければなりませぬな」

「さらに白川に船を通すだけの水深があるか、橋の下を船が通れるかも確かめねば」

「石垣を築く前にやるべきことはまだまだ沢山ありましょうが、わたくしにできることがありましたら、どうぞ昼でも夜でもお申し付けくださいﾞ」

李の申し出に三郎太は感謝しながら深く頷《うなず》いた。

（二）

慶長四年（一五九九）九月。

清正は国許《もと》から呼び寄せた家臣百名のうち二十余名を大坂の加藤屋敷に残し、残り八十余名と共に難波《なにわ》の港から船に乗った。船は百人の家臣を肥後から大坂に急遽《きゅうきょ》呼び出した時に用いた軍船で、難波の港にそのまま繋留《けいりゅう》しておいたものである。その時連れてきた水手《かこ》も大坂に留め置いたので、彼らに操船を任せた。船は瀬戸内を漕《こ》ぎ進み、小倉津（現小倉港）に入港したのは難波を出航してから十日後のことであった。

下船した清正は随行した家臣の中から足自慢の者を呼んで、隈本城の城代下川又左衛門に帰城する旨の報告をさせた。その一方で船を再び難波に返した。大坂屋敷に残った家臣らが肥後に戻れることを願っての措置であった。

隈本城に清正の使者が着いたのは二日後であった。使者はすぐに下川城代に会った。

「殿は三日後に隈本城にお入りなさる。家中の方々の出迎えは一切無用とのこと」

戻ってくることは知っていたが、本決まりになれば、あらかじめ余裕をもって帰還日を報《しら》せてくるであろうと又左衛門は高をくくっていた。ところが突然、使者が現れ、しかも三日後の帰還だと報されて仰天した。

出迎え無用、との伝言に又左衛門は迷ったが、一刻後には九郡に散らばる主だった家臣らに向けて清正帰還の報を早馬で伝えた。

報を受けた家臣らは取る物も取り敢《あ》えず隈本城に馳せ参じた。

清正一行は豊前街道を南下し、予告通り三日後に肥後隈本に入った。

隈本城本丸に続く城道はきれいに掃き清められ、参集した家臣らが装束を正して立ち並んでいた。

大手門には城代の下川又左衛門、惣奉行の中川重臨斎、加藤喜左衛門、それに阿蘇郡、玉名郡、芦北郡などに散在する支城（内牧城、南関城、佐敷城など）を預かる知行地家臣らが整列していた。隈本より最も遠隔地にある野津原城の城主加藤平左衛門は清正を迎える家臣らの列に加われなかった。

前触《さきぶ》れの声が大手門に届いた。やがて騎乗した加藤清正が八十名ほどの家臣と共に姿を現した。下川城代らの顔が緊張でこわばる。清正は門前で下馬すると、馬番に手綱を預け、衣服の塵《ちり》を両手で払った。

「ご無事でのご帰還、お待ちしておりました」

又左衛門が駆け寄って低頭した。

「長い間、留守にした。足労をかけた」

清正の健やかな姿に居並ぶ家臣達は胸をなで下ろした。

清正は出迎えた家臣らにいちいち声を掛けてまわった。一通り挨拶が終わると清正は、

「出迎え無用と申したが、皆の顔が揃ったのを見て安堵《あんど》した。吾等は長旅により疲れもあるので今日のところはこれで引き取ってくれ。三日後、改めて皆に会うことにいたす」

と告げて、迎えに集まった家臣らを散会させた。

隈本城二の丸の一郭に建てられたひときわ豪奢《ごうしゃ》な殿舎、それが清正の住居である。殿舎では小夜《さよ》が清正を迎えた。小夜は清正が二十五歳のとき秀吉とその妻ねねがとりもってくれた側室（愛妾《あいしょう》）である。ふたりの間には熊之助という長男と生まれて直ぐに死んだ次男があった。その長男も清正が朝鮮

から引き揚げてくる直前に病死した。

小夜の父は秀吉の家臣、和田弥左衛門である。弥左衛門には小夜の兄にあたる勝兵衛が居た。清正は勝兵衛を自分《おのれ》の家臣として肥後に連れてきて然るべき役職に就かせた。後に勝兵衛は支城を預かる知行地家臣にまで出世するが、側室の兄という肩書きをひけらかすような驕慢《きようまん》な行いは生涯とらなかった。

「すまぬ」

清正は嫡男の位牌に手を合わせた後、小夜に頭をさげた。むろんそれは小夜を愛妾のまま隈本城の殿舎に七年間も放っておいた挙げ句、家康の取り持ちで正室を迎え入れてしまったことへの許しを乞う言葉であった。

「熊之助の突然の病《やまい》。八方手を尽しましたが、薬石効なく身罷ってしまいました。わらわが傍《そば》に居《お》りながら……。詫《わ》びるばかりでございます」

涙を流す小夜の声は消え入りそうであった。

その夜、清正は二の丸の殿舎で小夜とふたりだけで過ごした。

二日ほど殿舎で過ごした後、清正は自邸に飯田覚兵衛、森本儀太夫《ぎだゆう》、床林隼人《ゆかばやしはやと》を呼び寄せた。儀太夫と隼人は加藤家の大坂屋敷を取り仕切っていたが、清正帰還に随行した。この両名に覚兵衛を加えた三名は加藤家の三傑と世に喧伝《けんでん》された清正の懐刀《ふところがたな》である。

この日、清正を交えた四名は終日部屋に籠《こ》もったままだった。

翌日、清正は本丸御殿の大広間に知行地家臣五十余名を集めた。

先にも記したが、知行地家臣とは領主（清正）から土地を与えられ、その土地の支配権（徴税、行政、裁判権など）を分与された家臣のことである。

大広間は咳《しわぶき》ひとつしない。清正の両脇には飯田、森本、床林が控えている。それに対峙する形で城代の下川又左衛門、惣奉行の中川重臨斎、加藤喜左衛門、それに野津原城、内牧城、佐敷城、南関城などの支城を預かる七名の家臣が最前列に座している。その後方に四十余名の知行地家臣が控えていた。

清正がひとつ咳払《せきばら》いをした。

「支城を預かる七名の方々、ひと膝前に進まれよ」

森本が大声で促す。七名は不安気な顔でわずかに前に出る。

「支城改修に百姓の徴用はならぬと命じたこと、その方らはおぼえておるか」

清正の一声は厳しかった。

「おぼえており申す」

野津原城の城代、加藤平左衛門が胸を張って答えた。

「わしが命じたそのことをなぜ守らぬ」

押さえつけるような清正の声だ。

「それがしは殿より二千石の知行地を預かり、野津原城に入り申した。入って直ぐ知行地の百姓らを使い回して唐入りするまでの二年間、城の改修をいたしした。このことは殿もお認めなされたものとそれがしは心得てござる」

「わしが在国しておる時のことなど申しておらぬ。唐入りして後のことだ」

「唐入りにはそれがしが召し抱えた三十名の家臣の中から二十五名、それに知行地に住する百姓十六名を殿に付き従わせ申した。残った家臣は五名。この五名で知行地を差配し、百姓らに稲を収めさせ、治安に勤めて参った。また唐入りしている七年もの間、殿の許《もと》に兵粮米《ひょうろうまい》を送り続けもいたした。そうした中で今にも崩れそうな野津原城の改修に手をつけなくてはならなんだ。殿が朝鮮から書状を通して百姓を支城改修に使役してはならぬ、とお命じなったことは肝に銘じており申す。しかしながら先に述べた如く、それがしの許に残った家臣はたったの五名。その五名で政《まつりごと》を行いながら支城の改修も手掛けるとなれば、百年経っても支城の改修は終わり申さぬ。支城の改修を一日でも早く終わらせることがこの肥後半国に安寧《あんねい》をもたらす、そう思ったからこそ、それがしは殿の命《めい》に敢えて逆らい百姓らを徴用し申した」

加藤平左衛門は清正の気迫に押されることもなく、自分の思うところを述べた。平左衛門は清正と同郷の者で、清正とは悪童仲間であった。長じて清正が肥後半国の大名になったとき、乞われて清正の家臣となった。いわば幼なじみと言ってよく、加藤姓を与えられたひとりであった。

ちなみに清正が召し抱えた家臣のなかで〈加藤〉姓を名乗る重臣が二十余名も居る。これは他の大名家の同姓を名乗る家臣の数と比べて桁違《けたちが》いに多い。四千三百石取りだった清正が一夜にして十九万五千石の大名になったことで、家臣となるべき者を急ぎ召し抱えなければならないために生じた〈加藤〉姓であった。

「肥後国が富まねば支城を強固にしたとて国の内から崩れてゆく。肥後を富ませるには疲れ果てた百姓らを少しでも楽にしてやり、田を耕し、苗を植え、実れば刈り取る力を百姓達に蓄えさせることだ。それにもうひとつ」

清正はここで言葉を切って、

「おぬしが改修しておる野津原城で肥後半国の安寧など保てると真《まこと》、思うておるのか」

と厳しい顔を平左衛門に向けた。加藤平左衛門はこのとき、自分《おのれ》が中村で清正とは鼻垂《た》れ小僧の頃からの仲間であるという認識が間違っていたことに気づいて愕然《がくぜん》とした。そこに見えてきたのは、大大名に二千石で召し抱えられた取るに足らぬ従者であるという事実であった。

頃はよしと思ったのか、森本儀太夫が立ち上がって、支城を預かる七名の名を次々に読み上げ、

「方々の知行地を全て殿にお返しいただく。その上で方々には今、与えられている俸禄の半分ほどを殿がお与えになる」

と抑えた声で告げた。つまりは知行地家臣から知行地を持たぬ家臣になったということである。

「これに御不満ある者は、直ちに支城に戻り、門を閉ざして戦いに備えられよ。殿自らが出陣なされて戦うであろう」

床林隼人が森本の後を継いだ。七名は首を垂れ、座を立つ者はいなかった。

「さて次は御城代の下川又左衛門殿、並びに惣奉行の中川重臨斎殿、加藤喜左衛門殿でござる」

森本が三人に目を遣《や》る。又左衛門は口を固く結び、重臨斎の顔面は蒼白、喜左衛門だけが毅然と前を向いて森本をにらみ返した。

「方々は支城を預かった七名と同様、殿の命に背《そむ》いて本城（隈本城）改修に百姓らを使役した」

　森本が続ける。

「方々が殿の命に従わず百姓らを使い回したことはすでに明白。支城城主の範となるべき方々の罪は重い。下川又左衛門殿に与えた知行地四千三百石分のうち二千石分の知行地を召しあげ、城代の役から退いていただく。加藤喜左衛門殿ならびに中川重臨斎殿にもそれぞれ千石分の知行地を召しあげ惣奉行の役をおりていただく」

　告げて儀太夫は清正に視線を送った。

「儀太夫はあのように申したが、お三方にはわしが留守の間よく肥後半国を守ってくれた。この清正、礼を申す。おぬしらが隈本城で政《まつりごと》に励んでくれたからこそ、わしが留守にした肥後半国は平穏だったのだ。わしはそのことに俸禄《ほうろく》をもって報いなければならぬと思っておる」

　又左衛門の口がほころび、重臨斎の頬に血色が戻り、そして喜左衛門の目つきが柔和になった。

「そこで又左衛門にはあらたに千石分の知行地を、喜左衛門には五百石、重臨斎には三百石分の知行地を与える」

　これを聞いた三名は欣喜《きんき》し平伏した。実際には三名とも知行地を減らされ、職から下ろされたのだが、支城城主七名の処置を目の前で見せつけられている又左衛門らにとっては、清正の温情に深く感謝する気持ちが大きかった。喜左衛門と重臨斎で加禄に差をつけたのは、重臨斎が御石方普請奉行に任じられたにもかかわらず、石調達の準備が遅れていることを清正が知ったからである。そこにはいとこ同士という甘えは微塵《みじん》もなかった。

この日、清正の命に背いた知行地家臣から没収した知行地の石高は二万石に達した。

翌日、清正は奥御殿大広間に唐入りした家臣（又者を除く直臣のみ）三百五十余人と唐入りで陣没した直臣の遺族百五十余人を招いた。

遺族のひとりとして生駒《いこま》利昌の妻女菊乃は居並ぶ家臣らの最前列に座していた。正面に対座する清正と菊乃の目が合った。清正は口を固く閉じてかすかに頷《うなず》き、それから立ち上がった。

「七年の間、わしと共に唐入りしてくれた皆にこうして顔を合わせるのは九ヶ月ぶり。変わりはないか。わしもやっと大坂からここに戻って参った。これより唐入りで帰らぬ者となった者達の名を申す」

それを受けて森本儀太夫が陣没した直臣達の名を記した半紙を持って、次々に名を読み上げた。

「まずは武運つたなく逝《ゆ》かれた家中の方々の冥福を祈って黙祷《もくとう》を捧げる」

清正は全員の起立を促し目をつぶり、顔を俯《うつむ》ける。静寂が大広間を覆《おお》い、人々の微かな息漏れが伝わってくる。

「直れ」

六十を数えたほどの間をおいて儀太夫が告げる。大広間にざわつきが戻った。

それから唐入りの論功行賞《ろんこうこうしょう》に入った。論功行賞とは戦功に応じて賞を与えることを言う。

従軍した家臣らには一律に二割の加増をし、陣没した家臣の遺族には一律に五割の加増をした。この加増分は清正の蔵入地の一部一万五千石と知行地家臣らから召しあげた二万石余を分与したものだった。

さらに清正は加増した家臣らに、唐入りした又者《またもの》（家臣が召し抱えた者）に論功行賞を行うよう命じた。清正としては又者に直接加増してやりたかった。しかし又者の差配は召し抱え主（家臣）が担うべきもので清正にその権限はなかった。そうしたことを踏まえたうえで清正は、もし又者への報奨に違背《いはい》した家臣があれば、その家禄《かろく》を全て没収する、と強く命じた。

生前の生駒利昌の石高は四百石である。妻菊乃との間に子供はいない。菊乃は加増分の二百石を含めた六百石もの俸禄を受けることになった。俸禄は元来、男が受けるものであるが、清正は今回に限って遺族の中に男児が居ない場合は婦女子に俸禄を引き継がせた。

翌日、清正は唐入りした四千五百余名の百姓達の中から五百名ほどを代表者として大広間に集めた。百姓らに論功行賞を行うためである。

昨日と同じように唐入りで死去した百姓らの名を森本儀太夫が読み上げる。その数は四百五十名を超えていた。読み終えると清正はそこに集まった百姓らと共に冥福《めいふく》の祈りを捧げた。清正は百姓らを戦《いくさ》に駆り出したことへの謝罪の言葉を述べた後、死した者達に報《むく》いるには遺族への深い配慮をもってするしかないと告げた。

その配慮とは遺族に耕作地をそのまま引き継がせ、さらに向こう三年にわたり税として収めなければならない稲を一粒たりとも収めなくてよいというものであった。また唐入りで生還した百姓らには今年の納米を免除し、来年の納米は半分収めればよい、と告げた。

とのほか百姓らを喜ばせたのは、年間三十日の徴用（無償労働）を一年間全ての百姓に免除したことであった。

　こうして清正は唐入りに一応の始末をつけた。

（三）

　論功行賞が終わった数日後、十月上旬、清正は飯田覚兵衛、森本儀太夫らの近臣二十余名を伴って茶臼山山頂に登った。

　一行を戸波三郎太、新美八左衛門、阿佐古《あさこ》太郎、小野弥五兵衛《やごへえ》、天野九十郎、それに十名の組頭が迎えた。清正は西方に広がる平地（熊本平野）のはるか先にある有明の海を見通すかのように目を凝《こ》らす。むろんここからは有明の海は望めない。

「この茶臼山の山頂に立って、やっと肥後に戻ってきた心地がする」

　清正が発したひと言がそれだった。

「三郎太、肥後の水に馴染《なじ》んだか」

　清正は平地から三郎太に目を転じた。

「まだ馴染むとまではいきませせぬが、殿が穴太の郷で仰せられたように肥後はよか国にございます」

「三郎太がここに参ってまだ半年ほど。その間にこのように縄張りを終え、二の丸普請を始めたこと重畳《ちょうじょう》じゃ。茶臼山山頂の表土のこと、竜蔵院慶長《よしなが》から一々聞いておる」

清正の言に三郎太は首をかしげた。慶長は梅雨が始まった頃に消息を絶ち、いまだに不明のままだ。清正が慶長から話を聞けるはずがなかった。

「慶長は、おぬしに何も告げずに肥後からわしが住まう大坂屋敷を訪ねてきた。今、ここに参っている」

そう言って清正は、慶長参《まい》れ、と大声をあげた。すると清正が伴ってきた一行のなかから顔をうつむけた侍が三郎太に近寄ってきた。その侍は装束に身を正し、立派な髷《まげ》を結っている。しかも顔にはそり残した髭《ひげ》の痕《あと》もない。三郎太はしげしげとその侍を見た。そして気弱そうに三郎太に向ける眼差しに気づいた時、その者が紛《まぎ》れもない竜蔵院慶長であることを認めた。

「竜蔵院殿……」

三郎太の絶句に慶長は謝るが如くに深々と頭をさげた。

「慶長を責めるでない。慶長はおぬしから茶臼山山頂の柔《やわ》い表土の上に天守台は築けぬと聞かされた時、なぜそのことに自分《おのれ》が気づかなかったのかと悔やみ、また恥じ、いたたまれずに姿を隠した。そして数日をかけて茶臼山周辺をこと細かに調べ抜いた後、おぬしに断りも入れずにそのままわしの許《もと》に参ったのじゃ。慶長が修験者《しゅげんじゃ》である限り勝手をいたすであろうから、わしの家臣として召し抱えることにした。わしはこれから慶長らと普請場を検分して参る」

そう言い置いて、清正は覚兵衛らを率いてその場を離れた。

その夜、三郎太の仮家《かりや》に慶長が訪ねてきた。

慶長は突然の失踪に詫《わ》びを入れた後、やおら懐から半紙を取り出し、それを三郎太の前に広げた。

「これは大坂に参り、清正様と諮《はか》って作り直した新しい縄張図。遅れて申しわけござらぬ」

一尺四方の半紙に描かれた図面に三郎太は入念に目を通す。

そこに描かれていたのは今まで南向きであった本丸の構えが東向きに、北崖の際に築くことになっていた天守台が東に移され、それに伴って茶臼山南崖下に長大な石垣を築いて東大手口とするように書き改められていた。また馬の背を虎口《こぐち》（裏出口あるいは逃走路）としていたが、天守が東に移ったために、茶臼山と台地を結ぶ細尾根（馬の背）に櫓《やぐら》を築いて、台地からの往還を遮断するよう直されていた。さらに東から西に傾斜する山頂を巧みに生かして、様々な工夫がこらされている。縄張図と整地した茶臼山はまるで嵌《は》め絵のようにみごとに整合していた。

三郎太は慶長の築城に関する秀でた才能に舌を巻いた。

「しかしこの茶臼山東崖下と北崖下に築く石垣は今まで積んだこともない高さ」

縄張図には東崖を石垣で覆うことになっていて、その高さは十五間（二十七メートル）と記されている。さらに本丸の北西端に築く櫓の土台石垣の高さは実に十六間半（三十二メートル）と記されていた。その高さはあたかも三郎太の穴太者としての技量を試すかのようだった。

それにくらべ天守の土台石垣の高さは七間余（十三メートル）しかない。先の縄張図では十一間余（約二十一メートル）もあったのだ。茶臼山山頂北部から東部の一番高い地に天守台を移すことによって石垣の高さは抑えられることになったのであろう。

「御酒を一合いただけませぬか」

慶長は三郎太に遠慮がちに頼んだ。


清正が最初に手掛けたのは新城普請の組織を充実させることだった。

まず組織の長として〈新城普請総奉行〉を置いた。この役に清正自らが就《つ》いた。その補佐に城代の役を解かれた下川又左衛門を就けた。土方《つちかた》普請奉行は引き続き加藤喜左衛門に命じ、中川重臨斎にも石方《いしかた》普請奉行を続けるよう命じた。また穴太《あのう》役を石方普請奉行配下から切り離し、新たに穴太普請奉行を設け、その役に戸波三郎太を配した。

清正が喜左衛門、重臨斎の両者を留任させたのは、これからの働き如何《いかん》で旧職である惣奉行への復帰もあり得ることを意味していた。また城代だった下川又左衛門を自分の目の届く役に就けたのも、両者の留任と同じ理由であった。

組織の充実化が図られた数日後、清正が普請場に訪れるのを待っていた三郎太は、清正に、穴太普請奉行を補佐する穴太調整役と穴太進捗役に新美八左衛門、阿佐古太郎を任じてほしいと願い出た。穴太調整役は石垣の仕上がり面の整合・精査・指導を担い、穴太進捗役は石垣工事の進捗（工程）管理を担う役である。小野弥五兵衛《おのやごへい》、天野九十郎も加えたかったが役の枠は二席しかない。そこで又者《またもの》である小野と天野には遠慮してもらったのである。清正はこれを受け入れた。

「まことに勝手ながら二つお願いがございます」

清正が受け入れてくれたことに安堵《あんど》しながら、三郎太は遠慮がちに言った。

「申してみよ」

「今、御家中の方々千人を十名の組頭が束ねております。組頭は皆、下川様が召し抱えた者ばかりで殿の直々の家臣ではありませぬ。どうかこの十名に引き続き組頭の役をお命じくだされ」

「そのこと又左衛門より聞いておる。三郎太の勝手にいたすがよい。して、もうひとつとは」

「殿には李《リ》と申す朝鮮から連れ帰った若者をご存じでしょうか」

「存じておる。釜山浦《プサンポ》に築いた城で石垣を巧みに積んだ者。確か覚兵衛がおぬしの下僕として付けたのではなかったか」

「仰せの通りにございます。その李をわたくしの家臣として召し抱えたいのでございますが、お許しいただけましょうか」

清正お気に入りの金宦《キムカン》でさえ清正の家臣としてはもらえず、城代に預かりの身である。

「朝鮮の者を三郎太の家臣に……」

清正はしばらく考えていたが、

「許す。となれば、金宦もわが家臣とせねばなるまい」

と首を縦に振った。

今まで李の立場は下僕か普請手伝いか曖昧であったが、三郎太の家臣と決まったことでふたりの間は明確になった。

十月十二日、下川又左衛門は人足三百人余と共に茶臼山西麓に広がる松林の伐採に入った。伐採地に二十五人が寝泊まりする人足小屋、百二十棟を建てるためである。

松林の伐採は昼夜にわたって行われた。伐採された樹種のほとんどは赤松である。

一方、石方普請奉行の中川重臨斎は五百人ほどを使って白川流域を主とした石の採集に血眼《ちまなこ》になっていた。

（四）

十一月初旬、三郎太、李《リ》、新美、阿佐古、小野、天野の六人が三郎太の借家《かりや》の朝餉《あさげ》に顔を揃《そろ》えた。清正が茶臼山へ日参するようになってからというもの、六名が顔を揃えるのはめずらしいことであった。それほど六名は忙しく、しばしば借家に戻れぬ日もあった。

「そうであった。忙しさにかまけて李に訊《き》かねばならぬことを忘れていた。李にわたしの家臣になるよう申しつけておいたが、その返事をまだ聞いておらぬ。三十石を与える。異存はないな」

三郎太は清正から百五十石の禄《ろく》を受けている。百五十石持ちは通常四、五人の家臣、足軽、小者、下僕などを召し抱えているが、三郎太にとっては李が初めての家臣となる。

「おお、それは重畳《ちょうじょう》。めでたい」

新美が飯《めし》をほおばりながら破顔した。阿佐古も小野も天野もそれぞれ嬉しそうに李を見遣《や》った。だが李は口に運ぶ箸《はし》を止めて、困惑した顔をした。

「わたくしは禄など頂かず、このまま三郎太様の下僕としてお仕えいたしたいのです」

「家臣になれば三十石が李のものだ。それだけあれば誰にも頼らず生計《たつき》を立てられ、しかもひとりかふたりの小者を召し抱えることもできる」

三郎太は李が断るとは思ってもいなかった。

「朝鮮から肥後に連れてこられた者は三百人を超えます。その方々はほとんど下僕や百姓の手助けをして日々を凌《しの》いでおります。わたくしひとりがそうした方々から離れて、三郎太様から禄を受ければ仲間からどんな怨嗟《えんさ》を受けるかしれませぬ」

三郎太は李のもっともらしい辞退の言葉に不自然なものを感じた。連れてこられた者の百名ほどは造瓦《ぞうかわら》、陶窯《とうよう》、製紙などの技を持った者達で、彼らはそれなりに厚遇されている。李が断る理由はもっとほかのところにあるのではないか、と三郎太は思った。

「久しぶりに六人揃っての朝餉。白湯をお持ちしましたよ」

突然、後方から明るい声が届いた。皆がいっせいに振り向くと、土間に菊乃が六人分の椀《わん》が載った盆を持って立っていた。

「お許しください。ただ今の話、聞いてしまいました。李殿、仲間から怨嗟や羨望《せんぼう》を受けてもよいではありませぬか。李殿が三郎太様から禄を受けて少しでも懐が潤《うるお》ったら、その潤いで朝鮮から参られた方々の苦渋や生計《たつき》をほんの少し助けてあげなされ。そうなされば、お仲間も李殿の出世を喜んでくださりましょう」

　菊乃は盆を李の膳近くに置くと、白湯を満たした椀をそれぞれの膳に配った。

「これはわたしひとりで決めたわけではない。殿にお諮《はか》りして決めたのだ。辞退することはならぬ」

　李にどんな断りの理由があるにしても、李を召し抱えたい、という気持ちが三郎太には強かった。李は俯《うつむ》いたまま、三郎太の強い口調に押されたように、微かに首を縦に振った。

「それでよいのです。人というものは思いがけない果報が舞いこんでくると、拒みたくなるのかもしれませぬ。だから李殿が断る気持ちは、このわたくしもわかるような気がします」

　菊乃の声は優しさにあふれていた。

「果報と申せば、まだ菊乃殿にはお祝いの言葉も述べておりませなんだな。この度の加増と生駒家の継承、まことに祝着《しゅうちゃく》にございます」

　三郎太が菊乃に頭をさげると新美らもそれに倣《なら》う。

「となれば、近々吾等はお借りしているこの館をお返ししなくてはなりませぬな」

　菊乃を生駒家の女主《おんなあるじ》と清正が認めた時、三郎太は館から出ることを決めていた。

「その御懸念には及びませぬ。どうぞ居たいだけここに居らしてくださいませ」

「いえ、そうは参りませぬ。菊乃殿は生駒家六百石取りの主《あるじ》。それが決まったからには吾等六名の世話などしてはならぬのです」

　菊乃は下を向いてなにも答えなかった。

「ここを去るとなると、菊乃様に作っていただいている朝餉、夕餉が食べられなくなります。そう思うと悲しくなりますぞ」

白湯を一口すすった天野が呟《つぶや》いた。

「この館を六百石の名に恥じぬように保っていくには、どうすればよいのか、その算段は未だについておりませぬ。算段がつくまでどれほどかかるか途方にくれるばかり。しばらくは、どうぞここに居てくださりませ」

「人足小屋ができ次第、皆そこに移ります」

三郎太は李や新美らを説得するかのように告げた。

「それでは、この菊乃が皆様を追い出したように世間が見るでしょう」

「その逆です。わたし達がいつまでもここに居れば、菊野殿がこの館に戻ってくるのを、吾等が妨げているように見えます。世間はわたし達を無粋者と誹《そし》るでしょう」

菊乃は顔を俯《うつむ》けて口を閉じた。それは三郎太の言葉を受け入れたかのように思えた。


林を切り開いた地に人足小屋が建ち始めた。同時に普請用資材の木材、縄、筵《むしろ》なども搬入され、さらに共同の水場、厠《かわや》なども併設されつつあった。これらの指揮を執ったのは清正の補佐に就いた下川又左衛門であった。又左衛門は汚名を挽回する好機と思ったのか、または清正の新城普請にかける深い思いを知ったためか、与えられた役を全うするため働きづめに働き続けた。それを近隣の百姓らが見ていたのか、百名を超える者が手助けに駆けつけた。百姓とは居丈高に命じなければ動かないものと思い込んでいた又左衛門は、初め百姓らに何か魂胆があるのではないかと疑ったが、彼らは、

――今は農閑期、清正公から賦役《ふえき》を免除されましたが、下川様が汗水たらしてお働きになっているお姿を見ると、居ても立ってもいられなくなり、こうして手伝いを申し出たのでございます――
と口々に告げた。又左衛門が感激し、感謝したのは言うまでもなかった。このことを聞いた清正は手伝いに来た百姓らに涙金《なみだがね》（銭）を与えた。額は微々たるものであったが、今まで賦役という名の許《もと》に無償で働かされた百姓らにとって、涙金は文字通り涙が出るほど嬉しいものであった。これを聞きつけた合志郡、山鹿郡、玉名郡などの百姓が鋤《すき》、鍬《くわ》、筵《むしろ》、モッコなどを携《たずさ》えて新城の普請場に集まってきた。清正はこれらの百姓にも等しく銭を支払った。支払いは加藤家が緊急時用に蓄えておいた銭であった。

一方、石方《いしかた》普請奉行を命じられた中川重臨斎は五百人余を使い、昼夜兼行で新城に最も近接する白川右岸に船着き場を作った。それが終わると、重臨斎は城石を探すため白川上流に入った。するとこれを聞きつけた白川流域に住む百姓や猟師などが協力を申し出た。

すでに領民は新城普請の手助けをすれば涙金が出ることを知っていたのである。百姓らには無縁だった新城の工事は思いがけぬ成り行きで、肥後半国の領民すべての力を結集させることとなった。

十二月初旬、人足小屋百二十棟が完成した。

隈本城二の丸に投宿していた家中の者が大挙して人足小屋に移ってきた。すると生活必需品を供給する商人達《あきんど》が近郷近在から人足小屋近辺に集まり、城下町よりも活況を呈するようになった。清正は集まり来た百姓や商人を保護し、往来の自由を認めた。
三郎太ら六名は正月を迎える前に菊乃に館を返し人足小屋に移った。

第五章　石の心

（一）

慶長五年（一六〇〇）一月。

隈本城奥御殿大広間で、清正は主だった家臣から新年の祝賀を受けた。

祝賀に訪れた中に戸波三郎太も居た。

大広間の後方に座した三郎太からは清正の姿が小さく望める。清正はそれまで蓄えていた髭《ひげ》を剃り落としてこざっぱりした顔付きに変わっていた。

三郎太は参集者の中に竜蔵院慶長《よしなが》が居るのではないかと目を泳がせたが、それらしき姿は見当たらなかった。

「今年は肥後で皆から祝賀を受けることが叶《かな》った。昨年の年初ははからずも大坂で迎えた。その大坂は今、大きく二つに分かれておる。ひとつは徳川家康様に心を寄せる大名達。もうひとつはそれを是とせぬ大名達である。二つは共に豊臣家に忠誠を尽くすため秀頼君にお仕えなされているが、その思いは各々《おのおの》違うようだ。わしの思いは右府《うふ》（家康）様に近い。だが右府様と同心とも言い難い。わしはただただ秀頼君の御為に立ち働きたいのだ。もし秀頼君に危機が及ぶようなことがあれば、わしは皆を率いて大坂城に馳《は》せ参ずる。そのことを皆には申し伝えておく。新年を迎えた今、大坂でなにが起こっているか定かではない。だが、何かが動き出している。皆は動き出している何かに、いつでも立ち向かえるよう心の準備をしておかれよ。それが年頭にあたってわしが皆に言っておくべき全てである」

家臣らは主君清正の胸中を知るにいたって寂《せき》として声もなかった。すると清正の隣席に座していた飯田覚兵衛が座を立って、

「殿の仰せられたことを察すれば、隣国がいつ敵国となるやもしれぬ。いや、隣国ばかりでなく九州全ての大名と戦わなくてはならぬ事態になるやもしれぬ。戦うからには勝たねばならぬ。そのためには今、茶臼山に築いている新城を一日でも早く築き終え、それを拠《よ》り所とせねばならぬ。皆の衆、そう思わぬか」

覚兵衛はそこで言葉を切った。すると家臣のひとりが立ち上がって、

「覚兵衛殿の申される通りでござる。吾等はさらに新城普請に邁進《まいしん》し、戦《いくさ》あらば必ずや勝利してみせよう」

と声を高めた。

「それでこそ武勇優れた加藤家の御家中。だが戦《いくさ》が直ぐ始まるわけではない。まずは新城を形あるものにせねばならぬ。それには石の手当てが第一。石方《いしかた》普請奉行を仰せつかった中川重臨斎殿に石の調達がどうなっているのか伺いたい」

年頭の祝賀は期せずして新城普請の具体的な話になった。つまりは慶長五年の年頭は祝賀に浸れる余裕など肥後半国にはなかったのである。

最前列に座していた重臨斎が立って、

「幸なことに、ここ肥後は石ころだらけの国でござる。白川に沿って大小様々な野石が転がっている。また上流には岩山もある。これらの石を白川の水運にて普請場まで運ぶ。その算段はつき申した」

と胸を張った。

「となれば石を運ぶ船を用立てなければならぬが、いかに」

「今、六隻の船を造らせており申す」

重臨斎は告げて次のような話を披露《ひろう》した。

石運搬に有明の海に生きる漁師らの持ち船を用いようとしたが、船底が深いので白川の河底につっかえて運行できないことがわかった。そこで新たに船底が平らで喫水《きっすい》が浅い船（平腹船《ひらぼてせん》）を船大工に造らせている。

「あと、二十日もすれば平腹船六隻が船着場に届くことになっている。とは申せ、船が仕上がればこと足りるというわけには参らぬ。船着場より白川上流の河底には岩や浅瀬がある。これらを取り除かなければ平腹船《ひらぼてせん》を運行させることは叶わぬ。頃は冬、白川に入っての河底浚《さら》いは辛かろうが、これは土方《つちかた》を任された加藤喜左衛門殿にお願いし、すでに了承を得ている」

中川重臨斎も加藤喜左衛門も失った信頼を取り戻そうと懸命なのだ。その思いは今、十分に清正に届いているはずだ。両名をこうした気持ちにさせる清正の人使いの巧さは、秀吉に仕えた清正が秀吉から学んだものである。

「石調達の目安がつけば穴太《あのう》普請奉行の出番となる。戸波殿の心構えをお訊《き》きいたす」

覚兵衛は最後列に座する三郎太に届くよう声を高めた。三郎太はその場に立って、

「城石が運び込まれれば、それをもってまずは新城の要《かなめ》となる天守の土台石垣、すなわち天守台の普請に入る所存」

と応じた。

（二）

中川重臨斎の指揮のもと、千余人が白川流域に散在する大石、小石を採取し始めると、それに合わせて土方《つちかた》普請奉行の加藤喜左衛門ら五百余人が白川の河底浚《さら》いを開始した。一方、三郎太は十人の組頭に船着場から茶臼山西麓に設けた仮設路の間を繋《つな》ぐ石運搬路を作るよう命じた。従事する千人は

皆、加藤家家中の者（家臣と又者《またもの》）で、昨年末まで加勢していた百姓らの姿はなかった。百姓らは田起こしなどの農作業に入ったからである。

加藤家の家中は総勢六千余人。その内、新城普請に携わる者はおよそ四千人である。清正は五千人を新城普請にあてる腹づもりであったが、そうはならなかった。八年間近くも肥後国を留守にしたツケは大きかったのである。すなわち困窮した国内の財政立て直しに二千余人を充てなくてはならなかったのだ。これから百姓の農繁期が終わるまでのおよそ七ヶ月間、新城普請は四千人態勢で進めることになった。

二月初旬、三郎太は新美ら四人に、石垣を築いた経験を持つ者百人を探してくるよう命じた。

すると日を経ずして百人を選び出してきた。

「ずいぶんと早いが、まさか手当たり次第に揃《そろ》えたのではあるまいな」

あまりの早さに、三郎太は思わず意地悪い訊《き》き方をした。

「太閤殿下が御大名達に唐入りを命じた折、出兵の本陣として築いた肥前の名護屋城。その普請奉行にわが殿が任ぜられたことは三郎太様もご存じのはず。吾等は殿の下《もと》で名護屋城の石垣を積みました。その時の仲間が数多《あまた》居ります。百人を集めるなどわけもないこと」

いささか気分を害したのか、新美の言葉もきつくなった。

翌日、三郎太は百人を茶臼山の山頂に集め、石積みの基礎知識を手解《てほど》きした。

石垣は、根石《ねいし》、隅石《すみいし》、平石《ひらいし》、栗石《ぐりいし》、笠石《かさいし》で組み上がっている。

平石は石垣の平面を構成する石。隅石は石垣の平面と平面がつき合わさる隅角部《ぐうかく》に用いる石。栗石は石垣の安定や水はけをよくするために平石の背面部に詰め込む石である。また笠石は石垣の天端部に乗せる石。これら全ての石の重量を支えるのが地中に据える根石である。

石垣の高さによって根石にかかる重さ（上部荷重）は異なる。高さが増せばそれだけ根石にかかる上部荷重は大きくなる。石垣の高さに合わせて根石の大きさを変えていかなければならない。どう変えていけばよいのかを口で教えるのは難しく、実際に積み上げておぼえていくしかない。穴太の石垣築造（穴太積《あのうづみ》）は口で教えるものではなく、体得していくものなのだ。穴太積の手引き書もあるが、それは秘伝のようなもので、ごく限られた者にしか伝授されない。むろん三郎太も秘伝書を見たことはない。

そのようなことを話した後で三郎太は、

「野石を検分したことがありますか」

と話しかけた。皆は首を横に振る。

「心して見ればその美しさに驚くはずです。野石はどれひとつとっても同じものはありませぬ。大きさ、重さ、それに色、全てが異なります。しかも一石一石が非の打ち所のないほど無欠な形をしています。何万年もの間、水や風に晒《さら》され続けて無欠な形になったのです。それゆえに野石の形は美しい。そうしたひとつひとつ来歴の異なる野石で石垣は築かれている。わたし達の目に石垣が美しく映るのはこうした野石で築かれたからなのです。しかし野石をただ積むだけでは美しく見えませぬ。美しく積むには野石が持つ美しさを損ねぬように積まねばなりませせぬ。では、美しさを損ねぬよう積むにはどうすればよいか」

三郎太は百人に問いかける。誰も応答する者はいない。

「野石の美しさがわかるまで見続けることです。美しさがわかったら次に築造中の石垣をじっくり検分し、野石にどこに据《す》えてほしいか問うてくだされ」

「野石に耳などござらぬぞ」

ひとりが茶化すように言った。

「人に心があるように、野石にも心があります。野石の心に問うのです。すると野石は場所を教えてくれます」

百人は三郎太の話をどこまで信じてよいのかわからぬような顔付きである。

「問いかけても野石が答えなかったら、どこに据えればよい」

首をかしげながら別のひとり。

「答えてくれるまで問いかけてくだされ」

「それでも答えてくれなければ」

「百度でも二百度でも続けなされ」

「日が暮れるぞ」

「ならば次の日にまた問いかけなされ。そうして何度も問い続けているうちに、野石の美しさを損なわぬ据え付け場所が自ずと見えてきます。そこに据えれば石垣は美しくしかも堅固に積めるのです」

「おもしろい。吾等は未だかつてそのような思いで石垣を築いたことはなかった。新城の石垣を築くにあたって戸波様の言に従って積んでみようではござらぬか。築城の楽しみがひとつ増えたぞ」

百名は石積み経験者だったこともあって、三郎太が言わんとしている本意をわかってくれたようだった。


二月半ば、白川の河底浚《さら》いが終わり、石運搬船（平腹船《ひらぼて》）が船着場に到着した。間を置かず、この船が白川上流部の採石場所から船着場まで上り下りできるかの通船検証が行われた。結果は通船可能であった。

それから四日後、城石を積んだ平腹船が船着場に着いた。待ち構えていた家臣らが城石を木車や修羅（大きな木製の橇《そり》）に移し換え、石運搬路を経由して茶臼山西麓に設けた石置場へと運んだ。

石置場に置かれた石はそこから仮設路を利用して茶臼山山頂に運ぶ。だが仮設路はそれなりの急坂である。根石のような大きな石は修羅を用いて運ぶことになっていたが、修羅を曳《ひ》くには二百人ほどの曳手《ひきて》を要する。そうなると曳綱が長くなり、折れ曲がりの多い仮設路では曳き上げが難しくなる。

そこで三郎太は〈捲車《まきぐるま》〉を用いることにした。捲車は三郎太が大坂城普請の時によく用いていたもので別名、神楽桟《かぐらさん》、ろくろ、などとも呼ばれていた。今でいう〈ウインチ〉のようなものである。水平に設けた円筒状の胴を人力によって回転させ、胴に巻いた綱の一端に重量物を掛けて揚げ下ろし、または横曳きする道具である。修羅曳きは多くの人足を必要とするが、捲車は少人数で足りる優れものである。だが肥後に来て、三郎太は捲車を一度も見ていない。そこで新美に確かめてみた。

「耳にしたことはありますが、見たことはありませぬ。ぜひ使ってみたいものです」

「領内を探せばどこぞにあるやもしれぬ」

「探してみましょう」

そう新美が答えて、二日経った。

三郎太と李《リ》が石置場で石の選別をしていると、新美が訪れた。

「領内を探しましたが、どこにも捲車《まきぐるま》なるものはありませぬ」

新美は諦めきれないといった顔である。

「ならば面倒でも修羅で根石を山頂まで曳き上げるしかない」

「あの仮設路は折り返しが六カ所もあり、長い綱を曳くのはなかなか難しいところがあります。捲車の絵図でもあれば、それを手掛かりに大工に作らせるのですが。三郎太様は絵図を描けましょうか」

「わたしには描けぬ」

構造は至極単純だが、その仔細は石工である三郎太には範疇《はんちゅう》外のことである。

「わたくしが捲車の図面を描きましょう」

李が遠慮がちに申し出た。

「朝鮮でも石運搬に捲車なるものを使います。わたくしは父から捲車の作り方を教わりました。一日もあれば描けましょう」

捲車は遠い昔、朝鮮からもたらされたのであろうし、その朝鮮の捲車もおそらくは中国から入ってきたのであろう、と三郎太は思った。

翌日、李は絵図を描いてきた。

「捲車は巻き上げる石の大きさによって綱を巻き取る胴の径を変えます。曳く物が大きく重くなればなるほど胴の径は小さくなります。重さと捲車の胴の径とは密接な関わり（相反関係）があります」

そう告げて李は絵図を新美に渡した。

「さっそく大工に作らせよう。これで根石曳き上げはずんと楽になる」

懐に仕舞うと、新美は山頂を駆け下りていった。

それから四日後、捲車が出来上がってきた。それを仮設路の折り返し箇所に据え付けた。根石を修羅に乗せ、修羅の先端に綱を取り付ける。綱の長さは折り返し箇所と次の折り返し箇所までの距離と同じ長さである。その長さは半町（約五十メートル）ほどである。この綱を捲車で巻き取っていくのである。胴を廻すために捲車の上面には何本もの横棒が取り付けられている。この棒を人力で廻していく。大石を乗せた修羅は少人数の巻き取り人夫によってゆっくりと仮設路を上《のぼ》っていった。

（三）

清正の帰還を機に飯田覚兵衛は前にも増して多忙となった。二、三日ほど家に帰ってこないことが多くなったが、妻女の登世は三人の息子の世話にかまけて、覚兵衛の帰りなどあまり気にしない。その日も息子達に手を焼いていると、そこへ菊乃が顔をみせた。ふたりが会うのは菊乃が飯田家を辞して生駒の家に戻った時以来だから、ほぼ二ヶ月ぶりである。

「生駒家のその後は首尾よく進んでおりますのか」

「どうしたことか、まだ全く手つかず。戸波様らをお世話する折に雇った老爺《ろうや》、下僕それに下働きの女《もの》だけで日中を過ごし、夜は皆帰りますのでわたくしひとり」

どこか菊乃には覇気がない。

「今日は登世様に談議《だんぎ》したきことがあって参りました。実は俸禄《ほうろく》の全てを御殿様《おんとの》にお返ししようと思いますが、登世様のお考えを教えてくださりませ」

「一体何があったのですか」

唐突な菊乃の相談ごとに、登世は驚きを隠せない。

「女の身でありながら亡夫の俸禄四百石と加増分の二百石、合わせて六百石もの禄を受けることになりました。家禄の面目を保つには新たに家臣を十五、六人も召し抱えねばなりませぬ。それと下働きの女性《にょしょう》や下僕、老僕を合わせれば何人になるか。わたくしにはその方々を束ねて生駒家を守っていく気概などありませぬ」

「気の弱いことを申されますな。菊乃殿なら亡き生駒利昌様がお残しになったあの館を立派に引き継げましょう」

「生駒家を支えたとて生駒家を継ぐべき者が居ないのです。わたくしが死すれば生駒家は断絶。ならばわたくし自らの手で生駒家を終わりにしたいのでございます」

あの気丈な菊乃は何処へいってしまったのか、と登世は思った。

「そのような大事のこと、おひとりで決められましたのか」

「ですからこうして登世様に談議申し上げているのです」

「で、俸禄をお返しして後はどうなされたいのですか」

「山城《やましろ》（現京都府南部）に戻りたいのです。山城は亡夫とわたくしの生まれた地」

「そこには縁者も居られるのですね」

「居ります」

「ならば縁者の方を山城からお連れして菊乃殿の養子に迎え、生駒家をお任せになればいいではありませぬか」

「縁者と申しても、もう何年もつき合いを絶っております。養子を迎える気はありませぬ」

「山城に戻ったとて寂しい思いをなさるのではありませぬか。この肥後にお留《とど》まりなされ。わたくしと覚兵衛が菊乃殿のお側に居るではありませぬか。それに菊乃殿が肥後を去れば戸波様や新美様などが寂しがりますよ」

「三郎太様達はその後、お変わりないでしょうか」

「おや、あの方達はその後一度も生駒の家を訪ねてないのですか」

「城普請に忙殺されておりますのでしょう」

「何と薄情な」

登世は大仰に怒ってみせる。

「三郎太様達のお世話をしている時は夢中でした」

「そうでしたな。むさい男《おのこ》六名の朝餉《あさげ》を作るために夜明け前からこの飯田の館を出て、それこそ雨の日も風の日も、生駒の館にお通いになっておりましたね」

「今はその館にわたくしひとり。夜ともなれば、亡き夫のことがいやがうえにも思い出されます。三郎太様達に朝夕餉《げ》をお作りし、家の細々《こまごま》したことをしていた頃は、亡夫のことを忘れることも叶いましたのに」

そこで菊乃は深いため息をつく。しばらくして登世は、

「お気を悪くなさらずに、これから申し上げることをお聞き願いたいのですが」

とあらたまった声で言った。

「嫌ですよ、そのようなもの言いは。わたくしは今まで一度だって登世様の申されたことに気を悪くしたことなどありませぬ」

「では申しますが、菊乃殿は戸波様をどう思われますか」

「戸波様とは、あの三郎太様のことでございますか」

菊乃は突然の問いに戸惑った。

「そう、あの三郎太様のことです」

「どう思うかと訊《き》かれても何と答えてよいのか。強《し》いて申せば生駒の館を借りていただいた有難いお方」

「それだけですか」

「それだけですよ」

「三郎太様を菊乃殿がお気に入ったから館を貸したのではありませぬか」

「あの館を三郎太様に貸してはどうか、とわたくしに申されたのは登世様と覚兵衛様。借りられる方が誰だか、わたくしは全く知らなかったのですよ」

「これには理由《わけ》があるのです。実は三郎太様を召し抱えるにあたって殿は三郎太様の義父である戸波鷹之助様とある約束をなされたのです」

「約束を、でございますか」

思わず菊乃はその話に引き込まれた。

「ある約束とは三郎太様が肥後に移って参られたら、殿の目に叶った女性《にょしょう》を三郎太様に娶《めあわ》す、というもの」

「その話は三郎太様からお聞きになりましたのか」

「覚兵衛からです。覚兵衛は『殿は戸波鷹之助様と約束をしたが良《よ》か女性《にょしょう》を選ぶ目をお持ちになっておられぬ、そこでこのわしが殿に代わって探すことになった。ところがわしにも女性を見る目はない。そこでおまえの目にかなった女性を捜してくれ』とわたくしに押しつけてきたのです」

「そのような経緯《いきさつ》があったとは存じませんでしたが、登世様が若いお方に三郎太様の身の回りを世話させようとなされていたのは存じております」

「ところが三郎太様ときたら若い女性《にょしょう》に身の回りの世話をしてもらう気はないと素っ気ない言い様《よう》。いくら薦《すす》めても首を横に振るだけで、『どうか婆《ばあ》やをお願いしたい』の一点張り」

「それでわたくしを薦めた、そういうことですか。わたくしはまだ婆やではありませぬ」

菊乃が声を強めた。今日一番の明るい声だった。

「あら、あの館の細々した雑事を担うと申されたのは菊乃殿でしたよ」

「亡夫が残した館を粗末に住み暮らされては、と案じたからです。そこでわたくしが館の細々した管理をすることに決めたのです。そうしましたら三郎太様と李《リ》殿の朝餉《あさげ》と夕餉《ゆうげ》も賄《まかな》う羽目《はめ》になったのです」

「しかし、その世話は菊乃殿にとって決して辛いものではなかった。そうでございましょう？」

「なるほど、辛くはありませんでした」

「初めふたりだった朝夕餉の支度はやがて新美様らが加わって六名になった。それでも菊乃殿は辛いどころかますます楽しげにあの館にお通いなされた」

「確かに少しも苦にはなりませんでした」

「夕方、疲れ切ってこの家に戻ってきた菊乃殿は寝不足になるのも厭《いと》わず深夜まで、三郎太様のお着物の繕《つくろ》い直しをされてましたね」

「あの方はお着物を二、三枚しかお持ちになっておりませんでした。それを着回しているために傷《いた》みも激しく、あちこちがほころびていたのです」

「そのほころびを繕い直している菊乃殿の針の軽やかであったこと」

「一体、登世様は何を申されたいのでございますか」

「菊乃殿は三郎太様のことを憎からずお思いになっておられた、そうではありませぬか」

登世が菊乃をのぞき込む。

「はあ？」

菊乃は目を開いて登世を見返した。

「やはり、お気を悪くなされたのですね」

「わたくしは今も利昌の喪に服している身ですよ。そのような軽はずみなもの言いは登世様らしくありませぬ」

「利昌様が身罷《みまか》って何年経ちますのか」

「三年余になります」

「ならば、もうすぐ喪も明けましょう」

「明けたか明けないかではありませぬ。わたくしが生駒家の女主《おんなあるじ》である限り、どのような男《かた》が現れようと心を移すような、はしたないことはいたしませぬ」

「わたくしは三郎太様に初めてお会いした時から、菊乃殿に相応《ふさわ》しい方だと思い定めたのです」

「それは登世様の勝手な思い込み」

「そうでしょうか。わたくしには菊乃殿が三郎太様のことを憎からず思っている、という気がしてなりませぬが」

「よしんばそうであったとしても、それがどうにかなるのですか」

「よしんばそうであっても、ですか？」

すかさず登世が聞き返した。

「これは言葉の綾《あや》」

菊乃は慌てて首を横に振る。だがその時、菊乃の頬がわずかに赤らんだのを登世は見逃さなかった。

「菊乃殿のお心はよくわかりました」

「わかってくだされば、それでよいのです。もう三郎太様のことはこれくらいにして、わたくしの今後の身の振り方について、改めてどう思われますか」

「お急ぎになりますな。もうしばらく生駒家のことはそのままにしておきなされ。たとえ山城に戻れるとお決めになっても、今はその時期ではありませぬ。大坂や京ではいつ戦《いくさ》が始まってもおかしくないと覚兵衛が申しております。山城と京は背中合わせ。戻るとしても京、大坂が平穏になってからになさりませ」

登世は穏やかに諭すように言った。

（四）

登世と菊乃が会った数日後、三郎太は早めに本丸普請場を去ると飯田覚兵衛の館に向かった。昨日、登世から飯田の館に来てほしいという言伝《ことづて》を飯田家の下僕を通じてもらっていたからである。

「参らせましたか」

登世は見ないうちに、一段と恰幅がよくなったように三郎太には見える。

「三郎太様達六人は暮れに菊乃殿の館を退去したそうですね」

「そう申せば、登世殿にそのことお報《しら》せしてなかったですね」

「菊乃殿が数日前、久し振りにわたくしの許《もと》を訪ねて参りました。その時に知りました。菊乃殿は心なしかやつれて見えました」

そう言って登世は意味ありげに三郎太を垣間見た。

「病にでも罹《かか》られましたのか」

「六百石の禄を頂くことになった生駒家を背負うのが苦しいのかもしれませせぬ」

「菊乃殿なればその重責を果たせましょう」

「菊乃殿は生駒家を廃絶して生まれ故郷の山城に戻りたいようでした」

「なんと、肥後を去ると。それは困った。人足小屋に移ってからの御食《おんじき》（食事）の不味《まず》いことと申したら驚くばかりです。そのうち借家《かりや》を訪れ、菊乃殿に頼んで夕餉《ゆうげ》を作ってもらいたいと李や新美らと話し合っていたところでした。肥後を去るとなれば、それも叶《かな》わなくなります」

「美味しい夕餉を食べたいならよい術《すべ》（方法）がありますよ」

「その術とはいかなるものか教えていただけませせぬか」

「術とは三郎太様の思いの丈《たけ》」

「術がわたくしの思いの丈？」

登世の言葉が三郎太には今ひとつわからない。

「つまり三郎太様の思いの丈を菊乃殿にお伝えする、ということです」

「伝えれば菊乃殿の御食《おんじき》にありつける、ということですか」

「ありつけるでしょう」

「ところで、わたくしの思いの丈とは何なのでしょうか。さっぱりわかりませぬ」

「わからなければ、考えてみることです。ゆっくり、お考えなされ。さすれば必ずや思いの丈が何であるかおわかりになりましょう。その思いの丈を菊乃殿にお伝え申せば、菊乃殿をこの肥後に留め置くことが叶《かな》いましょう」

雲をつかむような登世の言い草に三郎太は釈然としないものを感じた。他にもっと話があるのかと思ったが、登世はそれだけ告げると、

「では朗報をお待ちしていますよ」

と、三郎太に微笑《ほほえ》みかけた。


その夜、三郎太は人足小屋で李《リ》や新美らと枕を並べて眠りについたが〈思いの丈〉という言葉が頭から離れない。登世にからかわれたのかもしれないと思うかたわら、そのためにわざわざ自分を呼んだとも思えなかった。

とうとう一睡もしないままに夜が明けた。三郎太は李らと共に朝餉を済ませて茶臼山に向かった。道々、〈思いの丈〉について考え続けた。そして山頂に着いて、新美らに天守台構築の下準備の指図

をしている最中にも、〈思いの丈〉という言葉が頭の中を駆けめぐっていた。こんな状態で指図を続ければ碌《ろく》なことにはならない。

「いかん」

三郎太はそう呟《つぶや》くと、新美を呼んで、

「これから行かねばならぬ所がある。後のことは李と阿佐古らで指揮を執《と》ってくれ」

そう告げて茶臼山を下りた。

向かう先は生駒家の館である。登世の話によると、そこで菊乃は館を守ってひとりで暮らしているという。

茶臼山から館までは通い慣れた路である。城下は春めいて、行き交う人の表情もどこか明るかった。辻々に植えられた銀杏《いちょう》の枝に小さな新緑の葉がびっしりとついている。

三郎太が辿《たど》る路を何台もの木車が石を乗せて行き過ぎる。城石は船運搬だけでなく陸路でも盛んに運ばれていた。三郎太がここに来た当初、城下はどこかうら寂れた感があったが、清正が帰還し、新城普請が始まってから賑《にぎ》わいをみせるようになった。家々はどれも小綺麗で家周りも清掃が行き届いている。街なかをゆっくり歩いているうちに菊乃の館の門前に着いた。館は通り過ぎてきた家々と比べるとくすんで見えた。

訪《おとな》いを入れたが何の応答もない。三郎太は門内をのぞき込むようにして内に入った。見慣れた庭が広がり、その先に母屋の縁側が望める。そこに菊乃が庭を背にして座っていた。

「久しゅうございます」

三郎太はできるだけ明るい声で菊乃の背に呼びかけた。その声に驚くようにして菊乃が振り向いた。土気色をした菊乃の顔には生気がなかった。それに頬紅も口紅もさしていないのであろう、ひどく老けても見えた。

「これは……。三郎太様」

菊乃は顔を俯《うつむ》け、

「しばらくお待ちくだされ」

そう告げて足早に部屋の中に消えた。三郎太は言われたままに縁に腰掛け庭に目を遣《や》る。ここに投宿していた頃よりも庭は荒れていた。登世が告げたように、菊乃はこの館に見切りをつけて生まれ故郷の山城《やましろ》に帰る準備をしているのかもしれない、と三郎太は庭に顔を向けたまま思った。

かなり長い間待たされた後、菊乃が白湯《さゆ》を注いだ椀《わん》を乗せた盆を持って戻ってきた。菊乃は口に紅をさし、髪をきれいに結い直していた。

「先ほどはとんだところをお見せして失礼いたしました。まさか三郎太様がこの館を訪れてくださろうとは思いもよりませなんだ。して突然参られたのは?」

縁側に座して三郎太と向き合うと白湯を勧《すす》めながら菊乃は探るような目をした。

「登世殿に薦《すす》められて参りました」

そう応じて改めて菊乃を見た。そこには見慣れていた菊乃の顔があった。

「登世様にお会いになりましたのか」

「昨日、登世殿に呼ばれました」

「なにか登世様からわたくしへの言伝《ことづて》でも頼まれましたのか」

「山城に戻られるそうですな」

「登世殿からお聞きになったのですな」

「そうなるとこれから先、菊乃殿が作ってくださる夕餉《ゆうげ》にありつけなくなります」

「そのようなことを申すためにここに参られたのですか」

「なにせ菊乃殿の手料理は美味しかったですからな」

「埒《らち》もないことを申されますな。ここに参った理由《わけ》を教えてくだされ」

「登世殿はわたくしに、『菊乃殿の朝夕餉をこの後も味わいたくば三郎太殿の思いの丈を菊乃殿に伝えなされ、さすれば三郎太様はこの後も菊乃殿が作る朝夕餉にありつけるでしょう』、そう申されたのです」

「やはり登世様の入知恵《いれぢえ》でしたか。三郎太様の思いの丈とは、わたくしが作る朝夕餉を食べたい、そうなのですね」

「昨晩からずっと考えておりますが、いまだに登世殿が申した思いの丈の正体がはっきりせず頭から離れないのです。わたくしは石工《いしく》。石を積むに際して雑念を払い、積みに専念しなければ強固な石垣は築けませぬ。今まで石を前にすればどんな雑念も消えてしまったものでした。それがどうしたことか、今度ばかりは追い払っても追い払っても、頭から出ていってくれないのです」

「ならば三郎太様の思いの丈をわたくしが追い払って差し上げます」

「追い払えますのか」

「いとも容易《たやす》いこと。わたくしは遠からずこの地を去ります。さすれば自ずとその思いの丈とやらは霧消しましょう」

「菊乃殿がこの地を去れば霧消する」

三郎太はかみしめるように呟き椀《わん》を手に取ると、

「登世殿から菊乃殿の話を聞いたその時から、ずっと考えてきたことがあります。それは美味い夕餉を食べたいから菊乃殿に肥後から出ていってほしくないのか、では菊乃殿より美味い夕餉を作ってくれる婆《ばあ》やが現れたら、菊乃殿が山城に戻っても構わないのか、ということです。そして今、菊乃殿が去ると聞いて、わたしの思いの丈とは何かがぼんやりとわかってきました」

そう告げて白湯を一気に飲み干した。

「もう一杯白湯を頂けませぬか」

三郎太の頼みに微《かす》かに頷《うなず》いた菊乃は盆を持つと土間に去った。三郎太は〈一体自分《おのれ》は何故こんな羽目に陥《おちい》ったのだろうか〉、と忸怩《じくじ》たる思いで菊乃の後ろ姿を見送った。すると過日、〈では朗報をお待ちしていますよ〉と微笑み掛けた登世の顔を思い出した。

庭に人の影はない。おそらく三郎太が見知りの下僕や下働きの女、さらに婆やなどは暇を出されたのであろう。それは菊乃が山城に戻る決心の表《あらわ》れのひとつであるように三郎太に思えた。陽光が庭一面を明るく照らしているが、手入れしていない庭は明るいが故に返って荒れて見えた。城普請で賑《にぎ》わっている城下とは思えぬほど菊乃の館は静かだった。

菊乃が盆を持って戻ってきた。同じ所に座すと盆を三郎太の前に置く。三郎太は黙《もく》したまま盆に載った椀を手にして口に運んだ。人足小屋で呑む白湯と比べると格段に甘露、そう感じながら三郎太はゆっくりと白湯を味わった。

「わたしがうっすらとわかってきた思いの丈とは、菊乃殿に煮炊《にた》きをしていただくことなどどうでもよいことで、菊乃殿にこれからも、ここに居てほしいということだったのです」

菊乃は顔を俯《うつむ》けたままである。三郎太はまだ手中にあった椀を盆に返して、大きく息を吐いた。それからひとつ咳払いをして、背を伸ばすと、

「どうでしょう、わたしの妻になってくださらぬか」

と一語一語はっきりと言った。

「………」

菊乃は顔を起こし、しばらく惚《ほう》けたように目を中空に泳がせた。

「唐突と思えるでしょうが、どうやらそれがわたしの思いの丈だとわかったのです」

気弱い声に変わっていた。

「どうやら、ですと？」

菊乃は憤然《ふんぜん》とした顔で言い返し、

「お断りいたします」

と強い口調で告げた。

「お気に障《さわ》ったのなら謝《あやま》ります。とは申せ、どうやらであっても唐突であっても、わたしの思いの丈は菊乃殿を妻に、ということらしいのです」

「今度は、らしいですか。わたくしが夫、利昌と死別してひとり山城に戻ることを哀れむが故に、妻、などと心にもない戯言《たわごと》が口を突いて出てしまった……それゆえ、どうやらとか、唐突とか、らしい、などと曖昧なもの言いをなさるのです。そのように言われると、ますますわが身が哀れに思えてきます。どうぞお帰りくだされ」

「心にあったからこそ申したのです」

「まだそのようにおからかいなさる。わたくしはもう三十路《みそじ》の坂を越えようとしているのですよ」

「わたしも四十路《よそじ》が間近です」

「殿御《とのご》は四十路になっても一家を為せましょう。しかし女性《にょしょう》はそうは参りませぬ」

「つまりは一家を存続させるための御子《おこ》を持てぬと」

「そのこともありますが、三郎太様の後《うしろ》に登世様の影がちらついてならないのです。登世様はわたくしと会った際、三郎太様のことを憎からず思っておいでではないか、と尋ねられました。そのようなことはない、と申したのですが、登世様にわたくしの思いは伝わらなかったのかもしれませぬ。三郎太様もわたくしも、登世様の掌《てのひら》の上で踊らされているのです」

菊乃の言葉で三郎太は、〈では朗報をお待ちしていますよ〉、と三郎太の耳元で囁いた登世の真意が突然はっきりとわかった。だが登世の思惑に踊らされているという思いはなかった。

「穴太の郷《あのうのさと》をご存じでしょうか」

「穴太は近江、琵琶湖の畔《ほとり》。山城も琵琶湖の近く。存じております」

急に話題を変えた三郎太に戸惑いながら、菊乃が応じた。

「穴太《あのう》は古来より石積みを業とする者が暮らす郷《さと》。石積みに長《た》けた男達は石をどこに置けば揺るぎない石垣を築けるのか会得しております。男達は石を据《す》えるにあたって、どこに据えてほしいか石に訊《き》きます。石は据えてほしい所を教えてくれます。男達は石が行きたいと語った所にその石を据える。するとその石と隣合う石はあたかも一対であったかのようにどっしりと危なげなく収まるのです。石と話が交わせない者は石を堅固に積めませぬ。話が交わせてこそ積めるのです。石と話せるようになった男を郷では〈穴太者〉と呼び、話せない男をただの〈石工〉と呼んでいます」

「三郎太様は穴太者でございましたね。では石と話を交わせますのか」

「さて、交わせる時もあれば石が拗《す》ねて話せぬこともあります」

「そのような時はどうなされますのか」

「石が話してくれるまで辛抱強く待ちます」

「待っていれば話せると」

「話しかけてくる石もあれば、無言の石もあります」

「無言の石の扱いはどうなさるのですか」

「据え付けてほしい所を教えてくれるまで石置場に置いておきます」

「そのような石が石置場にはたくさんあるのでしょうね」

「あります」

「その石は最後まで石垣に組み込まれず、何処《どこ》ぞに投げ捨てられるのでしょうね」

「いえ、そうした石は石と話が交わせぬ人足らによって行きたくもない場所に据えられることになります」

「何やらその石に哀れを感じます」

「わたしが石と話を交わせるようになったのは肥後に来る二、三年前からです。それまでは石が行きたくもない所に多くの石を据えてきました。そこで登世様のことですが」

三郎太は石の話を打ち切って、登世のことに話題を移した。

「登世様の？」

菊乃は石と登世の繫《つな》がりがわからないまま、聞き返した。

「登世殿を石積みの者に例えれば穴太者《あのうもの》」

「登世様が穴太者」

「ただの石工でなく穴太者、つまり石が据えてほしい所を聴き取れる、ということです。ただ、登世殿が聴き取ったのは、石でなく菊乃殿とわたしの心底」

「登世様がわたくしの心底を聞きとったと」

「だからこそ登世殿は菊乃殿が据えてほしいところに据えようとなされた。そして次にわたしの心底を聴き取り、わたしが行きたいと思ったところに据えようと小細工をした」

「それがわたくしの隣であったと」

「菊乃殿はこの館も捨て、六百石も殿（清正）にお返しし、身ひとつで山城にお戻りになる決心をなされた。ならば身ひとつのまま山城でなく、わたしの許《もと》に嫁《とつ》いできてくだされ。わたしが行きたいと思った所は菊乃殿の隣。それ以外にはない」

菊乃は口を固く結んでしばらく黙っていた。三郎太にはその沈黙が耐えられぬほど長く感じられた。

「何やら無性に泣けてきました」

やや経って、菊乃は両膝に置いた手を堅く握りしめて呟いた。三郎太がおそるおそる菊乃を垣間見《かいま》ると菊乃の目に涙が盛り上がって、頬に流れるところであった。口を結んで嗚咽《おえつ》を堪《こら》えようとしている。だが嗚咽は少しずつ大きくなり、やがて堰《せき》を切ったような号泣《ごうきゅう》となった。次から次へと菊乃の目から涙が頬を伝わって握りしめた手に落ちる。三郎太は菊乃がなぜ泣いているのか、なぜ耳を覆《おお》わんばかりの号泣なのか、さっぱりわからず、おろおろと眺めているだけだった。だが止めどなく流れる涙を見ているうちに、菊乃は身体中に溜まっていた悲しみや苦しみ、さらには寂しさなどを流し出しているのだと気づいた。山城から生駒利昌と肥後に来て、そこで利昌と死に別れ、係累《けいるい》も居ないままたったひとりで八年もの間、住み暮らしていたのだ。

三郎太はひと膝、菊乃に近づくと菊乃の肩にやさしく手を置いた。

第六章　肥後の関ヶ原

（一）

慶長五年（一六〇〇）五月。

三郎太は隈本城二の丸に建つ下川又左衛門の館《やかた》を訪ねた。又左衛門は清正の補佐役として多忙を極めていたが、幸い在宅していて三郎太に快く会ってくれた。

「人足小屋用地を確保するために松林を切り拓《ひら》きましたがその際、切り倒した赤松は今どこにあるのでしょうか」

三郎太は挨拶もそこそこに切り出した。

「丸太にして茶臼山の北側の平坦地に積み上げてある」

「何本ほどありましょうか」

「数えたことはないが、千本ほどではないか」

「してその長さは」

「長いのであれば三間（五メートル四十センチ）ほどあろう」

「どうでしょう、その赤松丸太、五百本ほどを天守台普請に使いたいのですが」

「今のところ何処からも丸太を欲しいと申してきた者はおらぬ」

「ならば、頂きます」

「かまわぬが、こちらには運べる手がないゆえ、そちらで差配して持っていってくれ」

城代であった頃の又左衛門と比べると物腰が妙にやわらかい。しかしそこに卑屈さはなく、新城を築くためには労を惜しまない、といった懸命さが垣間見えた。

翌日、三郎太は新美らに赤松丸太を天守台築造予定地に運ぶよう指示した。

「一体、丸太をどうなさるおつもりか」

新美らは丸太を何に使うのかまだ聞いていない。

「天守の土台石垣すなわち天守台が沈まぬための手立てに用いる。どう使うかはすぐにわかるであろう。ついては径が五寸（十五センチ）から十寸（三十センチ）ほどでなるべく真っ直ぐなもの五百本を選び出し、それを二間の長さに切りそろえてくれ」

「それだけでよろしいのですな」

「いや、もうひとつ。その中の三百本については片端を尖《とが》った形に削りこんで杭《くい》に仕上げてくれ」

そう命じると、三郎太はその場から茶臼山の西麓へと向かった。

西麓の緩斜面には土方《つちかた》の者達がモッコや鍬《くわ》などを使って二の丸整地に立ち働いている。三郎太はその中に土方普請奉行の加藤喜左衛門を見つけて近づいていった。

「茶臼山山頂の表土で苦労しているそうだが」

清正が留守にしている間、肥後半国を任《まか》されていた重荷から解放されたからであろうか、喜左衛門の面差しに屈託はなかった。

「苦労をしております」

喜左衛門を前にした今までの三郎太なら、決して弱みを見せないのだが、真っ黒に日焼けした今の喜左衛門には弱音を吐いても受け入れてくれる度量の広さがあるように思えた。

「今日と明日の二日間、土方の者百名ほどに力添えをお願いしたいのですが」

「何人でも構わぬ。いくらでも力添えいたそう」

快く引き受けてくれた。

百人を茶臼山山頂の天守台築造予定地まで伴った三郎太は、

「方々には天守台の石積みに先立つ根切りをお願い申す。根切りのやり方についてはわたしと李《リ》でお教えいたす」

と告げた。

〈根切り〉とは根石を据え付ける前に施さなければならない作業のことである。

その作業の第一歩は根石を置く箇所を溝状に掘り下げることである。

溝を掘る箇所は李がすでに天守台予定地の地表に縄を張ってわかるようにしておいた。

溝の断面は幅二間（約三メートル六十センチ）、深さ三尺（約九十センチ）である。

溝の長さは東側と西側が二十四間（約四十三メートル二十センチ）、南側と北側が二十五間（約四十五メートル）で、天守台の裾をぐるりと一周する長方形である。

溝は土方《つちかた》の百人が二日間掛かりで掘りあげた。


次の日、三郎太は新美らに命じて掘り上げた溝に木杭を三尺（約九十センチ）間隔、二列で打ち込ませた。長さ二間の赤松杭はカケヤでたたき込むとやすやすと貫入した。

「表土を一間ほど掘り下げたのに、まだその下も柔《やわ》い土なのですな」

新美が心配そうに三郎太をうかがう。

「横木丸太を敷けばなんとかなろう」

三郎太はそう言って、打ち込んだ木杭の杭頭《くいとう》と杭頭を赤松丸太で井桁状に緊結させた。

それが終わると三郎太は、溝一面に栗石《ぐりいし》を厚さ一尺（三十センチ）ほどに敷き均《なら》させ、さらにその栗石を念入りに突き固めさせた。

こうした根切り地形《ぢぎょう》（地盤改良工事）は三郎太が大坂城を築いた時に学んだものである。

「皆、よくやってくれた。これで施すべきことは全てやった。明日、殿をここにお呼びし、天守台をどのような形で築くのかをお決めいただく」

三郎太は新美らに告げた。

翌日、天守台前に清正、三郎太、新美らが参集していた。

三郎太は急に呼び立てた無礼を清正に詫びた後、これまでの経緯《いきさつ》を詳しく話した。

「穴太衆が得手としている石垣の法《のり》（勾配）は八《や》ツ割《わり》であったな」

「おぼえておいてくださりましたか」

「大坂城築城に際して、わしはそなたの義父《ちち》である戸波鷹之助殿と一緒に普請に励んだ。その折、鷹之助殿から八ツ割の法で石垣を積むことを教わった。あの時、三郎太もそばに居ったはず」

「御意。主計頭《かずえのかみ》を任ぜられておられた殿はその役をお忘れになって、わたくしと一緒に石積みに精を出しておられました。あの時のお姿が目に浮かびます」

〈八ツ割の法〉とは、紙に円を描いて、その中心から均等に八ツに分割する。これを描いた線に添って切り取ると同じ形の紙片が八枚とれる。その一枚の円弧の部分を真っ直ぐ切り取る。すると二等辺三角形が出来上がる。この二等辺三角形が作る角度は頂角が四十五度、他の二角は六十七・五度となる。この六十七・五度が石垣の勾配、法《のり》である。

なぜこのようにややこしい手法を用いたかと言えば、この時代、勾配（法）を角度で表《あらわ》すことをまだ知らなかったからである。

「この天守台も八ツ割の法《のり》で築くのか」

「今日お越し願ったのはそのことにございます。天守の土台石垣は四ツ割の法で積むことにしたのですが、殿に御同意願いたいのでございます」

四ツ割の石垣勾配は四十五度である。

「この根切り地形は四ツ割りの法を想定して縄張りしたものなのか」

「御意。しかしながら殿が四ツ割りの法での天守台作りはならぬ、と仰せられれば如何様《いかよう》にも変える所存でございます」

「八ツ割を捨てて四ツ割にするのは？」

「石垣の法《のり》が緩《ゆる》くなればそれだけ石垣の裾が広がります。広がった分だけ根石の上に積まれた石の重さは分散します」

「やはりこの表土では急傾斜の石垣は築けぬか」

「根切り地形《ぢぎょう》には念を入れました。おそらく八ツ割の法で積んでも石垣は崩れないでしょう。しかし万全を期すには四ツ割の法で石垣を築きたいのでございます」

「法（傾斜）を緩《ゆる》くすれば敵兵が石垣にとりついて楽々とよじ登れるぞ」

「四ツ割の法では敵に乗じられますか」

三郎太は四ツ割りの法が採用されなければ根切り地形を再びやり直さなければならないと覚悟を決めた。

「それよりも、天守台以外の石垣の法はどうするつもりじゃ」

「そのことこそ、今日、お越し願った本旨にございます。殿と慶長殿《よしなが》が描いた縄張図では本丸の四周に石垣を巡らすことになっております。その石垣高さは十六間（約二十八メートル八十センチ）を超える箇所もあります。当初は八ツ割の法でこれらの石垣を積むことにしておりました。しかし根石を支える表土がこの天守台の表土と同じように軟弱であれば、四ツ割の法で石垣を築く箇所も出てきましょう」

そのためには是非とも天守の土台石垣は四ツ割の法《のり》で築かねばならない、と三郎太は強く思った。

「となると敵兵は楽々と石垣をよじ登れることになる。四ツ割の法で積むわけにはいかぬぞ」

清正の言は三郎太を打ちのめした。

「少し、考えさせてくださりませ。この難題は新城の石垣全てにかかわることでございます」

そう三郎太は答えるのがやっとだった。

「わしも考えてみよう。三郎太とわしで考えれば、必ずや良い案が浮かぶであろう」

「その前に天守の土台石垣は如何いたしましょう」

三郎太は消沈しながら伺いをたてた。

「敵が天守まで攻め込んでくるとなれば、もはや天守の土台石垣をよじ登れようと登れまいと負け戦《いくさ》じゃ。本丸に敵を一歩も踏み込ませぬ城構えこそ肝要。四ツ割の法で積んで構わぬ」

助かった、と三郎太は安堵《あんど》の胸をなでおろした。


天守の土台石垣の勾配が決まれば実際に石垣を築く工程に入る。そこで三郎太は石垣積みの研修に参加した百人を二十五人ずつの四組に分け、新美、阿佐古、小野、天野に一組ずつ預けた。この四組が石垣の技術集団として新城の石垣を築いていくことになった。

余談となるが、後にこの技術集団は清正に率いられて江戸城、伏見城、名古屋城などのいわゆる徳川幕府初期の城の石垣積みに辣腕《らつわん》を振るうことになる。

（二）

茶臼山から二の丸自邸に戻った清正は自室に籠《こ》もった。

清正は筆と半紙を右筆《ゆうひつ》に持ってこさせると、それを前にして石垣の勾配について黙考し、思いついた事柄があると筆を執《と》り、もらさず半紙に書き留めた。

清正はその作業が少しも苦にならなかった。苦になるどころか楽しくて仕方がない。帰還してからというもの、清正に楽しいことなどひとつもなかった。考えるべきこと、するべきことが多すぎた。それもこれも八年近く肥後を留守にしたためだ。その留守が肥後の民を苦しめることになった。唐入りは今にして思えば悪夢としか言いようがなかった。唐入りでの様々なことが清正の頭を今でも過《よ》ぎる。そのどれもがいやなことばかりである。石垣の勾配を考えている時だけはそうした諸々を忘れることができた。清正はかつて自分が城作りに携わったときの石垣を鮮明に思い起こした。

最初は秀吉の荒小姓として務めていた時の長浜城の石垣、それから信長が秀吉らに命じて作らせた安土城の石垣。清正はここで初めて穴太《あのう》の石工達（穴太衆）を知り、戸波鷹之助と懇意になった。その後、秀吉に付き従い幾多の戦《いくさ》に明け暮れた。その際、攻城戦《こうじょうせん》の度に石垣に取りつき、よじ登った。また築城に加わって石垣を積んだ。

武田家滅亡の契機となった長篠《ながしの》の戦《たたか》いでは長篠城の石垣と自然の要害の堅固さを知り、中国征討では遠征軍の拠点とした姫路城の石垣改修を手伝い、但馬《たじま》の上月《こうづき》城を陥《おとしい》れ、播磨の三木《みき》城攻撃に手を焼き、さらに備中高松城では水攻めで城を開城させた。

そして秀吉が天下取りを確実にした小田原城攻略。小田原城の真向かいに聳《そび》える笠懸《かさがけ》山に半年で築き上げた石垣山城。

いつの間にか清正は築城に長《た》けた武将として名を馳《は》せるようになった。しかしそれは清正ひとりの力でなく、清正の傍で石垣構築に腕をふるった戸波鷹之助の助けがあったからである。三郎太の義父戸波鷹之助は穴太衆を束ねる石積みの巧者として秀吉に召し抱えられ、秀吉が築いたほとんどの城の石垣を手掛けたのだった。

そして唐入りの本営として清正ら名だたる武将が一丸となって唐津《からつ》に築いた名護屋城。

さらに唐入りで釜山浦《プサンポ》近隣に築いた倭城《わじょう》の数々。

それらの城の石垣が清正の頭を過《よ》ぎってゆく。秀吉に仕えて以来、清正は常に城を守り、城を攻め、城を作り、城を改修し、また廃滅させてきた。城の石垣は清正が歩んできた道程に穿《うが》たれた一里塚のようなものだった。

清正はそれらの城の石垣をひとつひとつ振り返りつつ検証していった。

そして最後に行き着いたのは唐入りで攻めた朝鮮の城であった。どの城であったかは定かに思い出せないが、石垣の勾配がひどく緩《ゆる》やかであった。攻城に際し、清正の兵はその緩やかな石垣にとりついてよじ登り城内に侵攻しようと試みた。石垣にとりついた兵は上へ上へとよじ登っていった。清正は落城を確信した。だが石垣をよじ登っていた兵がある高みまで達すると動かなくなった。後から登ってくる兵から怒号が飛ぶ。その時、石垣の上から朝鮮の兵が大石、木材、熱湯、糞尿などをここぞとばかり投げ落とした。

清正の兵は多くの死者を出して退《しりぞ》かざるを得なかった。

――あれはどんな法《のり》で石垣が積まれていたのか――

清正は筆を机の上に置いて、呟《つぶや》いた。その時右筆《ゆうひつ》が襖《ふすま》越しに、

「殿、今日は瑞龍院《ずいりゆういん》移転の打ち合わせ日でございます。宮大工が別室にて控えております」

と呼びかけた。思案を中断された清正は、

「わかった」

と不機嫌な声で応じた。

瑞龍院は清正の父加藤清忠の菩提寺である。天正十三年（一五八五）、清正が主計頭《かずえのかみ》に任ぜられた二十四歳の時、大坂に創建した。清正は若い時から日蓮宗に帰依し、敬虔《けいけん》な信者であった。

清正は肥後半国の領主となった時、瑞龍院を隈本城内に移転することに決めたのだが、名護屋城築城とそれに続く唐入りで移転は延びのびになっていた。

別室に行くと、森本儀太夫と壮年の男が控えていた。

「殿はこのところ自室に籠もられて居られる由、一体何を為されておられますのか」

儀太夫が興味深げに訊《たず》ねた。

「石垣のことじゃ」

「石垣、でございますか？　石垣のことならこの儀太夫も詳しい、と自負しておりますが」

なぜ自分に相談しないのか、と言いたげな儀太夫である。

「おぬしが石垣に詳しいのは存じておる。飯田覚兵衛とおぬしはいつもわしに従って戦場に出向いて城のあれこれを検分していたからの」

「殿はことのほか城に興味をお持ちでしたから、供《とも》をする覚兵衛殿もわたくしも城の石垣には詳しくなってしまいました」

「石垣のことを考えるのは実に楽しいものだ。その楽しみを儀太夫に分けてやる気はない」

親しい友に話しかけるような口ぶりだ。

「さて瑞龍院移転のことだが、首尾はどうじゃ」

そこで神妙な顔になった。

「この者は隈本では名の知れた宮大工でございます」

儀太夫は片端《かたえ》に控える男を振り返る。

「善助《ぜんすけ》にございます。森本様の命で大坂に参り、瑞龍院を検分いたしました」

「して瑞龍院はまるまる移築できそうか」

「本堂の解体はそれほど難しくはありませぬ。またこちらに解体した材を運んで再建することもかないましょう。しかしながらあの大屋根を解体して、ここに運んできても元のように組み立てができるかどうか、わたくしの腕では心許《こころもと》ないばかりです」

善助は床に額が着くほど平身した。

「宮大工であれば、苦もなくできるのではないか」

「それがあの大屋根は少しばかり曲尺反《かねがえ》りがきついのでございます」

「曲尺反り？」

「宮や寺の大屋根は軒先から屋根の三分の二ほどまで緩《ゆる》い傾斜で造られております。それから屋根は開いた扇の円弧のように曲線を描いて大棟《おおむね》（屋根の天辺）にいきつきます。その扇の円弧のような曲線を〈曲尺反り〉と呼んでおります。隈本ではあのようなきつい曲尺反りの屋根は見当たりませぬ。清正様は何処《どこ》の宮大工に瑞龍院の大屋根を造らせましたのでしょうか」

「奈良、東大寺の宮大工じゃ」

「東大寺の宮大工なら天下の名工。その方に命じて大屋根を解体、再建なされればいかがでしょうか」

「その者はすでに身罷《みまか》っておる。おぬしは隈本で名の知れた宮大工であろう。そのおぬしが尻込みをする瑞龍院大屋根の曲尺反りとはどのようなものなのだ」

「肥後領内の寺院の曲尺反りはそれほどきつくありませぬ」

「瑞龍院の大屋根の曲尺反りもきついようには思えぬが」

「屋根に上がってみればおわかりになると思いますが、肥後の寺院の本堂大屋根は宮大工なら心すれば何とか大棟《おおむね》まで登れます。それにくらべ瑞龍院の大屋根は三分の二ほどまで登ったあたりから大棟が頭上に覆《おお》い被《かぶ》さってくるように思えるほどに曲尺反りがきつく、命綱をつけても大棟まで登れませぬ」

「なにゆえ大屋根に曲尺反《かねがえ》りをつけるのだ」

「大棟は巨大な棟木《むなぎ》(木製の梁)と棟瓦《むねがわら》を幾重にも重ねたもので、その重さは巨大なものとなります。曲尺反りはその巨大な重さを軒先まで無理なく均等に分散させるために考え出された形なのでございます」

「それだ」

突然清正が叫んだ。善助がなにか失言したかと顔を床に着《つ》けて平身した。

「そうか、そうか。これでなんとかなる。儀太夫、瑞龍院移築についてはは善助とよく話し合って決めよ」

清正は言い終わらぬうちに立ち上がり、部屋を飛び出した。

「殿、お待ちを」

引き留める儀太夫の声が響いた。

それから数日後、隈本城、二の丸、奥御殿の一室に清正と三郎太が机を挟《はさ》んで座していた。

「なにかよい案でもあったか」

清正の声はどこか弾《はず》んでいる。

「ありましたが、さてこれが一番の案か否かは殿のご意見をうかがわなければ何とも申しあげられませぬ。それより殿こそよい案を思いつかれたのではありませぬか」

「わしも考えついたが、おぬしと同じようにこれがよい案か否かはわからぬ」

清正の顔はいたずら盛りの子供のように輝いて、いかにも楽しげだ。

「まずわしの案をさきに吟味《ぎんみ》しようではないか」

清正はそう告げて、奥に控える右筆《ゆうひつ》を呼び寄せ、一枚の絵図を持ってこさせると、それを机の上に広げた。

それは石垣の断面図であった。石垣の裾《すそ》からなだらかな勾配で積まれた平石が石垣高さの三分の二ほどの所から扇の円弧に似た反《そ》りを描いて石垣天端まで積まれている。

三郎太は食い入るように絵図に見入った。

「石垣の裾から立ち上がる法《のり》は四ツ割でしょうか」

「それは表土の地味《ちみ》（地質）に合せて四ツ割にでも六ツ割にでも変えればよい。軟弱な地盤であれば法（傾斜）を緩《ゆる》くすればよいし、少々良質な地盤であれば法を穴太衆が得手とする八ツ割にしても構わぬ」

「これなら石垣の法を自在に変えられますな」

「法を緩くし石垣の裾を広げれば根石にかかる平石《ひらいし》の重みを分散できる。しかも石垣の裾から敵兵がよじ登ってきても、途中から扇の円弧のような反《そ》りの石垣となれば、そこから上には登れぬ」

どうだ、といわんばかりに清正が、

「ところで、三郎太の案は如何に」

とうかがう。三郎太は清正の目を避けるように懐から四つ折りにした半紙を取り出して開き、清正の前に置いた。そこには清正が描いたと同じような石垣の断面で、石垣裾から石垣高さの半分ほどまでを四ツ割の法（四十五度）で築き、それから上、天端までを八ツ割の法（六十七・五度）で築く図となっていた。

清正はしばらく二つの図を見比べていたが、

「これは三郎太ひとりで考え出したのか」

と質《ただ》した。

「ひとりで、と申し上げたいところでございますが、この案は李《リ》と話し合ってやっとひねり出したもの。しかしこれは取り下げます」

「なかなか良き案と思うが」

「実はこの四ツ割から八ツ割の法に変わる箇所の石積みは一筋縄ではいきませぬ」

そう言って三郎太は次のような説明をした。

石垣は上の石の重さを下の石に伝えることで安定を保っていく。重さを確実に下部に伝えるにはなるべく同じ傾斜で石垣を構築することが望ましい。ところが自分（三郎太）の絵図に従って石垣の裾から途中までを四十五度（四ツ割法）の傾斜で積み、そこから六十七・五度（八ツ割の法）の急な傾斜で積むと、屈折箇所ができてしまう。こうした屈折箇所では上部の石垣の重さを下部の石垣に伝えることが難しくなり、小さい地震でも崩壊を引き起こしかねない。それの手立てはまだ浮かんでこない、そう告げた三郎太は、

「殿の絵図を拝見いたしまして、わたくしは目から鱗《うろこ》が落ちるとはこのことか、と思いました。なるほど殿が描かれた図のように開いた扇の円弧を描くように石を積んでいけば上の石の重さを下の石にうまく伝えられる。つまり殿とわたくしの案で明らかに違うのは、石垣が緩《ゆる》い法からきつい法に変わ

る箇所に扇のような反《そ》りを入れたか入れないかの違いだけですが、殿の案の方が勝っております。一体このような優れた案は何処から得たのでしょうか」

「亡きわが父じゃ」

清正は晴れ晴れとした声で告げた。

後に石垣の勾配に反りを取り入れたものを〈扇勾配の石垣〉〈宮勾配の石垣〉〈清正流石垣〉〈武者返《がえ》し〉などと称するようになる。

（三）

天守台の石積みは二間（三メートル六十センチ）ほどの高さに達した。

三郎太は天守台築造の普請場に立って、いつものように石垣の組み上がりを検分していると、そこに飯田覚兵衛が顔を出した。

「天守台が組み上がるのはいつ頃になる」

三郎太と久しぶりに会ったというのに、挨拶も交わさず覚兵衛は問うた。

「まだ三分の一も仕上がっておりませぬ」

「あと、どれほどかかる」

「今は五月。すると十一月には終わるでしょう」

「遅い。もっと早くならぬか」

「無理を申されますな。石をかき集め水運や陸路を利用して石置場まで運び込む石方《いしかた》、その石を茶臼山の山頂に運び上げる運び方《はこびかた》、そして天守台を築いている穴太方《あのうかた》、これらの密な連携で石垣ははじめて築けるのです」

「殿は一日でも早く天守台が完成することを望んでおられる」

「これから天守台の石垣積みは高さを増します。高くなるほどに慎重の上にも慎重を重ねて石を積まねばなりませぬ。急《せ》かせれば怪我《けが》人も出ましょう」

「そのようなこと、おぬしから聞かされなくとも存じておる」

「なぜそのように急《いそ》がれますのか」

「今から二ヶ月前ほど、すなわち三月頃から大坂がおかしなことになっているらしいのだ」

覚兵衛の声が小さくなった。

「らしいと申されるのは覚兵衛殿もはっきりとはわからぬ、ということでしょうか」

「殿からの又聞きであるが、上杉景勝《かげかつ》様が大坂より会津にお戻りになったそうじゃ」

「上杉様は五大老のひとりでしたな」

秀吉は豊臣家の後事を五人の武将と五人の近親者に託した。いわゆる五大老五奉行である。五大老の筆頭は徳川家康、次が会津百二十万石の大名上杉景勝である。五大老は大坂あるいは伏見に詰めて秀吉亡き後の政務にあたることになっている。それを破って景勝が会津に戻ったというのである。

「会津に戻られた景勝様は領国内に散らばる支城の改修に手を付け、戦支度《いくさじたく》を始めた。そのことは家康様の耳にも届いた。そこで家康様は景勝様に支城改修の真意を質《ただ》し、直ぐに大坂に戻られるよう文を送った。ところが景勝様からの返報は家康様を怒らせる内容であった」

「ずいぶんとお詳しいようですが、覚兵衛殿は誰からお聞きしたのでしょうか」

「これらは家康様から殿に届けられた御文《おふみ》によって報《しら》されたことだ」

「大坂から数百里も離れた肥後、大坂の余波がここまで及ぶとは考えられませぬ。新城の完成を急がれるのは他の事情によるのではありませぬか」

「景勝様が大坂に戻らぬのは豊臣家に弓引く心あり、そう断じた家康様は景勝様を討伐することにした。その討伐軍に殿が加わるやもしれぬ。殿が数千の家臣を率いて家康様の許《もと》に馳せ参じれば、この肥後《く》半国《に》はがら空きとなる」

「がら空きとなってもここに攻め込んでくるような武将が居るとは思われませぬ」

「肥後の南半国を預かる小西行長様はかねてより上杉景勝様と懇意。景勝様と呼応してここに攻め込んでくるやもしれぬ。それに抗するために新城は欠かせぬ拠《よ》り所。せめて天守台の石垣を築き終えて堅城の一端でも小西様に見せつければ、おいそれと小西様も攻めては来れまい」

三郎太が新城普請を進めている間に世は大きく動いているようだった。だがまだどこかで三郎太は隣国の小西行長が攻め込んでくることなどあり得ないと思っていた。三郎太は大坂城築城に際して何度か行長と話を交わしている。豪商の出であるためか穏和で腰の低い印象が強かった。

「新美らと諮《はか》って精一杯やれるところまでやってみましょう」

三郎太に残された返事はそれしかなかった。覚兵衛は厳しい顔を解いて、

「菊乃殿とのこと、登世より聞いたぞ。殿にはまだお伝《つた》え申しておらぬのか」

と、さも親しげに顔を近づけた。

「今、覚兵衛殿から上方の動静をお聞きし、わたくしごとにかまけてはいられぬと思い到りました。菊乃とのことは当分の間、殿には伏せておくことにします」

「その方がよいかもしれぬ。それにしてもまんまと登世の策略に乗せられたな」

覚兵衛はいかにも嬉しそうに破顔した。

「その策略を登世殿に吹き込んだのは覚兵衛殿。違いますかな」

「なんだ、知っておったのか」

「わたくしの嫁捜しは殿と義父《ちち》鷹之助が約束したこと。ところが殿は御繁多で御暇がない。そこで覚兵衛殿にお任せになられた」

「そのこと、なぜわかった」

「登世殿から聞きました」

「どうも登世は口が軽くていかぬ」

「覚兵衛殿は殿に頼まれたにもかかわらず、嫁捜しをしている様子《ようす》もない」

「そんなことはない。三郎太殿が生駒の家を借りる際に身の回りを世話する女性《にょしょう》を勧《すす》めたのをおぼえておろう」

「やはりあれは覚兵衛殿が登世殿の後ろで糸を引いていたのですか。そんなことだと思いました」

「それを三郎太殿は会う前から断りおった。そこで再び登世と相談し、二の矢を用意した」
「その二の矢が菊乃、ということだったのですか」
「菊乃殿はまれに見る良か女子《おなご》じゃ。大事になされ」
覚兵衛は三郎太に笑いかけると、踵《きびす》を返してその場を去った。

(四)

慶長五年（一六〇〇）八月、猛暑続きの茶臼山山頂に五間（九メートル）ほど積み上がった天守台(天守の土台石垣）が姿を現した。この高さでも城下からは街を圧するが如くに高く聳《そび》えて見えた。清正は直ぐにでも家臣らを率いて大坂に向かうかのような覚兵衛の口振りであったが、そのような動きはなかった。

しかし大坂ではすでに様々な動きが始まっていた。

その動きとは、二ヶ月前の六月六日、家康が諸将を大坂城に集めて会津遠征を告げて戦《いくさ》に備えるよう促《うなが》したことから始まる。上杉討伐の名目は、景勝が上洛せずに秀頼公への出仕をしないのは謀叛《むほん》の証《あかし》である、そこで秀頼公の命を受けて景勝征伐をする、というものであった。

六月十八日に家康は伏見を出て東海道を下り、七月二日に居城である江戸城に入った。そこですでに会津征伐に向かっていた諸将らを江戸城に招き、軍を調《ととの》える。

翌日、先鋒軍が、次いで二十一日、家康が率いる三万七千余の兵が会津に向かった。

この上杉征討軍に清正は加わっていない。四月当初から家康は何度も清正に文を送り、これらの情況を逐一報告していた。また大坂の加藤屋敷を預かる家臣からも頻繁に家康や諸将の動きを記した書状が清正の許《もと》に送られてきた。それらを勘案して清正は上杉征伐に加わらない選択をした。

夏が過ぎたとはいえ南国の八月（今の暦に当てはめれば九月中旬）はまだまだ猛暑続きである。その暑さにもめげず新城普請は順調に進んでいた。土台石垣の高さは六間（一〇・八メートル）となった。

そんな中、隣国の小西行長が宇土城に五百の兵を残し、五千五百余人の将兵を率いて肥後を後にしたという報が普請場にもたらされた。

その報が流布した翌日、新城普請を中止し戦支度《いくさじたく》に入れ、との命令が清正から発せられた。

家臣らはこの命令に来るべきものがきた、と意を固くして身の回り品をまとめ、普請場から引き上げていった。

三郎太は人足小屋に寝泊まりすることもできず、覚兵衛の屋敷に李《リ》を伴って向かった。登世に頼んでしばらく屋敷に置いてもらうことにしたのだ。菊乃の屋敷に行くことも考えたが、菊乃との仲は覚兵衛と登世、それに李にしか報《しら》せてない。世間の目を憚《はばか》って菊乃ひとりが住まう屋敷に投宿することは断念した。

登世は三郎太と李《リ》の突然の来訪を快く受け入れてくれた。

三郎太と李は用意された部屋に、人足小屋から持ってきた一切合切の荷を置いて土間に行った。そこに登世が背を向けて炊事をしていた。

「覚兵衛殿が戻られるのは何刻《いっ》頃でしょうか」

「ここ三日ばかり戻っておりませぬから、今夜も帰ってくるか定かではありませぬ」

登世は振り向いて思案げに答えた。

「一体何故《なにゆえ》の戦《いくさ》支度なのか、登世殿にはおわかりか」

三郎太は気にかかっていることを訊《たず》ねた。

「さあ……」

登世は知らないようだった。登世が知らないようならば、肥後を左右するような大戦《おおいくさ》ではないのかもしれない。

「三郎太様は、ここに参ることを菊乃殿にはお報《しら》せなされましたのか」

「まだですが」

「ならばこれから報せに参らせませ。おそらく菊乃殿は新城の普請中止と戦支度のことを聞いて三郎太様のことを案じておられましょう」

「いえ、今日はこのまま覚兵衛殿の帰りを待ちます」

今は菊乃のことよりも新城普請中止と戦支度のことの方が気にかかっていた。

その夜遅く、覚兵衛が戻ってきた。何も食べてないとみえて、戻ってくるなり登世に夕餉《ゆうげ》を頼み、夕餉が出てくる間に湯浴《ゆあ》みをした。そうして夕餉を食べ尽くすと、そこで初めて三郎太と李を自室に呼んだ。

「やはりここに参っていたか。菊乃殿との祝言を公言してないのであれば、菊乃殿の屋敷に転がり込むわけにもいくまいからの」

そんな軽口がたたけるならば、今すぐに戦《いくさ》が始まるほどに切迫したものではないのかもしれない。そう思いながら、

「小西様の軍は何処《どこ》に向かわれましたのか」

と訊《き》いた。途端に覚兵衛の顔つきが変わった。

「大坂であろう」

「一体、大坂で何が起こっておりますのか」

「今までそのことに関して他言してはならぬ、と殿からかたく口止めされていたが、今夜それは解かれた。話は六月の初めに遡《さかのぼ》るが」

そう告げて覚兵衛は、家康が諸将を大坂城に集めて会津遠征を告げたこと、また家康が大坂を出て江戸城に入ったこと、さらには家康軍が会津に向かったことなどを話した。

「会津で戦は始まったのですか」

「いや、遠征軍が会津に向かう途中で驚愕《きょうがく》するようなことが起こった。石田三成《みつなり》様が家康様打倒の旗を揚げたのだ」

「なんと石田様が。石田様は閉居《へいきょ》の身と聞いております」

三成と家康は秀吉亡き後の豊臣家の政《まつりごと》を任された両雄である。豊臣家に対する両者の思惑はことごとく異なり対立する仲となる。

昨年閏《うるう》三月、三成は秀頼公君側の奸《かん》（悪者）として加藤清正や福島正則ら太閤秀吉恩顧《おんこ》の武将から命を狙われた。これを事前に察知した三成は敢《あ》えて家康の懐に飛び込んだ。窮鳥懐《ふところ》に入れば猟師又これを殺さず、の諺《ことわざ》通りを行ったのである。清正らは三成を引き渡すよう家康に迫った。そこで家康は三成の居城、佐和山城に三成を閉居させることを条件に清正らを説き伏せた。このことは前に記した。

「閉居した身とはいえ、三成様はたえず世上に目を配《くば》り、折あらば家康様を討伐し、秀頼公の後ろ盾《だて》に自分《おのれ》が就くことを狙っていた、と思われる」

「しかし三成様は近江十九万石そこそこの大名。家康様は二百万石を超える大大名ですぞ。戦う前から勝敗はわかっているようなもの」

「三成様は閉居の佐和山城から全国の大名に家康打倒の檄文《げきぶん》をひんぱんに送っていたのだ」

檄文とは敵の罪状を挙げ、自分《おのれ》の信義を述べて、賛同者の決起を促す文書のことである。

「その檄文は殿（清正）にも届けられたのでしょうか」

「殿はそのことについて何も仰せられておらぬが、わしは届いているとみている」

「殿に届いているなら、隣国の小西行長様にも届いていたはず」

「三成様と行長様は唐入りの頃からの盟友。檄文に挑発されて兵を興したのであろう」

「これで行長様が五千もの兵を率いて宇土城を発たれたことに合点が参りました」

「行長様のように三成様の檄文に賛同した大名は数知れぬ」

「どのような方々なのでしょうか」

「大谷吉継《おおたによしつぐ》様、安国寺恵瓊《あんこくじえけい》様、増田《ました》長盛様、宇喜多秀家様、織田秀信（信長嫡孫）様、それに毛利輝元様。ほかにもまだまだ居るはずじゃ」

覚兵衛が挙げた武将達の名は三郎太が大坂城普請に邁進《まいしん》していた時に、手伝い普請として加わった大名達ばかりだった。

「旗頭《はたがしら》は三成様か」

「三成様には人望というものがない。そのうえ十九万石の三成様では宇喜多様や毛利輝元様らの大大名の上に立てるわけがない。旗頭は毛利輝元様だ」

「毛利様がよくお受けになりましたな」

三郎太の故郷は石見《いわみ》（現島根県西部）である。石見は毛利領内で、三郎太にとっては他人事《ひとごと》ではない。

「大谷吉継様が心魂を傾けて説得をなされたとのこと。しぶしぶ受けたらしい」

「で、旗頭となられた毛利様は、今どこに」

「家康様が大坂に居ないことを幸い、輝元様は兵を率いて大坂城西の丸に入り、秀頼公を懐柔《かいじゅう》して自分《おのれ》を家康追討の総大将にするよう強要した。それが先月七月十七日のことだ。むろんこれらの動きは近江佐和山城の三成様と密に連絡を取りながらの決行であろう」

「家康様がこのことを知ったのはいつのことでしょうか」

「家康様の探知網は優れている。そうした不穏《ふおん》の動きを前々から摑《つか》んでいたらしい。おそらく毛利様が大坂城に入った十七日から二、三日後には家康様の耳に届いていたはずだ」

その時、家康は下野《しもつけ》の小山《おやま》（現栃木県小山市）まで軍を進めていた。輝元の動きを知った家康は会津東征を中止し、兵と共に江戸に引き返した。

「上方の動きに、ずいぶんと覚兵衛殿はお詳《くわ》しいようですが、それらはどなたからお聞きになられたのでしょうか」

「すべて殿から詳細にお聞きしたことだ。このところ殿の許に家康様から頻繁にお文が届けられている。それに加藤家大坂屋敷を預かる者からも秀頼公近辺の情報が逐一殿に届いている」

「殿は戦《いくさ》支度が調《ととの》い次第、家康様の窮地を救うべく肥後を発たれるのでは」

「そのことで殿は迷われておられる」

「殿が迷われる？」

今までの清正の動きからすれば、迷わず家康に加勢すると三郎太には思える。

「大坂城下には大名屋敷が数多《あまた》ある。そこには大名の正室や側室が住まわれている。その大名の多くが毛利・三成様側に味方するか、あるいは家康様側に加勢するかで迷われている。そこで毛利様は大名の正室や側室を大坂城三の丸に移して人質となし、毛利・石田様側に味方させようと画策したのだ。それをいち早く察知して妻妾《さいしょう》を密かに国許《もと》に戻した大名もあった。だが殿は遅れをとった。大坂屋敷には清浄院様が残されている。大坂屋敷は今、毛利の兵に取り巻かれ、屋敷の出入りに厳しい目が向けられている」

清浄院は於大《おだい》の方（家康の生母）の弟、水野忠重《ただしげ》の娘で清正の正室である。

「殿があからさまに家康様の許に馳せ参じれば清浄院様のお命はない。そればかりか、大坂屋敷を預かっている家中の者達も皆殺しの憂き目に遭《あ》おう。それ故に殿は迷われておられるのだ」

「殿はこの先どうなさるおつもりなのでしょうか」

「殿は心を決めたようじゃ」

「まさか御正室様と大坂屋敷に詰める家中の方々を見放すとでも」

「そのようなことは断じてない。だが殿は今日、堅く口止めしていた京、大坂、家康様、三成様、さらには毛利様の動きを洗いざらい主だった家臣に打ちあけられ公になされた。三郎太殿、これから大坂、京は大きく動くぞ。いや大坂や京ばかりではない。この肥後もさらには九州全土も大きく動く。だが新城普請はこのまま続けなければならぬ」

「そう申されても普請に携わる方々全てが戦《いくさ》支度で普請場を去りました。今、茶臼山の山頂には人っ子ひとり居りませぬ」

「おぬしが居るではないか」

「城普請は多くの人の手によって為されるもの。わたくしひとりで何ができましょう」

「稲刈りは済んだ。百姓らは農閑期に入る。そこで百姓らに新城普請を続けてもらうことを殿はお決めになった」

「むこう二年間百姓の徴用を免除すると約束なされた殿が、その約束を反故《ほご》になさるのですか」

清正が唐入りして肥後を留守にしているとき、玉名郡、阿蘇郡、芦北郡などに築造された古城（支城）を預かる家臣は清正が朝鮮から送った〈支城の改修に百姓らの徴用はならぬ〉との通達文を無視して支城改修工事に百姓らを従事させた。帰還した清正は改修を命じた家臣の知行地を没収、減俸を行った。その清正が百姓らを徴用すれば、清正の言動は矛盾することになり、領民が清正に寄せていた信頼は失墜しかねない。

「徴用ではない。新城普請に参ずる者には日銭《ひぜに》（日当）を支払うことにしたのだ。むろん肥後《くに》の火急時であるから日銭の額は微々たるもの」

「して新城普請に参集する百姓の員数は」

「二千人ほど。それで新城普請を続けてくれ」

「わたくしと李《リ》以外に新城普請に加われる御家中の方は居りませぬのか」

「加わってほしい者でも居るのか」

「新美八左衛門殿や阿佐古太郎殿など十数名の方々」

「新美らだけが新城普請に加われば、戦《いくさ》に出向く者らが〈戦が怖くて城普請に加わった臆病者〉、と嘲《あざけ》るに違いない。新美らの心情も察してやれ」

そう言われると、三郎太には返す言葉がない。

「李とわたくしで引き受けるしかありませぬな。しかし、ひと月やふた月で百姓らが石を積めるようになるとは思えませぬ」

二千もの百姓に李とふたりでどうやって石積みの技を教え込めばいいのか、思いもつかない。

「百姓らは生まれた時から土に親しんでおる。土を扱うのは得手じゃ。土を扱う業（作業）だけさせればよい。城下の領民らは新城普請中止で人が去った茶臼山を見上げて、すぐにでも城下から逃げ出せるように家財をまとめている。城下の者ばかりではない。領内の玉名、菊池、合志、阿蘇などの郡内に住する百姓らも、いつ戦《いくさ》が始まるのかと怯《おび》えておる。そうした領民らの不安を少しでも取り除くために、新城の普請は続けなければならぬのじゃ」

「続ければ、取り除けるとでも」

「このように不穏な世上であっても、新城普請を続けていけるゆとりがこの肥後《くに》にはある、ということがわかれば、自《おの》ずと領民らの不安は薄らいでいく。そう殿はお考えになって新城普請の続行をお決めになったのだ」

「明日からわたくしは李と共に人足小屋に戻ります」

三郎太は厳しい顔を覚兵衛に向けた。

（五）

新城普請に従事する者が家臣、又者《またもの》から百姓に代わった。領内の全郡（玉名、山鹿、山本、飽田、託麻、菊池、阿蘇、芦北、合志の九郡）から集められた二千人ほどである。この者達の投宿先は茶臼山西麓に建てられた人足小屋を利用することに決まった。すると人足小屋の様子が大きく変わった。前《さき》の普請の時、人足小屋に投宿した家臣らの食事は賄《まかない》役が作った。なかには賄いの食事だけでは腹が満たせず、近隣から参集した物売りから食べ物を買って満たす者もいた。普請で汚れた衣類もやはり近隣の女達に手間賃を払って洗わせた。つまり家臣らは銭を持っていたのである。

しかし此度《こたび》の百姓らに賄《まかない》役をつける配慮はなされなかった。食事は自前ということになる。自らが火を熾《おこ》し、煮炊きをする。煮炊きは時間がかかる。前の普請では卯《う》刻（朝六時）から酉《とり》刻（夕六時）の就労であったが、今回は朝七時、夕五時と就労時間が短くなった。

大きく異なったのは近隣から押し寄せていた物売りの姿がめっきり減ったことである。百姓らが銭を使わなかったからだ。日当として貰《もら》ったわずかな銭は、家族のための大事な生活資金で使うわけにいかなかったのである。

三郎太も李も百姓らが煮炊きしたものを食べることになった。驚いたことに、賄役が作ってくれた食べ物より百姓が料理した食べ物のほうが美味《うま》かった。特に百姓らが持ち寄った新米の味は格別だった。

「さて二千人を何処に使うか。二の丸の地形《ぢぎよう》（整地）を引き続き行うのも一計だが、李とわたしふたりだけではとても二千人を使い回すことなどできぬ。ともかくこれから茶臼山を一周して、何処に百姓達を使えばよいか探してみようではないか」

三郎太は李を促して茶臼山の麓に向かった。

「あそこに居るのは竜蔵院様ではありませぬか」

東崖、南崖、西斜面と見回って最後に残った北崖に着いた時、李が指さす先に男がひとり背を向けて立っていた。

「かもしれぬ」

そう言って三郎太は男に近づいた。男が人の気配に気づいて振り向く。

「おお、戸波殿」

さも驚いたように言った。

「やはり竜蔵院殿」

三郎太は慶長《よしなが》の姿を仔細に見る。武士の装束をかなぐり捨て修験者の装束姿に戻っていた。剃りあげていた髭《ひげ》は伸び、結っていた髷《まげ》も被髪《ひはつ》（総髪）に変わっていた。腰に瓢箪《ひょうたん》を提《さ》げているのが前の修験者姿と異なっていた。瓢箪は飲み水を入れる水筒がわりである。

「ここで何をしておられる」

「ここは阿蘇山から累々《るいるい》と続く台地の南端《みなみはじ》。その南端と茶臼山北崖《ほくがい》が目と鼻の近さで向き合って狭間《はざま》を作っている。わたくしはこの狭間の地を城域外として縄張図から外した。その縄張図を描き直したいのだ」

「縄張図は一度、描き直しておりますぞ。あれで直しは終わったのでは」

「縄張図にこれでよい、というものはない。普請を続けているうちに縄張図と現況がしっくりしない所が数多《あまた》出てくる。そこに目をつぶり、縄張図通り普請を続けるのもひとつの手法。あるいは現況に即した縄張図に描き直す、それもひとつの考え」

「で、縄張図をまた描き直しますのか」

「北崖と台地南端の狭間には双方を行き来できる馬の背という稜線《りょうせん》の壁が聳《そび》えている。この壁のために城北から城東への通り抜けができぬ」

「それは前からわかっていたこと」

「馬の背の長さはおよそ五町（約五百五十メートル）ほど。これを切り拓《ひら》く」

「馬の背を切り拓くには膨大な土砂を掘り取らねばなりませぬぞ。何故そのようなことをなさるのか」

「鷲《わし》になったつもりで新城の全体を天空から見なされ。新城の東側、本丸直下を坪井川が流れ、南側にはこれまた切り立った崖の近くまで瘤《こぶ》状の曲線を描いて白川が流れ込んでいる。両川は新城の堀の役割を果たしている。城下町は坪井川と白川を越えた対岸の左岸にある」

慶長の言葉に誘発されて三郎太の目蓋《まぶた》には新城の姿が高みから見下ろしたように浮かんでくる。

「新城の南西には隈本城が手の届く近さにある。西は茶臼山の麓が広がり、そこは二の丸、さらにその先に三の丸。そして今吾らが立っている北は茶臼山の崖と台地の終端が間近に向き合い、その間を結ぶ馬の背と呼ばれている痩《や》せた稜線が望める。その馬の背が壁となって東への通り抜けはできない。つまり城下は馬の背によって二分されているということだ。これで新城は城下を守れると三郎太殿は思われるか」

慶長は三郎太に目を向けた。

「わたしは軍略家ではないゆえ、答えようもない」

「守れぬのだ。守れるようにするには馬の背をことごとく掘り取って平地となし、その平地に今、城下に住まう御家中の方々と屋敷もろとも移っていただく。さらに台地の終端部の裾際《すそぎわ》には寺々を建てる。すなわち新しい武家町を作るのだ」

三郎太は慶長の発想に舌を巻いた。おそらくこの案は慶長ひとりのものでなく、加藤清正という優れた築城家と諮《はか》って導き出したものであろう、と三郎太は思った。

「これでわたしが百姓らを使役する普請場所が決まった。新しい縄張図がなくとも、当面は馬の背の取り除きはできるはずだ」

「そうなされ。殿も快く同意なされるであろう。北崖《ほくがい》部の縄張図はなるべく早く戸波殿にお届けいたそう」

慶長は腰に提《さ》げた瓢箪《ひょうたん》を手に取ると木栓《もくせん》をとって瓢箪口を口につけ、一口飲んだ。酒の匂いがした。三郎太は、かつて菊乃の館で慶長と夕餉《ゆうげ》を共にした時のことを思い出した。慶長は夕餉に必ず一合の酒をつけてほしいと懇願したのだった。

「瓢箪の中は御酒でござるか」

咎《とが》めるような三郎太の口振りだった。

「さよう濁《にご》り酒が入っておる。こうして戸波殿に淀みなく語れるのは、この瓢箪に入っている酒のおかげ」

「確か一合以上は飲まぬ、そうではなかったか」

「殿のお側《そば》に仕えていると、お伝え申さなくてはならぬ諸々を喋《しやべ》らなくてはならぬ。ために一合の酒量は一合五勺となり一合七勺となり、とうとう二合に増えてしまった。わたくしは酒が入ると口が軽くなる。このこと戸波殿はすでにご存じであろう。それだけでなく、なにやら人を傷つけるような雑言《ぞうごん》や根も葉もないことを喋り続けるらしい。らしいと申すのは、深酒するとそのことを全くおぼえておらぬのだ。このままではいずれ殿にも雑言を申すのではないか、そう思ってわしは殿の膝元を去り、修験者に戻った」

「殿はそのこと、お許しになったのですな」

「肥後に留まることを条件にお許しいただいた」

「して今、どこにお住まいか」

「修験者には定まった居所などない」

「わたしは人足小屋に李と共に居る。よろしければ一緒に住まぬか」

「地に伏し、天を仰ぎ、慈雨に喉《のど》を潤《うるお》す。それに濁り酒があれば、どこででも生きていける。わしは生来ひとりがよい」

慶長は踵《きびす》を返すとその場を離れた。その後ろ姿には孤愁《こしゆう》の影が色濃く漂っていた。

三郎太は馬の背切り拓き普請の段取りにとりかかった。

三郎太は同じ郡内に住む百人を一組として二十の組を作った。領内九郡の百姓の訛《なま》りが異なるために言葉が通じにくいことを慮《おもんぱか》ってのことである。

組頭は各組の百人に選ばせ、三郎太は一切口を挟まなかった。

五日後、慶長が新城北崖《ほくがい》の縄張図を三郎太の許《もと》に持ってきた。

「これは粗々《あらあら》の縄張図。細部はまだ描いておらぬが馬の背を切り拓くだけならば、これで何とかなるであろう。縄張図が仕上がるのはあとひと月ほどかかろう」

そう告げて慶長はその場を後にした。

馬の背切り拓きは土砂の掘り取りが主作業である。常に土と親しんでいる百姓らには誂《あつら》え向きの作業であった。

三郎太は李と諮《はか》って〈馬の背切り拓き進捗表《しんちょくひょう》〉を作成し、それに沿って工事現場を二十に割った。いわゆる丁場割である。そして一丁場をひとつの組に任せることにし〈組頭〉を〈丁場頭《ちょうじょうがしら》〉という名称に変えた。

これで切り拓き作業は順調にいくと三郎太は思ったのだが、日が経つにつれ予定した進捗から遅れていった。なぜ遅れるのか三郎太にはわからなかった。李に訊《き》いてみると、

「お百姓の方々はそれぞれ先祖から受け継いだ畑を後生大事に守り、どうすれば米や麦、菜などの収穫が増すかを考えながら畑を耕しております。畑の耕し方、畑土の手入れは父や兄を見習っておぼえます。その父は祖父の手法に習い、さらに祖父は曾祖父に学ぶ。そうして代々受け継いできた畑は一枚一枚皆違った経歴を持ちます。隣り合う畑ではそれぞれ受け継がれた手法で畑を耕し、どれひとつ、同じ手法をとることはありませぬ。お百姓の一人ひとりは自分が先祖より受け継いできた耕し方が一番だと信じているのです。こうした方々が馬の背切り拓きという同じ場で土の掘り取りに肩を並

べる。掘り取る速さも、振り下ろす鍬《くわ》の深さも、働き続ける時の長さも、土を愛《いと》おしむ気持ちも何もかも異なるのです。その方々を束ねる丁場頭も同じこと。それはわたくしが住み暮らした朝鮮でも同じことでございます」

「ではどうすれば、あの者達に進捗《しんちょく》表通りの業（作業）をしてもらえるのか」

「進捗表などに頼らなければよいのです」

「それでは馬の背切り拓きの目途《めど》が立たぬ」

「それでよいではありませぬか。覚兵衛様は、新城普請は続けることが肝要と申され、何を何時《いつ》までに完成させせよ、とはひと言も申されませんでした。これは覚兵衛様ひとりのお考えでなく清正様の御意向でもありましょう」

「言われてみれば李の申す通り。わたしはどうも普請に入ると周《まわ》りのものが見えなくなる。進捗表に頼ってやきもきすることはやめる。普請は遅れるであろうが、馬の背切り拓きは丁場頭《ちょうばがしら》達にすべて任せよう」

「そうなさりませ。わたくしはお百姓の方々が少しでも楽しく働けるように気配りをいたします」

その日を境に三郎太も李も百姓らの土の掘り起こしや運搬に口を挟まず、皆が怪我や病に罹《かか》ることのないように気を遣《つか》うようになった。特に飲み水には注意を払い、必ず煮沸《しゃふつ》して呑《の》むよう促した。また町医者二名を人足小屋に常駐させて、健康管理をさせた。町医者の診療代は三郎太の懐から払った。覚兵衛に申し出れば加藤家の経理を預かる役人が支払ってくれるだろう。だがそうせずに自腹を切ったのは、軍役を課せられていないことへの後ろめたさが三郎太にあったからだ。

こうして馬の背切り拓きは百姓達の主導で進められ、九月となった。

意外なことに各丁場の進み具合はほぼ同じで、それを見た李は三郎太に、

「貧しい者は助け合わなければ生き延びられませぬ。ここに集まった方々はそのことを身にしみてわかっております。だから普請場のどこかで土採りが遅れた組があれば、自分《おのれ》の組を抜け出してでも手助けしているのです」

と感慨深げに告げた。おそらく李は故郷朝鮮釜山の農村に働く人々や縁者のことを思い出している のであろう。

馬の背の普請場には大坂、京はもちろん隣国小西領内の情報さえも入ってこない。それもあってか普請場はいたって平穏だった。

（六）

馬の背切り拓き開始から遡《さかのぼ》ること二ヶ月。

家康方に与《くみ》する大名と毛利・石田方に加勢する大名の色分けが明らかになってきた。

歴史書等では、徳川方を〈東軍〉、毛利・石田方を〈西軍〉と記している。だがこの呼称は誤解を生じやすい。なぜなら東、西という語から想起されるのは東日本（東国）、西日本（西国）とあたか

も日本を東西で二分するかのような印象を与えるからである。

東軍には西国大名の多くが属していたし、同じように西軍にも上杉景勝のような東国の大大名が加わっていた。いわば両軍（徳川方と毛利・石田方）は日本全土にまだら模様のように混在していた。

両軍の戦いは京、伏見城の攻防から始まる。

家康は秀吉の遺命に従って京の伏見城に入り、そこで政《まつりごと》を行っていた。会津への出兵が決まると家康は伏見城にわずかな守備兵を残して江戸城に戻った。

七月十九日、毛利秀元《ひでもと》、宇喜多秀家《ひでいえ》、小早川秀秋《こばやかわひであき》らの連合軍四万が伏見城を包囲する。連日猛攻するが城将鳥居元忠《とりいもとただ》以下の守備兵はこれを凌《しの》いで八月一日まで持ちこたえるが力尽き、伏見城は陥落する。

この報を佐和山城で受けた石田三成は、城を出て美濃大垣城に移り、ここを毛利・石田方の前戦司令部とした。

これを皮切りとして、両軍は会津、甲信、東海伊勢、北陸、丹後、近畿、伊予で戦闘状態に入った。

東北では会津城城主上杉景勝《かげかつ》軍と山形城主最上義光《もがみよしみつ》軍（徳川方）が戦いを始めた。

甲信では徳川秀忠が上田城（城主真田昌幸《さなだまさゆき》）を包囲して攻防を繰り広げた。

東海伊勢では毛利秀元、吉川広家《きつかわひろいえ》、長宗我部盛親《ちょうそかべもりちか》の連合軍三万余が伊勢安濃津《あのつ》城（城主富田信高《とみたのぶたか》）に猛攻を仕掛けた。守備兵は千七百余人、城に籠もってひたすら凌ぐ。連合軍は攻めあぐねていたずらに日を重ねた。すると高野山の木食《もくじき》上人が両軍の仲裁に入り、安濃津城を開城することで戦いは決着した。富田信高は高野山に入って剃髪《ていはつ》し木食上人の弟子となった。

北陸では家康の盟友、前田利長《としなが》と小松城主丹羽長重《にわながしげ》軍が小松城下の浅井畷《なわて》で戦闘を続ける。戦いが長引いたために、前田利長は九月十五日の関ヶ原の戦いに間に合わなかった。

丹後では毛利輝元に加担した小野木重勝《おのきしげかつ》（福知山城城主）が一万五千余を率いて田辺城（城主細川忠興《ただおき》）に攻撃をかける。

この時、忠興は田辺城に守備兵五百余人を残し、父の細川幽斎《ゆうさい》（亀山城主）を丹後から招いて城を守らせていた。幽斎は戦国武将の雄として名を馳せた戦《いくさ》巧者である。三十倍もの兵力を前にして怖《お》じるどころか勇躍して大軍を迎え撃ち、巧みな戦法で城内に敵兵を一歩たりとも入れなかった。六十日の籠城の後、後陽成《ごようぜい》天皇の仲介もあって開城し、丹波に引き上げた。

近畿では毛利元康《もとやす》、立花宗茂《たちばなむねしげ》連合軍一万五千余人が大津城（城主京極高次《きょうごくたかつぐ》）を包囲し猛攻。高次軍五千はこれを退け、攻防をくり返し、九月十四日、落城。高次は高野山に逃れる。この日十四日は関ヶ原の戦いの前日であった。落城があと一日遅ければ、その後の高次の処遇も変わったかもしれない。

四国伊予では正木《まさき》城主の加藤嘉明《よしあき》が徳川方に与力するため上方に向かった。その隙をついて毛利配下の武将が正木城を攻め立てた。正木城の留守を預かったのは嘉明の弟忠明《ただあき》である。ここでも激闘が繰り広げられ、戦乱は四国全土に広まっていった。

（七）

会津、甲信、東海伊勢、北陸、丹後、近畿、伊予などで戦闘を繰り広げた徳川方と毛利・石田方、両軍の戦火は日を置かずして九州にも飛び火した。

九州では薩摩の島津義弘をはじめ鍋島直茂《なべしまなおしげ》（佐賀城主）、立花宗茂（柳川城主）、毛利秀包《ひでかね》（久留米城主）、太田一吉《かずよし》（臼杵城主）、毛利勝信《かつのぶ》（小倉城主）、それに肥後南半国の領主小西行長《ゆきなが》らことごとくが毛利・石田方に加わった。島津、鍋島、立花、小西らは自らが兵を率いて上方に向かった。皆大大名である。一方、家康側に加わったのは加藤清正、黒田如水《じょすい》（中津城主）と寺沢広高《てらさわひろたか》（唐津城主）の三大名、それに細川忠興の重臣松井康之《やすゆき》・有吉立行《ありよしたつゆき》（木付《きつき》城城代）だけである。

清正と細川忠興は秀吉の許で苦楽を共にした盟友である。そうした誼《よしみ》もあって清正はかねてより家臣の斎藤利宗《としむね》を木付城に送って、戦《いくさ》になった時には不足物資の提供を約していた。

清正は天を仰いで逡巡《しゅんじゅん》していた。

諸国、諸大名の動静が上方から清正の許に引きも切らずに書状で伝えられていた。家康から小西行長の居城宇土城を攻め取れとの書状が何通も届く。また毛利輝元からは即時上京し麾下《きか》に入るように、との書状が寄せられた。

豊臣秀頼の後ろ盾《だて》として徳川家康と石田三成のどちらが適任であるか。はっきりしているのは石田三成に与《くみ》することは断じてない、その一点であった。となれば、家康軍に加担して宇土城を攻めるか、どちらにも与せずひたすら隈本城に籠もって中立を守るか。

中立を守れば大坂屋敷に住まう清浄院と二十余名の家臣の命は救われる。清正は迷う。

そんな中、黒田如水から密書が届いた。

内容は九月九日、八千五百の兵を率いて豊後、安岐《あき》城（現大分県国東市安岐町）を攻略する、ついては清正も出陣の用意をされたし、というものだった。安岐城の城主は熊谷直盛《なおもり》である。毛利・石田方に与力するため直盛は兵を率いて上方へ行った。安岐城には留守を任された叔父の熊谷外記《げき》と守備兵五百人が残った。

いよいよ断を下さねばならぬ時期がきたのだ。

翌日、主だった家臣らに召集をかけることにして、その日、清正は早々に寝所に引きとった。

払暁《ふつぎょう》、清正の寝所に無遠慮な足音が聞こえた。その足音で清正は瞬時に覚醒《かくせい》した。この時刻、小姓らは寝所からさがっている。寝所には常夜灯が置かれていてほのかに明るい。清正は寝具から抜け出し、隅に置かれた刀掛けから太刀《たち》を取って近づいてくる足音に備えた。足音が止まった。

「何者」

清正は太刀の束に手を掛けて一声を発した。

「おお、殿、お目覚めでございまするか。兼能《かねみち》、大木《おおき》土佐兼能でござります」

押さえた声が寝所の襖戸《ふすまど》越しに届いた。

「なんと土佐じゃと。土佐なれば大坂屋敷に詰めておるはず。なんぞ大坂で抜き差しならぬことでも起こったか」

「その大坂屋敷を抜け出し、たった今、隈本城に着いたばかり」

清正は襖戸を勢いよく開けた。そこに大木土佐が平伏していた。

「大坂でなにがあった？」

清正は不吉な予感に捕らわれながら土佐の顔をうかがったが、常夜灯の弱い光では見極められない。

「清浄院様を無事、お連れいたしました」

土佐は顔を上げ、清正を仰ぎ見た。

「清浄院が？」

と絶句し、それから、

「屋敷に残した他の者達は如何《いかが》した」

「皆、屋敷を抜け出しました」

「重畳《ちょうじょう》、重畳じゃ」

うわずった声が寝所に響いた。清正は毛利の兵が厳重に見張る大坂屋敷からどのようにして清浄院を連れ出せたのか知りたかったが、それは今でないと思い直した。

「誰か居るか」

清正の呼びかけに近習《きんじゅ》の小姓が直ぐに駆けつけた。

「これより飯田屋敷に参り、覚兵衛にすぐ登城するよう申しつけてこい」

小姓は平身すると後も見ず寝所を後にした。

小半刻（三十分）も経たずに覚兵衛が緊張した面持ちで駆けつけた。

清正は土佐と覚兵衛を自室に招いて密談に入った。

その半刻(一時間)後、隈本城大手門に早馬が着いた。騎乗者は木付城に送った斎藤利宗であった。

「至急、殿にお伝え申すことがあって戻って参った。まかり通る」

大手門の番卒にそう告げて馬の手綱を番卒に預けると本丸の奥御殿へ走った。奥御殿の清正の自室では三人の密談が続いていた。そこに利宗の、殿、殿と呼びかける声が響いた。清正は談議を中断し襖《ふすま》を開けた。

「利宗ではないか」

清正は不安を感じながら宗利を自室に入れた。

「これは飯田様と大木様」

宗利は意外な顔ぶれに驚きながら三人の座に加わった。

「黒田如水様が八千五百の兵を率いて安岐《あき》城を攻略すること、殿はすでにご存じのことと思われます。安岐城を守るは五百の兵。軍神と言われている黒田様ならば一日で安岐城は落とせます。ところが安岐城を救援すべく門司から軍船数十隻に分乗した数多《あまた》の兵が杵築《きつき》近くの浜に上陸しました」

「門司からの軍船ならば毛利の手の者か」

覚兵衛が目の色をかえた。

「いや、大友義統《よしむね》様の兵でござる」

「大友殿ならば唐入りで太閤殿下の不興をかい、領地を召しあげられ、浪々の身」

「その大友様がお家再興を願って旧臣らをかき集め、毛利様方に加わったのでござる」

「して大友軍の兵数は」

覚兵衛がひと膝前に出る。

「わからぬ。が四千ほどか」

「たいした数。これは侮《あなど》れぬ」

清正が厳しい顔を利宗に向けた。

「黒田様は木付城の城代に大友軍を迎え撃つようお願いしました。城代の松井様、有吉様はこれを了承したのですが、付き従う兵は千人ほど。兵数からすれば大友軍が優位。そこで城代は殿の救援を仰いでくれるよう、この利宗に頼んで参った次第。それが昨日のこと」

「して大友軍は今、どこに陣取っておるのだ」

「杵築《きつき》近くの浜で陣容を整えて、木付城の出方をうかがっているかと思われます」

杵築は大分県北東部、国東《くにさき》半島南部にある。

「まだ戦いは始まっておらぬのだな」

「大友軍は黒田如水様の動きにも目を配っているようです。木付城の松井様、有吉様と大友軍が直ぐに戦いを始めるようなことはないと思われます」

「ご苦労だが利宗は休息をとった後、木付城に戻って、救援のこと、この清正了承した、とお伝え申してくれ」

「了解いたしました。して殿の出陣は何日とお伝え申せばよろしいでしょうか」

清正はしばらく考えていたが、

「九月十五日」

と断じた。


その日の午後、すなわち九月九日、清正は隈本城二の丸の奥御殿広間に主だった家臣二十余名を集めた。この席に戸波三郎太も呼ばれていた。三郎太以外は皆三千石以上の禄《ろく》をもらう者ばかりで、その席に呼ばれたのは不釣り合いのように三郎太には思え、一番隅に座っていた。

「右府（家康）様にお味方する」

参集した家臣らに清正は大きな声で告げた。その声には迷いを吹っ切った強さがあった。清浄院と二十余名の家臣が肥後に帰着したことは参集した家臣等にすでに報《しら》されていたが、斎藤利宗が戻ってきたことは伏せたままだった。

「いよいよ上方に向かわれますか」

加藤喜左衛門は緊張した面持ちだ。

「上方には向かわぬ」

清正の声は落ち着いていた。

「九州の名のある諸将の多くが兵を率いて上方に向かい、毛利様の麾下《きか》に入ったと聞き及んでおり申す。つまりは九州の大大名がこぞって右府様の敵となったのでござる。そのような九州で右府様にお味方なされても勝ち目があるのでござるか。負ければ領民も吾等も路頭に迷うことになりますぞ」

喜左衛門は九州の大大名を相手に戦っても勝ち目はないと思っているらしかった。

「それは喜左衛門をはじめおぬし等の戦いぶり如何《いかん》で決まることじゃ」

清正のひと言に喜左衛門は口を固く結ぶ。

「わしが右府様にお味方するのは、報恩を受けた太閤殿下の遺児秀頼様をわしが守らねばならぬからじゃ」

「そもそも徳川様と石田様がお互いに秀頼公をお守りすると言い張ったがために日本中が二つに分かれて戦う羽目になりましたのですぞ。その守り役に殿が加わるなど、とんでもござらぬ」

とうとう喜左衛門は身体を乗り出した。

「この戦いは家康様が勝ちを収める。これをわしは疑っておらぬ。家康様が勝つ、と申すことは石田殿が敗れることだ。秀頼公の守り役は家康様。だがわしは家康様が秀頼公の守り役だけで満足なさるとは思っておらぬ。武に優れたる者が天下を取る、と太閤殿下からわしは教えられてきた。殿下は織田信長様が本能寺に討たれたのを機に信長公の嫡孫、三法師様の守り役となられた。三法師様は殿下に守られて成人なされ、織田秀信《ひでのぶ》様と名を改めた。その秀信様が今、どのようなお立場にあるか、皆は存じておるか」

清正は居並ぶ家臣をひと渡り見まわして、

「三郎太、答えてみよ」

と命じた。

「わたくしが太閤殿下の命で大坂城の石垣を組んでおりました頃、織田秀信様も殿下に命じられ城の普請に加わっておりました。確か秀信様は十三万三千石の岐阜城城主ではなかったかと」

「殿は秀頼公も織田秀信様のような途《みち》を辿《たど》られると、お考えになっておりますのか。もしそうであるなら殿は秀頼公の何をお守りなさると仰せられますのか」

喜左衛門が首を傾げる。

「そのような途を辿ってほしくない。いや断じて辿らせてはならぬ。そのためにわしは右府様から秀頼公をお守りせねばならぬのじゃ」

「いざとなったら右府様と事を構えても構わぬ、そう仰せられますのか」

「そうならぬことをわしは願っている。さて今日、おぬし等に集まってもらったのは、この九州も戦場《いくさば》と化したことを伝えるためだ。昨日、かねてより木付城に遣《つか》わしていた斎藤利宗が豊後の内情を伝えるために戻って参った」

そう告げて清正は黒田如水の動き、大友軍などのことを告げ、

「準備には時もかかろう。出陣は九月十五日、早朝」

と意を込めて命じた。

「陣揃えは隈本城でござるか」

重臣のひとりが訊《たず》ねた。

「茶臼山山頂、新城の本丸といたす」

それを聞いて三郎太は仰天した。

天守の土台石垣はほぼ組上がっているが、その他の石垣はまだ手つかずである。西麓につけた仮設路にも所々崩れがある。なにも普請途中の茶臼山山頂で陣揃えをすることはない、隈本城の本丸広場か二の丸広場に参集させれば済むことである。三郎太には清正の真意がわからなかった。だが命令に背くわけにはいかない。

清正が座を立つと、それに倣《なら》って重臣らは急《せ》くように大広間を後にした。

二の丸の奥御殿広間を退出した三郎太はその足で茶臼山北麓の馬の背切り拓きの普請場に向かった。

普請場では百姓らが手を休めず鍬《くわ》を振るい、モッコを担《かつ》いで土の掘り取り、土砂運搬に汗を流していた。その姿は城普請というよりも畑仕事をしているように三郎太には映った。三郎太はその中から李《リ》を見つけ出し、呼び寄せた。

「殿のお呼びは何でございましたのか」

李はすっかり百姓のなかにとけ込んでいるようだった。

「戦《いくさ》が始まる。出陣は九月十五日」

「いずれは始まると思っておりましたが、そんなに早いとは」

李が顔を曇らせた。

「殿は陣揃えを新城の本丸にお決めになった」

「なんと茶臼山山頂の本丸で陣揃え。山頂には仮置いた大石や栗石《ぐりいし》が散在しております。これらを出陣前日の十四日までに片付けなければなりませぬな。明日から十四日までの五日間。天守台は笠石を乗せればどうにか見られるようになりましょう。陣揃えの兵はいかほどでしょうか」

「四千人は下るまい。ともかく本丸に置いてある材料を片付けて、できる限りの空地を造らねばならぬ。ついてはここ（馬の背）で普請しているすべての百姓らを茶臼山の山頂に向かわせてくれ。わたしは一足先に本丸に登って、どう対処すればよいか考える」

李は頷《うなず》くと百姓らの許へ走った。三郎太は西麓の仮設路から山頂を目指す。路は修羅《しゅら》を通した跡や捲車《まきぐるま》を設置した所が崩れて狭くなっている。さらに雨で路肩《ろかた》が流され、えぐり取られた所も散見できた。これらも陣揃えに間に合うように補修しなければならない。

山頂（本丸）は木車、モッコ、修羅、大小の石、木材、残土の山などで覆《おお》われていた。

（八）

翌九月十日、天守台普請と馬の背切り拓きに従事していた百姓二千余人すべてが仮設路の補修と山頂に放置されている石材や普請用具の撤去作業に向けられた。

すでに百姓達は清浄院脱出とそれにつづく出陣のことを聞いていたらしく、誰もが心ここにあらず、といった不安げな表情だった。戦《いくさ》となればそれぞれの家に戻って、百姓は百姓なりに戦に備えなければならない。ともかく家族と離れていることが百姓達を不安にしていた。

不安を抱えたままの百姓達を作業に就かせれば、必ず怪我人が出る。まして山頂には大きな石も置いてある。石の扱いに不慣れな百姓達であってみれば、石の移動や上げ下ろしの作業で大怪我をするかもしれない。どうすれば百姓達が作業に集中できるか、三郎太はしばらく考えて、

「今日から十四日までの五日間で仮設路の修復と山頂の片付け及び整地を終えれば、おのおのは家に帰ってよい。ただしひとりの死者も怪我人も出してはならぬ。もし出るようなことがあれば普請場に残って普請を続けてもらう」

と告げた。築城普請を中断して百姓を家に帰してもよい、などの命は清正からは発せられていない。これで清正から罰せられたとしても、三郎太は甘んじて受けることにした。それ以外に五日間で茶臼山山頂の片付けと整地を終わらせる算段はあり得なかった。

家に帰れると知った百姓達は欣喜《きんき》した。

初日、百姓達は陽が沈んでも松明をかざして片付け作業に邁進《まいしん》した。その後の四日間も始業時刻の半刻前から山頂に登って作業を続けた。むろん百姓達は細心の注意をはらって、怪我をしないよう作業に励んだ。そしてわずか五日間で仮設路の補修と山頂の整地を終えてしまった。家に帰りたい一心からであった。

九月十五日、早朝、茶臼山山頂（本丸）に四千余の兵《つわもの》が参集した。

積み終わったばかりの天守台の中央に清正が床几《しょうぎ》を据《す》えて座っている。陣羽織を着つけた清正の手には軍配が握られていた。

磨き立てた鎧兜《よろいかぶと》に身をかためた下川又左衛門ら主だった武将が清正を囲むようにして居並んでいる。その中に飯田覚兵衛も大槍を立てて控えていた。

天守台下には立錐《りっすい》の余地もないほど兵がひしめき合っていた。

三郎太は李《リ》を伴って本丸の片隅で陣揃えを眺めていた。本丸には兵ばかりでなく、城下から多くの領民も押し寄せていた。築城中の本丸とはいえ、ここまで領民が入ってくるなど、三郎太には考えられなかった。しかしそれを清正は止めることなく容認した。

清正が床几から立ち上がった。すると何処からか法螺貝《ほらがい》を吹き鳴らす野太い音が山頂に響き渡った。清正は天守台の縁《ふち》まで進んで兵達を睥睨《へいげい》した。天守台の高さは七間一尺（十三メートル）、清正の身長は六尺近い。兵達は顔を仰向けて清正を見遣《や》り、どよめいた。

「これより豊後、木付城の救援に向かう。敵は大友義統《よしむね》殿の軍三千五百」

清正は大音声《だいおんじょう》で告げると、右手に持った軍配を天空に高々と掲《かか》げた。

兵も領民も去って人影がなくなった天守台に立った三郎太は、この時はじめて清正がなぜ普請途中の新城本丸を陣揃えの場として選んだのかを理解した。

清正は隈本城を今日の出陣をもって捨てたのだ。そのことを家臣、又者《またもの》、領民に知らしめるために、わざわざ普請途中の新城本丸から出陣したのだ。

――今日を限りに頼るべき城は隈本城でなく新城――

三郎太はかみしめるように呟《つぶや》いた。

この日、関ヶ原で家康連合軍と石田連合軍が激突した。一日で勝敗が決し、家康連合軍が勝利したことなど、清正も将兵も誰ひとり知るよしもなかった。

茶臼山山頂から出陣した清正は四千余の兵を率いて内牧、小国《おぐに》（現熊本県小国町）を経て豊後との国境を越え、九月十七日、引地村（現大分県玖珠《くす》郡九重《ここのえ》町）に入った。そこに斎藤利宗が待っていた。

利宗は、広野石垣原で木付城の城兵と大友軍が激突し、大友軍を退《しりぞ》けたので援軍は不要になったと告げた。

翌十八日、清正は家康から要請されていた小西行長の居城、宇土城を攻めることにして軍を引き返すことにした。

九月二十日、清正の軍は宇土城から五町（約五百五十メートル）ほど離れた栗崎山に陣を敷いた。

宇土城には小西行長の弟、行景《ゆきかげ》が留守役としてわずかな兵と共に城を守っている。

清正は加藤平左衛門を伴って城の周りを仔細に検分した。平左衛門は野津原城主を更迭された武将である。更迭後は清正の側近として仕えていた。

城の西側は有明の海に面している。本丸の周囲に空堀を巡らせ、西側に二の丸が設けられている。

この二の丸は平時では塩田として使用されている。本丸の東には三の丸がある。

そして本丸、二の丸（塩田）三の丸を包囲した空堀が東西五町（約五百五十メートル）、南北四町半（約五百メートル）にわたって巡っている。空堀の深さは二間ほど、石垣は使われていなかった。

「この城構えならわが兵四千余で攻めれば一日で落とせますな」

幼い時に悪童仲間であった頃のことを平左衛門は思い出したのか、清正に親しげに話しかけた。

「わしも牛と同じじゃ。だが死を覚悟した籠城兵は侮《あなど》れぬ」

牛とは平左衛門の幼名、牛之助のことである。清正の幼名は夜叉丸。中村で悪童仲間のふたりは、その頃、〈夜叉〉、〈牛〉と呼び合っていた。

「時はかかりますが、包囲して兵糧《ひょうろう》攻めが上策かもしれませぬ。わしは支城改修で叱責され殿の信を失いました。その信を取り戻しとうござる。そこで宇土城の兵糧攻めをこの平左衛門にお任せいただけませぬか」

今や主従の関係を肝に銘じている平左衛門の言葉付きはいたって丁寧である。

「一千の兵を預ける。やれるところまでやってみよ。だが牛、無理はするな。兵の命は大事だ」

清正は平左衛門の顔に幼い頃の悪友、牛之助の顔を重ねた。

九月二十一日、加藤平左衛門率いる千余の兵が宇土の城下町に火を点《つ》けて焼き払った。逃げ惑う領民を兵が刀槍《とうそう》で脅《おど》して宇土城に追い込んだ。

宇土城を守る小西行景は城門を開けて領民をひとり残らず受け入れた。

城はたちまち城下の民で一杯になった。

――牛め、やりおるわい。これで宇土城に蓄えた兵粮米は日を経ずして底をつくであろう――

と清正は頷《うなず》いた。

翌日、平左衛門は五百の兵で宇土城を攻めた。逃げ込んだ領民を盾《たて》にして守備兵は一歩も退《ひ》かない。清正から無理攻めはならぬと言われている平左衛門は、頃を見計らって兵らに攻城中止を命じた。

こうした攻防が毎日繰り広げられた。宇土城に救援の兵を向けてくる毛利・石田方に与力する九州大名は見当たらない。兵粮米《ひょうろうまい》が底をついたようにも思えなかった。

平左衛門は兵粮米が尽きるまで待つことにして、まず矢文《やぶみ》で宇土城の守兵らに投降を勧告した。しばらく待ってみたが応じない。その一方で小規模な城攻めをくり返した。

九月二十八日、黒田如水《じょすい》から清正の許へ書状が届いた。

書状には九月十五日、関ヶ原で徳川方と毛利・石田方が激突し、その日の昼過ぎには徳川方が勝利した、と記されていた。清正はこの報に半信半疑であった。なぜなら双方の戦いは半日で終わるような小さな戦いではなく、ひと月やふた月をかけなければ決着はつかないと思っていたからである。

しかし如水がわざわざ嘘の書状を送ってくるわけがない。清正は書状を信じることにして、このことを平左衛門に伝えた。

翌日、平左衛門は徳川方勝利を矢文に記して宇土城に放った。

一日待った。なんの返答もない。次の日も矢文を射った。返答はない。それから毎日矢文で徳川方勝利の報を記して降伏を誘うが、相変わらず応じる気配はない。その間に攻城をくり返しながら十月十二日になった。すでに宇土城を包囲してからひと月近くが過ぎている。思いの外に兵粮は多く蓄えてあるようだった。

清正は平左衛門の宇土城包囲作戦が限界にきていることを感じ、

——さらに小競り合いをくり返すか、あるいは総攻撃をかけて勝敗を決するか。そろそろ決断をせねばなるまい——

と独《ひと》り言《ご》ちたとき、平左衛門が五人の侍を連れて陣屋を訪れた。全員が今にも倒れそうである。

「いずれの家中の者か」

清正の詰問に、

「小西家の者」

とひとりが応じた。

「宇土城から逃げ出して参ったのか」

清正の声が大きくなった。命惜しさに城から抜け出すような家臣を清正はもっとも嫌う。

「いえ、宇土城に参るところでござる」

「どういうことだ」

清正は平左衛門に問い質《ただ》した。

「この者らが申すには、関ヶ原から死地をかいくぐってここまで逃げ帰ったとのこと。そこをわが兵が捕らえたのでござる」

清正は仰天した。はるか彼方関ヶ原からの落人《おちうど》などとは考えもつかなかった。

「勝敗は半日で決したのか」

清正はかねてよりの疑問を五人に質《ただ》した。五人は無言で首を縦に振った。すかさず、

「なぜおぬしらは助かったのだ」

と訊《き》いた。五名は、小早川秀秋が徳川方に寝返って、その余波を受けた小西軍の陣備えが崩れて敗走、多くの小西の将兵が討死《うちじに》あるいは捕らえられたが、自分達は陣の最後尾に居たので無事逃げ出せたのだ、と告げた。

「して、行長殿は」

清正は身を乗り出した。五名はいっせいに首を横に振る。

「わからぬのだな。おそらくは捕らえられ、その首を賀茂河原に晒《さら》しておるやもしれぬ。あわれなことだ。だがそれが戦《いくさ》というものじゃ」

「これらの者の首を刎《は》ね、宇土城から望める所に晒《さら》して降伏を促《うなが》しましょうぞ」

平左衛門が五名をにらみ据える。五名は処刑されることを覚悟したのか首を垂れ、肩を落とした。

「よくここまで戻ってこられたものだ。おぬし等とわしは戦ったわけではない。平左衛門、この者らに飯をたらふく食わせて宇土城に送り届けてこい」

五名は清正を仰ぎ見て、それから地にひれ伏した。


十月十五日、白旗を掲げた小西行景が清正の陣屋を訪れた。

「関ヶ原の仕儀、上方から戻って参った五名の者から聞き及んだ。わが兄の生存は定かではないが、生きて肥後に戻れるとは思えぬ。今まで籠城して加藤殿に抗してきたが、もはやその甲斐もなくなった。一戦を交えて守兵と共に死することも考えたが、これ以上の死はキリシタンであった兄の望むところではないはず。そこで宇土城と支城である八代城を開城し、わしの首と引き替えに両城の守兵の命を助けてほしい」

行景は清正の前に両手をついた。

「お手をあげてくだされ。行景殿の心情お察し申す。吾等と行景殿が戦っている最中に武運なく関ヶ原の戦いで行長殿が与力した毛利・石田方が破れた。これが逆であったなら、わしが行景殿と同じ立場となったやもしれぬ。宇土城と八代城はこの清正がお預かりいたす。守兵に咎《とが》はない。行景殿の行く末は右府様にお決めいただく」

清正は行景に寄ると行景の両手を取った。

翌日、宇土城からひとりの武将が白布に包んだ首と書状をもって清正を訪れた。

書状には、己れの命は家康に委ねず己れで決めた。そこで今生の願いであるが、城に残された兵を清正が召し抱えてほしい、と記されていた。

使者は、白布を解いて生首の顔を清正に向けた。うっすらと化粧された首は目を見開いたままで、行景の無念さをみせつけているようだった。

清正は宇土城受け取りを加藤平左衛門に申し付けたうえで、宇土城に留まって小西の守備兵の面倒をみるよう命じた。

（九）

慶長五年（一六〇〇）九月十五日、たった半日で勝敗がついた関ヶ原の戦いは石田方の兵八万余と徳川方十万余の激闘であった。

石田方は毛利輝元を総大将とし、徳川方は家康自らが陣頭に立った。

関ヶ原は東西一里（四キロ）南北半里（二キロ）の狭い原である。ここに両軍合わせて二十万に近い兵が激突した。早朝から始まった戦いは、小早川秀秋の寝返りによって昼を過ぎる頃、徳川方の勝利に終わった。

しかし九州では九月十五日以降も城の攻防戦が繰り広げられていた。その主な攻防戦の結末は、

九月二十二日　安岐城陥落
十月二日　富久城陥落
十月三日　香春岳城陥落
十月四日　臼杵城開城（降伏）
十月十四日　佐伯城開城（降伏）小倉城開城（降伏）、久留米城開城（降伏）
十月十五日　宇土城開城（降伏）

などである。

薩摩の島津義久は関ヶ原で毛利・石田方として戦ったが、敗戦とわかると兵をまとめて薩摩に退いた。島津兵の勇猛さは武将の間で知らぬ者はない。徳川方の武将は粛々と退く島津兵を黙って見送った。

また同じように剛勇で知られる柳川城十三万石城主の立花宗茂も兵を柳川に戻した。宗茂は関ヶ原でなく大津城（城主京極高次）を攻略し、落城させた直後に関ヶ原での敗戦を知り、大津城を接収することもなく柳川に戻ってきたのである。

島津家は九州一の大名である。また立花宗茂は幾多の戦いで一度も負けたことがない武将である。両者とも敗者側の武将となったものの、兵を温存したままで帰還し、城に籠《こ》もってなおその意気は衰えていない。

清正は黒田如水と諮《はか》って、まず立花宗茂の籠もる柳川城を攻めることにした。

清正と宗茂は共に秀吉に仕えた身で、唐入りの時もお互いに助け合った仲である。清正としては宗茂とは戦いたくない。そこで清正は使者を立てて降伏するよう勧告した。如水も同じように降伏を促す。しかし宗茂はそれに応じない。そうこうするうちに肥前、佐賀城三十一万石の城主鍋島直茂が柳川城に猛攻をかけた。

鍋島は最初、毛利・石田方に与して上京していたが、途中から徳川方に加勢することにして、家康にそのことを申し出た。家康は鍋島に、黒田如水、加藤清正と力を合わせて九州から石田方の大名を一掃するよう命じて佐賀城に戻させた。

鍋島の柳川城攻撃は清正も如水も寝耳に水であった。清正と如水が宗茂に降伏を迫ったのは、偏《ひとえ》に宗茂の命を惜しんだからである。鍋島にしてみれば、初めから徳川方に加わっている清正と如水に肩を並べるには、両者を差し置いて宗茂を討ちとるしかないと考えたのであろう。清正はどうしても宗茂の一命を助けたい。案じた末、清正は早急に宗茂と会い、降伏を勧《すす》めることにした。

清正は飯田覚兵衛を呼んで、〈明日、陣屋でわしが待っている、とお伝えせよ〉と命じて柳川城に向かわせた。むろん鍋島には秘密である。覚兵衛を選んだのは覚兵衛もまた宗茂をよく知っていたからである。

その日の夕刻、清正の陣屋に百姓姿の宗茂が訪《おとず》れた。清正は手を取らんばかりに宗茂を招き入れた。その夜、ふたりは酒を酌み交わし談笑した。清正はなぜ陣屋に宗茂を呼んだのか打ちあけない。宗茂もまたなぜ清正の要請に応じて陣屋に来たのか言わない。夜が明ける前、宗茂が柳川城に戻るとき清正は、

「わしは再びおぬしと酒を酌み交わせることを楽しみにしている」

と誠意を込めて伝えた。宗茂は一礼するとまだ明け切らぬ薄闇の中に姿を消した。

それから二日後、宗茂は城を綺麗に掃除して開城降伏した。

鍋島は宗茂の首を家康の許に送ると言い張ったが、清正と如水はこれをきっぱりと断った。

清正は宗茂を肥後国内に招いて土地を与えて住んでもらうことにした。この時、宗茂を慕って百余名の家臣が付き従ったが、その者達も清正は快く受け入れた。二年後、家康は宗茂に奥州棚倉《たなくら》一万石

を与える。それから十八年後の元和六年（一六二〇）、宗茂は再び柳川城の城主となった。

十月三十日、清正は隈本城に軍を返した。

残された戦うべき相手は薩摩の島津だけとなった。

二日ほど兵に休養を与え、陣容を調《ととの》えると薩摩に向かった。黒田如水と連携して薩摩と肥後の国境付近でお互いの出方を探り合う。探り合いは何日も続く。そんな中、家康からの書状が清正の許に届けられた。書状には島津が家康に許しを乞うてきたので、これを承諾した、ついては戦闘をやめるように、と認《したた》めてあった。

十一月九日、家康の意向に添って如水と清正は自領に戻った。

これをもって九州の関ヶ原は終わった。

第七章　清正流石垣

（一）

　十一月十一日、三郎太と李《リ》は茶臼山の山頂に立って隈本城下を見下ろしていた。城下は清正の凱旋《がいせん》軍を迎える領民でごった返していた。茶臼山の山頂にその歓声が微《かす》かに届く。

　二ヶ月前、加藤軍の出陣を茶臼山山頂で見送った戸波三郎太は、その翌日から李を伴って毎日茶臼山に通っていた。

　本丸の南崖《なんがい》、東崖《とうがい》を固める石垣の縄張りはすでに終わっていたが、それは三郎太が築こうとしていた〈八ツ割の法《のり》〉を基にした縄張りであった。しかしこの一帯の地表が軟弱なことが判明した。そこで清正が発案した石垣積み（後に清正《せいしょう》流石垣と呼ばれる）に変更することにして、縄張りをやり直す作業に入っていた。

「三郎太様は兵達をお迎えしなくともよろしいのですか」

李《リ》が伺《うかが》った。

「殿（清正）の家臣とは申せ、わたしは兵役を課せられておらぬ。また隈本城の守備兵として城に入れとの命も受けなかった。戦《いくさ》となればこの身はなんの役にも立たぬのだ」

「そのことに三郎太様は御不満をお持ちなのでしょうか」

「いや、それで良かったと思っている。わたしは城石を積むためだけに清正様に召し抱えられた。だからご家中の方々が戦っていた最中《さなか》でも茶臼山に登り、こうして毎日李とふたりだけで縄張りをやり直している。李は兵の凱旋《がいせん》を迎えたかったのか」

「見たくはありませぬ」

「殿はこれから多忙を極めることになろう」

「戦《いくさ》は終わったのですから、清正様の繁多は減るのではありませぬか」

「小西様が治めていた肥後南半国の仕置きをせねばならぬ」

「小西様の領地はどのお大名が治めることになるのでしょうか」

「殿だ。それは関ヶ原の戦いの前から右府様と殿の間で決まっていた、と覚兵衛殿から聞いている」

「どのお大名がどの領国を治めるのかをお決めになっていたのは、今までは太閤殿下だったのでは」

「さよう太閤殿下であった」

「太閤殿下がお亡くなりになり、その後を徳川家康様が継いだ、ということでしょうか」

「ということであろう」

「では太閤殿下の御子である秀頼様のお立場はどうなりますのか」

「李はそのようなことに関心があるのか」

「ありませぬ。ありませぬが、わたくしにはこの日本《くに》の政《まつりごと》の仕組みがよくわからないのでございます」

「仕組みを知ってなんとする」

「仕組みがわかれば、太閤殿下がお大名の方々に唐入りをお命じになられたとき、どのお大名も先を争ってわたくしの朝鮮《くに》に軍を進めた、その理由《わけ》がわかるのではと思ったからでございます」

三郎太はどう返答すればよいのか逡巡した。三郎太にしてみれば、大名が秀吉の命令に従うのは当然のことで、そこに疑問を挟《はさ》む余地などない。

「出過ぎたもの言いをいたしました。今の話は聞かなかったことにしてくださりませ」

李は自分の話したことが三郎太を不快にさせたのだと思った。

「唐入りが終わってすでに一年半が過ぎようとしている。李はそろそろ故郷が懐かしくなったのではないか。わたしは穴太者《あのうもの》になる前まで石州《せきしゅう》（石見国《いわみ》）に住していた。石見はここから北東へ百数十里の彼方《かなた》。もう二十年近く戻ってない。茶臼山に登るたびにわたしは石見の方角に目を遣《や》る。今ではその癖《くせ》が身に着いてしまった」

三郎太はことさらに明るい声で話を変えた。

「わたくしもここに立つといつも朝鮮が望めないかと北の方角を見ます。むろん望めるわけもないのですが、背伸びすればと思って、爪先立《つまさきだ》つのですが……」

李はそこで口をつぐんで北に顔を向けた。

城下から伝わってくる領民の歓声は少しずつ大きくなっているようであった。南国であっても十一月中旬となれば風は冷気を含んで三郎太の身体を締めつける。三郎太はひとつ、身震いをした。

（二）

凱旋《がいせん》した清正はそれから十日間ほど、論功行賞を行った。ほとんどの家臣、又者《またもの》は加増となった。宇土城攻めで一番の功労者となった加藤平左衛門は二千三百石の禄《ろく》を受けることになり、隈本城二の丸の一郭に屋敷を与えられた。だが三郎太に加増の沙汰はなかった。また生駒家の当主となった菊乃にも禄の増減はなかった。両者とも戦《いくさ》に全く関与しなかったのであるから、それはまた当然のことでもあった。

下川又左衛門には召しあげた二千石を復して旧家禄の三千二百三十六石に戻したうえで、さらに二千石の加増をした。又左衛門は五千二百三十六石取りとなったばかりでなく、再び隈本城の城代に任ぜられた。

中川重臨斎は江戸屋敷の留守居役に任ぜられ、旧禄の二千石を超える二千三百七十五石の禄高となった。清正は重臨斎と〈いとこ〉同士である。一度江戸に出して世上に目を向けさせようとの考えであろう。

家臣らを驚かせたのは加藤喜左衛門の加増であった。なんと八千石以上もの加増となって一万六百五十九石の高禄取りになった。清正は喜左衛門に支城のひとつ内牧城の城代を命じた。これはこの度の小西、立花、島津の一戦で国衆が不穏な動きをみせたことによる清正の憂慮から生じた人事であった。国衆に一目置かれている菊池一族の喜左衛門を内牧城の城代にして阿蘇郡や新たに清正の領地となった八代郡などの国衆の動きを封じ込めさせるためであった。そのためには喜左衛門の身代を大きくして、兵力を蓄えさせることが欠かせなかったのである。

加藤喜左衛門はこれを機に、名を旧名の〈右馬允《うまのすけ》〉に戻した。以後、加藤右馬允は加藤家の存亡に大きな影響を与えることになる。


京では石田三成、小西行長、安国寺恵瓊《えけい》が捕らえられ、賀茂河原で斬首された。行長に仕えていた家臣らはそれぞれの伝手《つて》を頼って全国に散っていったが、多くの者が清正の禄をうけることになった。

豊臣秀頼は二百余万石の領主から摂津《せっつ》、河内《かわち》、和泉《いずみ》の三国、六十余万石の領主に削られて命脈を保った。


十一月末、三郎太は清正から呼び出しを受けた。隈本城二の丸の奥御殿執務室に参上すると、そこに清正と飯田覚兵衛が待っていた。

「三郎太には今までなんの沙汰もせず放っておいたが、許せ」

清正は上機嫌でそう告げてから、

「覚兵衛から昨日聞いたが、おぬし、妻にしたい女性《にょしょう》ができたそうだな」

と三郎太をのぞき込んだ。

「恐れ入りまする」

それしか三郎太には返す言葉がみつからない。

「生駒の菊乃殿だとのことだが、まことか。わしはそなたの義父《ちち》、鷹之助殿に、肥後のよか女子《おなご》を娶《めあわ》す、と約した。多忙を極めたので覚兵衛に嫁捜しを任《まか》せたのだが気になっていた。なにせ覚兵衛の女性《にょしょう》を見る目は今ひとつじゃからの」

「殿、わたくしめに頼んでおきながら、今ひとつとは、ちと酷《ひど》うございませぬか」

「いや、覚兵衛の妻女を見れば一目瞭然《いちもくりょうぜん》じゃ」

「なんと登世が、でござりますか」

登世を侮辱されたと思ったのか、覚兵衛は口の端をゆがめた。

「覚兵衛には過ぎたる妻女じゃ。あのように出来た妻女はなかなか居らぬ」

「ならば、わたくしの女性《にょしょう》を見る目は確か、ということになりましょう」

覚兵衛の口の端がゆるんで鼻がひくひくと得意げに動く。

「覚兵衛が自分《おのれ》をわかっていれば登世殿を嫁にするようなことはせぬ。覚兵衛と比べれば何もかも上。そう背の高さまでの。それを自覚せぬまま妻女にしたのは覚兵衛に女性《にょしょう》を見る目がないからじゃ」

そこで清正は声を挙《あ》げて笑った。清正の笑顔を三郎太は久しぶりに見た。戦《いくさ》に勝ち、論功行賞も終わり、一段落ついた今が清正の束の間の安らぎの時なのかもしれない、と三郎太は思った。

「で、三郎太は生駒家の入り婿《むこ》になるのか、それとも菊乃殿を戸波家に迎えるのか」

「戸波に迎えまする」

「生駒の入り婿になれば生駒家の禄六百石は三郎太に継がせるがどうじゃ」

「戸波の姓は義父《ちち》から預かったもの。変えとうありませぬ」

「三郎太の禄は百五十石であったな。新城からの出陣が叶《かな》ったのは三郎太の功労が大きい。祝儀として加増するつもりじゃ」

「わたくしは一介の石工でございます。此度《こたび》の戦にはお役に立てませんでした。それにまだ新城は普請が始まったばかり。無事に出来上がった折に加増していただければ穴太者《あのうもの》としてこれに過ぎる喜びはありませぬ。ただひとつ、お願いがございます。わたくしの家を城下に持ちたいのですが、お許しいただけませぬか」

「生駒の屋敷に住めばよいではないか」

「わたくしの家禄で生駒の屋敷は過ぎたものにございます」

「ならば覚兵衛に然るべき館を探させよう。さて、わしは近々、江戸へ発たねばならぬ。留守の間でも新城普請は続けてくれ。当面は三千人ほどで普請に当たってくれ」

「殿はその三千人の人選に頭を悩ませられた」

覚兵衛がそこで口を入れた。

「これからの新城普請は小西領であった宇土郡、八代郡、益城《ましき》郡を巻き込んで進めていかなくてはならぬ。そこで殿はこの三郡から百姓ら千五百人ほどを徴用して城普請に就《つ》かせることをお決めになられた。さらに殿が新たに召し抱えた小西の旧家臣らおよそ三百人も加わってもらう。それに今まで通り家中の者達千二百人、合わせて三千人ということだ」

「留守の間は覚兵衛に総奉行の代《か》わりをしてもらう。石方《いしかた》と土方《つちかた》の奉行は代わることになる。石方は中川周防《すおう》、土方は加藤万兵衛《まんべえ》に決めた。万兵衛には普請の雑用を担う普請万《よろず》奉行も兼務してもらう。むろん三郎太には引き続き穴太奉行に就いてもらう」

中川周防、加藤万兵衛は清正の〈またいとこ〉にあたる。

万兵衛は菊池郡の加藤家蔵入地代官であったが清正が、肥後一国の大名になったのを機に惣奉行という要職にも任ぜられていた。

清正の家臣で加藤、中川姓を名乗る者は二十人近くいるが、その半数ほどが清正の縁者である。中川重臨斎は清正の〈いとこ〉、中川豊後、中川周防、加藤万兵衛は〈またいとこ〉、加藤美作《みまさか》、中村将監《しょうかん》は〈いとこ婿《むこ》〉である。彼らが清正のもっとも近しい縁者達である。すなわち清正の縁者は血族と呼べるほどの濃い血の繋がりはないのだ。

黒田長政にしろ、細川忠興にしろ強固な血族に支えられて戦国の世を生き残ってきたのであるが、清正は秀吉の遠い縁者というだけで頼るべき縁者を持たぬまま肥後一国の太守《たいしゅ》になった。

しかし清正はたとえ血が薄くとも、〈いとこ〉〈またいとこ〉〈いとこ婿〉という縁者を肥後国の行政の中枢に置くことを考え始めたのではないかと、三郎太は思った。

「周防と万兵衛にすでに申し伝えてあることだが、新たに召し抱えた小西殿の家臣らを使うに際しての心がけを申しておく。この者らに与えた禄は小西殿から受けていた禄より低い。だが彼らを軽んじてはならぬ。わが家臣の中に禄高で人を計る者をときおり見掛ける。もし新城普請でそのような者が居ったら厳しく意見せよ。城は人の手技だけで作れるものではない、人の和があってこそ、より堅固な城が作れるのだ。頼んだぞ、三郎太」

三郎太は身の引き締まる思いで腰を低く折った。


十二月初旬、清正は二千人の家臣団を率いて江戸に向かった。家康に九州で繰り広げられた戦《いくさ》の一部始終を伝えるためと肥後一国の大名に任じてくれたことに対するお礼を言上《ごんじょう》するためである。

隈本を発した清正の行列は豊後路を東に進んで阿蘇郡に入り、内牧《うちのまき》、久住《くじゅう》、野津原《のつはる》を通って豊後の鶴崎港に着いた。そこから船で瀬戸内を漕《こ》ぎ渡り、難波《なにわ》の港で船を下りる。難波から大坂までは陸路となる。船は小西家が所有していた安宅船《あたけぶね》（軍船）五隻を接収し、それに加藤家所有の三隻を充当した。

それにしても二千人の供侍《ともざむらい》は多い。後の参勤交代でも五十万石級大名の供侍は二百五十名ほどである。

清正がこれほどの人数を擁して江戸に向かったのは道中に不安があったからである。天下は治まったとは言え、戦《いくさ》で敗れて浪人となった武士達が巷《ちまた》にあふれている。少人数で難波、大坂そして江戸に向かえば途中で浪人達に襲われるかもしれない。そうしたことから二千人の供揃《ともぞろ》えとなったのである。

不思議なことに、その一行に金宦《キムカン》が加わっていた。

（三）

明けて慶長六年（一六〇一）一月十日、三郎太は新美八左衛門、阿佐古太郎、小野弥五兵衛、天野九十郎の四人を投宿先の飯田屋敷に呼んだ。四人には茶臼山からの出陣以来会っていない。

「覚兵衛様が新城普請総奉行代《だい》にお就《つ》きになられて安堵《あんど》いたしました」

新美が覚兵衛を前にして媚《こ》びることなく告げた。〈代〉とは代行、すなわち清正に代わって行うという意である。

短躯小太りの飯田覚兵衛は清正の最古参の家臣である。清正の傍《かたえ》にはいつも覚兵衛が控えていた。

そのため覚兵衛もまた自然に築城についての深い知識を身に着けていた。

清正が覚兵衛を新城普請総奉行の代行に任じたのは当然のことと言ってよかった。

この年、清正と覚兵衛、それに三郎太は共に四十歳を迎えた。

「殿の論功行賞に不満はないか」

覚兵衛は四人に訊《き》いてみる。

この度の戦勝で新美は七十五石から百二十石、阿佐古は五十石から百石、小野と天野は十五石から三十石に加増された。

「分に過ぎたる加増でございました」

四名は口々に言う。

「さてこれから三郎太殿より面白い話があるそうじゃ」

覚兵衛は正月気分が抜けないのか、からかうような言い方をした。三郎太はそれを気にせず、座を正すと、

「わたしは生駒菊乃殿と一緒になることに決めました」

四人が口を開け、仰天したが、それも束の間、

「まさか三郎太様と菊乃様がそのような仲だとは、全く気づきませなんだ」

阿佐古が狐につままれたような顔をして三郎太をうかがう。

「そうですか、なるほど、そうですか。人は収まるべきところに収まるものなのですな」

唐入りで陣没した菊乃の夫、生駒利昌の下で役務に就いたことのある新美は感慨ひとしおといった顔である。

「一体これはどなたが取り持ったのでしょうか」

小野が訊《たず》ねた。

「むろんこのわしじゃ」

「覚兵衛様が、ですか」

小野は全く信じていないようだった。

「で、披露の宴に吾等を呼んでいただけるのでしょうな」

天野が身を乗り出す。

「新美殿ら四名と李、それに覚兵衛殿と登世殿だけにしたいと思っている」

四十路《よそじ》となった三郎太であってみれば婚礼は今更、という思いが強い。それは菊乃も同じらしく、できれば披露の宴などしたくないようだった。だが覚兵衛の妻女登世は違っていた。まるで自分の祝儀であるかのようにあれこれと下準備に余念がない。こんな時の登世は実に生き生きとしている。ひっそりと済ませたい三郎太にとっては迷惑であったが、それよりも登世の温かい思いやりに深く感謝する気持ちの方が勝《まさ》った。

「婚儀のことはこれくらいにして、今日集まってもらったのは新城についてのことだ」

三郎太は菊乃とのことを早々に打ち切った。

「その前にわしからひと言申しておく。新年を迎え、新城普請は新たな節目を迎える。今までの普請は肥後半国を支えるためのものであったが、これからの普請は肥後一国五十四万石に相応《ふさわ》しい城普請となる。このこと四名は肝に銘じて臨まれよ」

覚兵衛の顔は一転して厳しかった。その後を三郎太が続けた。

「昨年までの普請は土方《つちかた》が主であったが、今年からは石方《いしかた》になる。茶臼山は北、東、南が切り立つ崖《がけ》となっている。だが茶臼山山頂までの高さはわずか二十間余（約三十七メートル）しかない。敵の侵入を阻《はば》むのはこの北、東、南の崖。その崖を固め、より強固にするために石垣を築くことになるが、その高さは天守台の比ではない。この新城の眼目は如何に堅固で高い石垣を積むか、である」

新美らは緊張した面持ちで微かに頷《うなず》く。それから一刻（二時間）ほど六人は新城普請に関しての談議に熱中した。

新城普請は飯田覚兵衛の指揮の下、中川周防と加藤万兵衛のふたりを両輪とした三千人態勢で再開された。

三郎太が預かった人足は千三百人。内訳は旧小西領の宇土郡、八代郡、益城《ましき》郡から徴用した百姓五百人、小西家の旧家臣三百人、それに加藤家の家中の者五百人である。

新美、阿佐古、小野、天野の四人に二百五十人ずつ預けて、残りの三百人を三郎太が指揮することにした。

新美組には茶臼山南側、阿佐古組は茶臼山西側、小野組は茶臼山東側、そして天野組には北側の崖を固める石垣積みを受け持たせせた。三郎太は三百名でそれとは別に本丸の北西部に建てる櫓《やぐら》の土台石垣を築くことにした。この土台石垣の高さは新城のなかで最も高く、十八間（三十二メートル四十センチ）もあった。そのように高くなったのは茶臼山西麓が緩斜面のためである。緩斜面ゆえに城の弱点となる。そこでこれを補強するために二の丸と三の丸を配し、さらに本丸と二の丸の間に深さ十一間（約二十メートル）もの空堀を配置した。このため三郎太が築くことになった櫓《やぐら》の土台石垣は空堀の底から立ち上げることとなったため、十八間の高さとなった。また水堀でなく空堀としたのは茶臼山の中腹では水を何処からも引けなかったからである。

後にこの櫓は〈宇土櫓〉と呼ばれるようになるが、築城時に名称はなく、三郎太はこの櫓を〈イ櫓〉と仮称した。〈イ〉とは、イロハニのイである。空堀の豪壮さと相まってイ櫓（宇土櫓）は新城（熊本城）の象徴となる。


イ櫓の普請現場で指揮を執《と》る三郎太の許に加藤万兵衛が顔を出した。

「人足小屋は普請万《よろず》奉行であるわしが差配しておるが、どうも収《おさ》まりが悪いのだ」

万兵衛は清正の〈またいとこ〉で清正に見い出される前は尾張愛智《えち》郡中村の寒村で百姓をしていた。歳は清正の一回り上で五十二歳、隠居してもよい歳である。

「収まりが悪いとは、いかなることでしょうか」

「此度《こたび》の新城普請に伴い小西行長様の旧領から八百人を徴用し、その者らの宿泊所として人足小屋を充《あ》てたのは存じておろう」

「むろん存じております」

「人足小屋は一棟に二十五人が入る。そこで旧小西領から徴用した八百人を一棟につき十人ずつに分けて投宿させ、そこに当家（加藤家家中）の者十五人を加えた。このような処置をしたのは八百人を一日でも早く新城普請に慣れさせるためだ。ところがいつの間にかその八百人は同じ棟に集まり始め、ついには三十二棟が旧小西領からの人足だけで固まってしまった。そうなると普請場では当家の者と旧小西家の者との間に微妙なすきま風が吹きはじめた。殿は旧小西家の家臣や百姓を軽んじてはならぬと戒められて江戸に向かわれたが、これでは殿の御意向に添えぬことになる。戸波殿が差配する三百名の中に旧小西領の者らも数多《あまた》居ろう。その者らとの間にそのようなすきま風は吹いておらぬのか」

「小西様の家臣であった方々、それに小西領の百姓であった者達、皆心細いのです。固まるのは仕方のないこと。時が経てば方々の心細さもなくなりましょう。ただ肝要なのは旧小西領の方々と加藤家の方々を土方《つちかた》普請で競わせるようなことだけは、お避けください。競わせれば確かに普請は捗《はかど》りましょう、しかし城普請は競争ではありませぬ」

そう言いながら三郎太は大坂城普請のことを思い出していた。多くの大名が手伝い普請を申し出て、各大名は競い合って石を積み、土を運び、堀を穿《うが》った。その競争が激化し、結果多くの死者が出た。競い合わせたのはもちろん秀吉であったが、その意を汲んで動いたのは三郎太であり、三郎太の師匠で義父である戸波鷹之助ら穴太衆である。その三郎太が城普請は競争ではない、などと万兵衛にもっともらしく説得している。だが、と三郎太は思い直す。大坂城普請の時は一日でも早く城を築くことが世に平穏をもたらす、と公言する秀吉を信じ、普請に邁進《まいしん》したのだ。清正が肥後一国の領主となった今、状況は異なる。新城の完成が世の平穏をもたらすとは思えないとなれば新城普請を急ぐ必要もないのだ。関ヶ原の戦いを境にして城のあり方が変わったのである。そのことに三郎太は気づいたからこそ、城普請は競うものではない、と万兵衛に言い切れたのだ。

「わしはどうも土方《つちかた》普請奉行には向いておらぬようじゃ。殿がわしを引き立ててくださるのは嬉しいが、わしは畠でも耕しておるほうが楽じゃ」

「そのようなことを申されますな。殿にとっては万兵衛様は数少ない縁者ではありませぬか。どうか大役を気張ってお果たしくだされ」

「そのつもりでおる。だが年寄ると無性に尾張が恋しくなる」

人生五十年と言われている、その歳を二つ越えた万兵衛であるが、それにしても万兵衛の気弱さ、頼りなさに三郎太は落胆した。そしてこうした縁者を新城の土方普請奉行に就《つ》けなければならぬ清正の苦悩を思わずにはいられなかった。

二月に入った。

万兵衛が心配したすきま風なるものは、三郎太が率いる者達の間では吹きそうになかった。ただ百姓達は前小西領の三郡からだけ徴用され、旧加藤領の九郡からは誰ひとり徴用されていないことに不満を持つ者もいた。しかし表だって三郎太に言いつのるような者はいなかった。戦に破れた領民に課せられた不等な扱い、それに彼らは耐えつつ今を生きようとしているのであろうと、三郎太は思った。

イ櫓の土台石垣（イ櫓台）は地形《ちぎょう》根切りが終わり、根石据《す》え付けに入っていた。

石垣の線形を木杭と割板で作った実物大の定規が斜面に設置されている。その定規は緩傾斜から曲面(曲尺反《かねがえ》り)を経て急傾斜になる形に造られている。寺の屋根のように反った形だ。この定規に沿って石垣を構築していくのである。

飯田覚兵衛と三郎太がその定規の近くに立っていた。

「それにしてもなんと高い石垣となるのじゃ」

覚兵衛は斜面に取り付けた実物大の木製定規のてっぺんを振り仰いだ。

「お寺の屋根のように反り返る石垣の傾斜を考え出したのは殿」

「なるほどこれだけ石垣の裾野が広ければ、軟弱な地表でも石垣が沈むようなことは起こるまい。ところで三郎太殿は、殿創案の石垣より穴太衆が得手とする八ツ割の法で積む石垣が優れていると考えているのか」

「地味《ちみ》（土質）に合わせて二つを使い分けすることが肝要だと思っております。どちらが優れた積み方であるのかは百年後、いや数百年後でなければわからない、そう思っております」

「この新城は数百年後の世まで残るのであろうか。もし残っていたら穴太が得手とする石垣が崩れず残るのか、殿の創案による石垣が地震にも崩れずに残るのか、見てみたいものだ。だがわしと三郎太殿は今四十歳じゃ。還暦まで生きたとしても後二十年」

「わたくし達が生きている間はこの新城の石垣が地震《おお》で崩れることなどないでしょう」

「殿が戻られるまでにこのイ櫓台を築き果せてほしいものだ」

「殿の御帰還はいつ頃に」

「長引くかもしれぬ。殿は江戸の城下に館《やかた》を造り始めた。それもとびきり豪勢なものらしい。二千人もの家中の者達を江戸に留めておくだけでも莫大な費《つい》えとなるのに、そのうえ館を建てるとなれば、肥後の主計《かずえ》（家計）は苦しくなるばかりだ。だがそれも仕方のないことだ。殿は肥後一国を治める御身分になられて、ようやく加藤家の行く末に思いを馳《は》せるようになられた」

「豪勢な江戸屋敷を建てることと加藤家の行く末とどのような関わりがあるのでしょうか」

「右府（徳川家康）様が天下を握られたことは誰の目から見ても明らかだ。だが大坂には太閤殿下の遺児秀頼公が居られる。殿は太閤殿下のご恩を忘れてはおられぬ。そのご恩に報いるには何をせねばならぬか、それを殿は心得ておられる」

「何を為《な》さると申されますか」

「秀頼公が元服なされるまでに豊臣家を元の禄高に戻し、末永く存続させること、そのことに尽きる」

「江戸に豪勢な館、加藤家の行く末、そして豊臣家の末永い存続、一体どこでそれらが繋《つな》がりますのか」

「右府様は此度《こたび》の戦い（関ヶ原の戦い）で、なぜ殿を上方に呼び寄せなかったのか、三郎太にはわかるか」

「右府様に抗する九州のお大名を抑えるには殿の軍力が欠かせなかったのではありませぬか」

「右府様が上方で勝利すれば九州など放っておいてもやがては右府様の手中に転がり込んでくる。呼び寄せなかったのは右府様が殿の心底を読み切れなかったからじゃ」

「殿は初めから家康様にお味方していたのではありませぬか」

「殿は右府様にお味方したのでなく、石田三成殿と戦いたかったのだ」

「ならば兵を率いて関ヶ原に参陣し、石田様と一戦なされればよろしかったのでは」

「そのつもりであった。だがそれを右府様が止めたのだ。考えてもみよ、あの時、九州の五万石以上の主だった大名はわずかな兵を城に残し、大軍を率いて上方に向かったのだ。その中で十九万五千石の加藤家のみが九州に居残った。おかしいと思わぬか」

「それが殿のご英断であったとわたくしは思っております」

「殿が上方に参れば右府様の先陣を務める、それはわしも疑っておらぬ。ところが右府様はそうは思っていなかった。石田様を討とうとする殿のお気持ちは強いが、それよりも強いのは秀頼公をお守りする、というお気持ちだ。右府様と石田様の戦いで少しでも右府様が不利となれば、その時、殿はどうなさるか。右府様と命運を共にするか。否、そうではない。殿は右府様を見限って石田様側に寝返る、そう右府様は思ったに違いない」

「殿は寝返るようなことはなさらぬ」

「右府様と共に討死《うちじに》すれば秀頼公の行く末は石田様の思うがまま。それでは殿は死ぬに死ねぬ。どんな恥をさらしても生き抜いて秀頼公を石田様の思うようにはさせずにお守りしたい。そのためには右府様と共に死するより右府様を裏切って敵となることも辞さぬであろうと、右府様は思ったのであろう。そのような二心を持つ殿を上方に呼び寄せることは右府様には危険すぎたのだ」

「殿は肥後半国の安穏を考えたからこそ、九州に居残ったとしかわたくしには思えませぬ。覚兵衛殿が申されたことは、うがった見方ではありませぬか」

「殿が江戸に向かわれる数日前、わしが今、三郎太殿に話して聞かせたことを殿がわしに話されたのだ。そのおり、江戸にとびきり豪奢《ごうしゃ》な館を建てるがそれはあくまでも右府様の殿に対する疑心暗鬼を解くための方策だと仰せられた」

「豪奢な館を建てれば右府様はなぜ殿に二心がないと思われるのですか」

「殿が江戸に安普請《やすぶしん》の館を建てたなら、江戸を軽んじている、と右府様が思うかもしれぬからだ」

「そこまでしなくては右府様の殿に対する疑心は解《と》けませぬのか」

「右府様は此度《こたび》の戦《いくさ》に勝利すれば、殿に肥後一国と豊後(現大分県)の一国も与えると約束なされた。しかるに殿に許されたのは肥後一国のみ、十九万五千石からほぼ倍の五十万石余。関ヶ原の戦いで戦功をあげた黒田長政様は十八万石から五十二万石、池田輝政様は十五万余石から五十二万石、蒲生《がもう》秀行様は十八万石から六十万石、山内一豊様にいたっては六万九千石からなんと二十万余石、と軒並み現石高の三倍から四倍の加増となっている。二倍なのは黒田長政様と殿。長政様の父である如水様もやはり右府様からは煙たがられている。殿が右府様に気に入られようとなさるのはすでに申したように秀頼公をお守りするため。そのためには加藤家が右府様の世となった中で生き延びねばならぬからじゃ。生き延びるには右府様の意に逆らわず、秀頼公が元服なさるのを待つしかない。しかし、ただ右府様に従っているだけではない。右府様が秀頼公を取り除こうとなされて戦《いくさ》を仕掛けるようなことがあれば、殿は右府様と一戦を交えるお覚悟だ。その時、殿は大坂城とこの新城を拠り所として戦い抜くつもりだ。この新城は肥後一国を守るためだけに築くのではない。豊臣家を存続させるためもあるのだ。だがこのことは人に漏《も》らしてはならぬ。新城普請の表向きはあくまでも肥後一国五十万余石を守るためだ、ということを肝に銘じて普請に励んでくれ」

覚兵衛はそこで再び木型の定規に目を戻し、

「殿は江戸屋敷留守居役として中川重臨斎殿を充《あ》てるつもりだ」

と告げた。

「つまり身内で身辺を固めると」

「身内と申しても殿には血を分けた親子兄弟は居らぬ。だが此度《こたび》の論功行賞をみれば、縁薄い身内で周りを固めようとしていることは明らかだ」

「覚兵衛殿はそれに御不満でもありますのか」

「不満などない。だが殿が望まれるような働きを御身内の方々がしてくれるかどうか、それがわしは気がかりなのだ」

三郎太は加藤万兵衛のことが頭に浮かんだ。

「唐入りから戻る直前にお亡くなりになった嫡男熊之助様が居られたなら殿はどんなに心強かったことでございましょう」

熊之助が生きていれば今年十四歳である。

「そのことは殿もわかっておられる。実は清浄院様が懐妊なされたのだ。しかし清浄院様が御男子《おのこ》を御産みなさるとは限らぬ」

覚兵衛はそこで加藤家の内情を話しすぎたと思ったのか、

「ところで殿が金宦《キムカン》を江戸に伴ったことを存じておるか」

と話を逸《そ》らした。

「李《リ》から聞いております」

「李と金官は親しいのか？　そうなら訊《き》いてみたいことがある」

「さて親しいかどうか。それは李に直《じか》にお訊《たず》ねくだされ。李は普請に加わっております。ここに連れて参りましょう」

三郎太はその場を離れて根石据《す》え付けの指揮を執っている李を呼び出し、戻ってきた。

「論語《ろんご》とは何か」

李へ覚兵衛は唐突に問うた。李はしばらく黙っていたが、

「孔子《こうし》というお方をご存じでしょうか」

と訊《たず》ねた。

「知らぬ」

「今から二千年も前の大陸（中国）の方で、国の政《まつりごと》はどうあるべきかをお説きになりました。国を治める者は『礼』を理想の秩序、『仁』を理想の道徳とし、『孝』と『忠』をもってそれらの理想を達成するよう説かれた、偉い方です」

「何を申しておるのかさっぱりわからぬ」

覚兵衛が理解できないのも当然であった。清正も覚兵衛も生まれてこの方、人から学ぶ、ということがなかった。文字の読み書きはかろうじてできるが、平安時代の貴族、あるいは室町時代前期の武士のように学問所で中国から渡来した書物を学ぶことなど皆無であった。清正が師としたのは豊臣秀吉である。その秀吉も貧農から身を起こした無学の男である。清正や覚兵衛に学問をする機会などあるはずもなかった。

だから〈礼〉、〈仁〉、〈孝〉、〈忠〉などが何を意味するのか覚兵衛には皆目わからなかった。

「わたくしもそれ以上のことはわかりませぬ」

「金宦《キムカン》は論語のなんたるかを知っておるのか」

「金様は肥後に参る以前は臨海君、順和君の二王子にお仕えしておりました。宮中でこの二君に論語を教えていたのかもしれませぬ」

「論語とは国を治める者が学ぶものらしいことはわかった。実はこのところ殿はやたらと論語、論語とお口になされて、わしらを煙にまく。殿のお側には常に金宦がなにやら分厚い冊子を持って侍《はべ》っている。挙げ句、殿は江戸行きに金宦を伴われた」

三郎太は金宦が〈清正公に惚れたからでございます〉と告げた時の真剣な眼差しを思い出した。

論語は孔子（前五五一〜前四七九）とその弟子との言行録で二十編十巻からなる。古来より中国では儒家（儒学を学ぶ者）の教典とされてきた。

儒学とは中国古来の政治・道徳の学問のことである。

聖徳太子の十七条憲法に儒学の影響が見られるが、日の目を見るようになったのは江戸時代の初期で、藤原惺窩《せいか》や林羅山《らざん》が儒学者として幕府に取り立てられ、徳川政治に多大な影響を及ぼした。

新美ら四人が受け持った石垣築造は順調に進んでいた。万兵衛が懸念したような旧小西領の者と加藤家の者が諍《いさか》いを起こすこともなかった。

ただ三月の声を聞くと、旧小西領から徴用した百姓達が家に戻してくれるよう三郎太に申し入れてきた。農繁期に入ったのである。田起こしや早苗の用意をしなくてはならない。それには男手が不可欠だった。

城普請に百姓を使う限り、農繁期という難題が必ずついてまわる。大坂城普請の時も問題になったし、戦国期の戦闘は農繁期になると休戦することがしばしばあった。米を主食とする民であってみれば、この問題を無視して物事を動かそうとするのは無理なのだ。

三郎太は覚兵衛に相談することにした。

「帰すのは構わんが、抜けた千五百人の補充はどう考えておる」

覚兵衛も百姓を帰すのに反対はしなかった。

「どうでしょう、補充をせぬことにして残った者だけで殿が帰還なさるまで普請を続けては」

「殿はかねがね百姓を疲弊させてはならぬと仰せられておる」

それで話はついた。

百姓達は荷物をまとめると人足小屋を後にした。石方《いしかた》普請奉行の中川周防も土方《つちかた》普請奉行の加藤万兵衛からも苦言はなかった。百姓出身の万兵衛には農繁期の百姓の気持ちがよくわかっていたのかもしれなかった。

この減員はたちまち新城普請の進捗《しんちょく》の遅れとなった。しかし三郎太も覚兵衛もそれでかまわないと腹をくくっていた。関ケ原の戦いを勝ち抜いた徳川家康が覇者となった今、世は平穏に収まっている。それゆえ新城を急いで竣工《しゅんこう》させなくてはならない理由がなくなったのである。

イ櫓《やぐら》の土台石垣は高さが十一間（十九メートル八十センチ）ほどになっていた。四ツ割の法《のり》（四十五度）のなだらかな傾斜の石垣でもこの高さになると、さすがに雄大であった。ただ八ツ割の法（六十七・五度）で積んだ石垣を見慣れている三郎太にとっては、石垣の裾が踏ん張ったように広がる姿になんとなく馴染《なじ》めなかった。

積まれた石垣の表面には蜂の巣のように足場が組まれている。地表から十一間まで積まれた石垣の上にさらに七間（十二メートル六十センチ）ほど積まねばならない。積み増しするためには強固な足場が何よりも必要である。一間や二間の高さなら足場にそれほど気を遣《つか》わなくてよいが、十一間となると少しでも手を抜けばたちまち崩れる。しかも人よりも重い石を足場伝いに運び上げるのである。

三郎太は足場の上に立って、運び上げられた平石と石垣最上部を交互に検分する。それを数度繰り返し、それから人足（家中の者）に命じて平石を石垣最上部に置かせる。すると平石はあたかも前からそこにあったかのようにぴたりと収まる。三郎太が石垣最上部と平石を交互に見るのは、平石が三郎太に話しかけてくれるのを待つためだ。三郎太は心のなかで、

――どこに行きたいのか――

と問いかける。すると石は据《す》えてほしい所を教えてくれる。三郎太はその言葉に従って石を据える。

それが穴太積《あのうづ》みの極意である。新美や阿佐古らもやがては石が話すのを聴けるようになる。しかしそうなるには歳月と経験が必要だった。新美らにはそのどちらもがまだ足りなかった。

石垣の高さが十三間弱（約二十三メートル）になった。ここから石垣は清正発案の開いた扇の円弧

のような曲面（曲尺反り《かねがえ》）に変わる。曲面が始まる所から石垣の天端までは三間余（約五・四メートル）である。

三郎太は石垣の傾斜を曲面で積んだことはない。

三郎太はいつものように足場に引き上げられた石に話しかけた。しばらく待ってみたが石は何も語りかけてこない。さらに三郎太は待つ。しかしいくら待っても石は黙したままだった。仕方なくその石は後回しにして次の石に話しかけた。しかしその石も何も語りかけてこなかった。三郎太はその石を石垣上部に据えた。

石面《おもて》（石垣の表）は見た目には収まったが石尻（石垣の裏）が収まらない。曲尺反りとなるため石尻が下の石に密着せず空隙が生ずるのだ。このままで次の石を積めば崩壊に繋《つな》がる。そこで三郎太はその空隙を埋めるため栗石《ぐりいし》を詰めることにした。つまり栗石を介して上の重さを下の石に伝えるようにしたのだ。

野石（加工しない自然石）で石垣を築く穴太積みでは、積んだ石と石の間に空隙が生ずるのは当たり前のことである。またその空隙に栗石を詰めることも常時行われている。しかし、その栗石の使用目的は雨天時に石垣背面から雨水が流れやすくするためと、それに伴う背面土砂の流出を防ぐためで、上の石の重さを下の石に伝えるためではない。

栗石は拳《こぶし》ほどの大きさである。その小さな石（栗石）に大きな石（平石）と同じ役割を持たせれば、地震が起きた時に潰れて石垣が崩れる要因となる。

三郎太はしばらく据えた石に目を凝《こ》らしていた。

――石が泣いている――

三郎太の義父であり師匠である戸波鷹之助の声が聞こえてきた。

――栗石をそのように用いてはならぬ――

さらにその声が続いた。

三郎太は据えたばかりの平石を人足に命じて取り除かせた。

取り除いた平石を鏨《たがね》と玄翁《げんのう》で削って空隙が生じないような形に整える。玄翁を振り下ろすたびに石の悲鳴が三郎太の胸中に走った。

曲尺反《かねがえ》りに合うように加工した平石を再び取り除いた所に据え直した。ぴたりと収まった。栗石を詰め込むような空隙はなくなった。それが済むと三郎太は加工した平石の隣りに野石（加工しない平石）を据えてみた。やはり石尻に空隙ができた。三郎太は迷うことなくこの野石も鏨と玄翁で加工した。

その日、三郎太が積んだ平石はたった八石に過ぎなかった。その八石の全てが加工石となった。

（四）

五月初旬、江戸に二百人ほどの家臣を残した清正は千八百人の供侍《ともざむらい》を引き連れて陸路で大坂まで行った。そこで大坂城の秀頼に再び拝謁《はいえつ》し、十日ほど大坂の加藤屋敷で過ごした後、難波《なにわ》に出て、海路で豊後鶴崎港、それから豊後街道を辿《たど》って隈本へ戻った。豊後鶴崎が肥後領となったことから、大坂、隈本の往還は定番の行路となった。

天空に一片《ひとひら》の雲がゆっくり流れていく。その雲を隠すように石垣がそびえ立っていた。

「なんとみごとなものじゃ」

清正がイ櫓《やぐら》台の石垣を見上げて満足げに呟《つぶや》いた。

「殿が編み出された石垣の法《のり》の通りに築きました。しかしながらこの積み方は、石を殺す積み方に思えてなりませぬ」

三郎太は心に思っていることを帰還したばかりの清正に告げた。

「石を殺すとな」

「あの曲尺《かね》反《がえ》りの箇所に積んだ平石は鏨《たがね》と玄翁《げんのう》で形を整えたもの。もはや野石とは呼べませぬ」

「穴太者は野石そのままの姿を重んじて石垣を築くのであったな」

「野石は美しいものです。野石のどれをとってもその形に非の打ち所はありませぬ。その美しい野石を積むからこそ、仕上がった石垣が美しく見えるのでございます」

「わしも三郎太の申すこともっともだと思う。だが、まるで寺の屋根のようにきれいに反り返る石垣も美しいと思わぬか」

清正に促されるように三郎太は石垣を見上げる。たしかに美しい曲面である。それでも三郎太はどこかで直線の傾斜で積んだ石垣の方が美しく思えた。

「江戸城なるものを検分した。ほとんど土塁で石垣は使われておらぬ。あれは旧来の城でとても二百数十万石の右府様が住む城とは思えぬ。わしが思うに近々、右府様はあの貧弱な江戸城を大々的に改修なさるであろう。その時の石の使用量は莫大《ばくだい》なものとなろう。おそらく関東の隅々から野石を集めてくるであろうが、それだけで足りるはずもない。そこでどこかの岩山を切り崩して、その岩で石垣を築くことになる。つまりは江戸城の石垣は野石で積むのではなく、岩山から切り出した石で積むことになる。三郎太、これからの城の石垣は野石だけ積んでいれば済む世ではなくなったのだ」

清正は噛みしめるように告げたあとで、

「だが、大坂城の石垣をおぬし等と一緒に積んだわしであってみれば、三郎太の申すこと、胸に染み入る。これからも新城の石垣普請に励《はげ》んでくれ」

と親しげな顔を向けた。

清正が告げた如く、新城（熊本城）を境にして、城の石垣は切り石を多く用いるようになる。これを〈打ち込み矧《は》ぎ〉の石垣と称するようになる。打ち込み矧ぎとは石垣表面の隙間《すきま》を加工した石で埋めて隙間を少なくしたもので、それがさらに進化して石を徹底的に加工し、石と石の間に全く隙間がない石垣となる。これを〈切り込み矧ぎ〉の石垣と称した。野面積みから打ち込み矧ぎ、さらに切り込み矧ぎへの変化はこの後十年もかからなかった。十年後には穴太者が得手とした野面積みは大方、姿を消してしまうのであるが、この時、三郎太はそのように急激に変わるとは思ってもみなかった。

十一月、清浄院が男子を出産した。ふたりの息子を病で失った清正にとってはことのほかの喜びであった。御子に清正は〈藤虎〉という幼名をつけた。

第八章　普請地獄

（一）

慶長七年（一六〇二）三月。

三郎太は覚兵衛の館から二町（約二百十八メートル）ほど東にある家に移った。

三郎太が肥後に来て、初めて持った家である。敷地が百五十坪、建坪が三十坪の古家であるがよく手入れされていて、それほど古さを感じさせない。

移って十日後、三郎太はその家で菊乃と祝言《しゅうげん》をあげた。

飯田覚兵衛と登世、それに李、新美、阿佐古、小野、天野の七人のみの質素な宴であった。ひっそりと、そしてしんみりとした宴は四十路《よそじ》の三郎太と四十路に近い菊乃にはふさわしいもので、衣装も特別に着飾るようなことはしなかった。

前日まで菊乃は祝言をあげることに戸惑いをみせていた。その戸惑いは亡き先夫への申しわけなさであるのかもしれない、と三郎太は思った。だが宴に臨んだ菊乃は終始無言であったが、その顔には隠しきれない喜びが見てとれた。それは何かを捨て、何かを得ることをきっぱりと決めた覚悟の上での喜びのように三郎太には思えた。そのような菊乃に三郎太は熱い思いが込み上げてくる。

宴は静かに進められたがどこか堅苦しい。そんな中、覚兵衛が、

「殿より預かり物がある」

そう言って一振りの短刀をうやうやしく三郎太と菊乃が並ぶ前に置いた。

「これは殿が大事にしていたもの、祝言の引き出物として受け取るようにとの仰せだ」

細身の短刀で鞘《さや》に加藤家の家紋、〈蛇の目〉が螺鈿《らでん》で施されている。蛇の目の家紋とは太線の正円◉で傘の模様に用いられることもあった。◉を描いた傘を蛇の目傘と呼んだ。

「菊乃殿はこの祝言に先立って、殿に生駒の屋敷と六百石の禄を返しに参ったそうじゃの」

「一昨日、御殿様にお目通り願い、祝儀の報告と館《やかた》、それに俸禄《ほうろく》をお返しいたしました」

「殿はその折、菊乃殿が何となく迷われているように見えたらしい」

「わたくしが迷っていると？」

「殿は『菊乃殿が三郎太殿に嫁いで幸せになることが亡夫利昌殿への何よりの供養である、しかし亡夫への思いを断ち切れずに嫁いだ後に三郎太殿と一緒になったことに迷うこともあるやもしれぬ。そのような時はこの懐剣でその迷いを断ち切ってほしい』、そう仰せられて、これをわしから菊乃殿に渡すよう命じられたのだ。わしもまこと、殿の仰せられるとおりであると思っている」

「なんと心温かい殿じゃ」

新美が感に堪えないといった声をあげた。

「だが、その殿の温かい思いやりもどうやら余計なお節介のようであった。菊乃殿の今日の晴れやかな顔には一点の迷いも見られぬ。みごと自分《おのれ》の心という懐剣で迷いを断ち切った」

菊乃は困ったといった顔を登世に向けた。

「殿御《とのご》と申す者はいつの世も女《おなご》に勝手な思い込みをするものですね」

登世が覚兵衛を見下ろす。座していると登世の方が頭ひとつ高い。

「勝手な思い込みだと？」

覚兵衛が口を尖《とが》らせて登世を見上げる。

「殿も覚兵衛殿も女はしおらしく、いつもなにかに迷っている、それを助けるのが男、そう勝手に思い込んでおられます。菊乃殿は利昌様への思いをとっくに断ち切っておられます」

「いや菊乃殿はたしかに迷っているようにわしにも見えた」

覚兵衛が腰を浮かせて言い張る。

「迷っておられるのは三十路《みそじ》の半ばを過ぎてしまった菊乃殿自身にですよ。菊乃殿はもうその歳では三郎太様の御子をお産みにはなれない、自身の代わりに若い女性《にょしょう》が三郎太殿の嫁にふさわしいのではないか、と迷っているのです。死別した利昌殿のことなどで迷ってなどおりませぬよ」

「そのようなことはあるまい。のう菊乃殿。菊乃殿は今でも利昌殿のことを思って迷われておるのであろう」

菊乃は微笑みながら首を横に振った。

「殿御と申す者はいつの世も女《おなご》に勝手な思い込みをするものですな」

登世は覚兵衛にふれるほど近寄って同じ言葉を繰り返した。

「おまえが菊乃殿の立場であったとしてそう思うのか」

「はい」

「は、はい、だと」

「はい。食べ盛りの息子三人をかかえて生きていくには、覚兵衛殿のことなどさっさと忘れて新しい男の許に嫁《とつ》いでゆきまする」

「なんと、このわしのことをさっさと忘れると申すのか」

「女は過ぎ去ったことなど忘れて明日に向かわなければ乱世を生き延びていけないのです」

覚兵衛は、ああっ、と声にならぬ声をあげたあと、口を尖《とが》らせて何か言おうとしたが、声が出ない。

新美らが笑いを堪《こら》えきれずに吹き出した。堅苦しかった場はいっぺんに打ち解けた場に変わった。

覚兵衛は立ち上がると脇に指している扇子を手に取り、開くと右手に取って、

「高砂《たかさご》や、このうら船に帆をあげて……」

と舞い始めた。短躯堅太りの覚兵衛から発せられる謡《うたい》の声は館内《やかたうち》に朗朗《ろうろう》と響いた。そんな覚兵衛を登世は穏やかでとろけそうな顔で見入っている。三郎太は酒がまわったのか、急に涙があふれてきた。覚兵衛の舞う姿が涙で曇った。覚兵衛の声だけが心地よく三郎太の耳を圧した。

この年、清正は一度も肥後から外へ出なかった。

新城普請総奉行の役を覚兵衛に任せて、肥後国内を大木土佐らと共に視察して回った。大木土佐は大坂屋敷から清浄院を救出した家臣である。土佐はかつて佐々成政の家臣であった。佐々家では主に土木関連の仕事に従事していた。

清正が肥後国内を巡る目的は、領内に散らばる支城の実情を知るためと領内を流れる河川が引き起こす洪水の実情を知るためであった。大木のほか金宦《キムカン》も一行に加えられた。金が清正に〈論語〉の講釈をはじめて一年が過ぎようとしていた。

おそらく清正は論語から学びとった知識を肥後国の政《まつりごと》に生かそうと考えていたのであろう。

覚兵衛は新城普請の現場に毎日出向いて進捗《しんちょく》を確かめた。

普請場の主役は土方《つちかた》から石方《いしかた》に変わり、白川上流から平腹船に乗せられた石が船着き場に引きも切らずに届く。

新美らはそれぞれ与えられた普請場で石垣を築いていく。茶臼山の麓を石垣が取り巻いてゆく。石垣の傾斜はほとんど八ツ割の法《のり》（六十七・五度）で築かれているが、地盤が軟らかい所は清正流の石垣で構築した。日毎に高くなっていく石垣は城下からも望めるようになった。まるで茶臼山に石垣の鎧《よろい》を着せていくようだ。

三郎太が指揮する組はイ櫓《やぐら》台から東へと続く石垣の築造に入っていた。

この箇所の石垣の高さは空堀から外れるため七間余（約十三メートル）とイ櫓から比べるとずっと

低くなる。

いつもなら覚兵衛が上方や江戸の情報を持ってきて三郎太に聞かせてくれるのだが、今年に限っては全く聞かれなかった。それは上方や江戸で三郎太に伝えるべきほどの情報がなかったからだった。

三郎太が肥後に来て、初めての穏やかな年となった。


翌、慶長八年（一六〇三）二月、徳川家康が征夷大将軍に就き、江戸に幕府を開いた。天皇からの征夷大将軍職宣下《せんげ》は伏見城で受けることになった。

伏見城は関ヶ原の戦いの前哨戦で毛利方の猛攻を受け、大きな損傷を受け落城した。家康は翌年、近畿、中国の大名に命じてこの城を修復させていた。まだ修復は終わっていないが政務を執れるまでに城の体裁が整いつつあった。

その伏見城に全国の大名が祝いに集まった。むろん清正も伏見に参じた。だが伏見に至近の大坂城主豊臣秀頼は伏見城に赴かなかった。母、淀の君の強い反対があったからである。この時秀頼は十一歳、まだ自分《おのれ》で世上の判断を下せる歳ではなかった。

清正は伏見城に集まった武将の中に福島正則《まさのり》と細川忠興《ただおき》、加藤嘉明《よしあき》ら秀吉恩顧の武将をみつけると、大坂城に赴き、秀頼に謁見《えつけん》しようと誘った。しかし正則らは無言で首を横に振って断った。清正はひとりで大坂に向かった。清正以外に秀頼の許《もと》を訪れた武将はいなかった。秀頼と会うことは家康の心証を損《そこ》ねるからである。

秀頼に謁見した後、清正は肥後に戻った。

戻って直ぐ、清正は支城主らに支城の改修を認めた。

小西領だった肥後南半国と清正が治めていた肥後北半国を統一した肥後は支城が九城に増えていた。

すなわち、宇土城（宇土郡）、矢部城（益城《ましき》郡）、八代城（八代《やつしろ》郡）、佐敷《さじき》城と水俣城（芦北郡）、南関城（玉名郡）、それから阿蘇郡にある内牧城、九重《くじゅう》城、野津原《のつはる》城である。

これらの支城に清正が改修を認めたのは新城を九つの城で支える、いわゆる主城・支城態勢を目指したからである。それは明らかに家康が天皇を半ば脅して征夷大将軍に就くことを認めさせ、江戸に徳川幕府を開いたのを意識してのものであった。

この年、肥後国では新城普請、支城改修が並行して行われることとなった。

改修再開を清正から許された支城城主は郡内の百姓を徴用し、改修工事に従事させた。それはたちまち百姓達に加重な負担となった。

清正は支城主に百姓の徴用を見合わせるよう命じたが、支城主らはその命を守らなかった。

肥後は九つの郡が寄せ集まって一国になったともいえた。したがって郡単位で政《まつりごと》を行おうとする気風が培《つちか》われてきた。それゆえ清正の命令が支城城主に及びにくいのである。そんな気風を是正しようと唐入りから戻ってきた清正が支城城主の首をすげ替えたのだが、あらたに任命された支城主も郡内に定住すると、自分が統括する郡内のことだけにしか目がいかなくなり、清正の命令を軽んじがちになった。

新城の普請は百姓抜きで続けられた。

イ櫓《やぐら》（宇土櫓）の土台石垣から東へと続く石垣が竣工したのは二月であった。三郎太は間を置かず本丸（茶臼山山頂）の一郭に建てる櫓の土台石垣を築くことにした。この櫓はイ櫓の例に倣《なら》ってロ櫓と呼ぶことにした。

ロ櫓は天守から南西の方向に位置し、〈飯田丸櫓〉と呼ばれるようになる。

むろんこの名は新城普請総奉行である飯田覚兵衛の名を冠したのであるが、それは新城が竣工して後に命名されたもので、普請中の櫓はどれもこれも皆仮称でイロハニで呼ぶのが習わしとなっている。

ロ櫓の土台石垣は新城で一カ所しかない水堀の底から立ち上がる石垣だ。イ櫓の土台石垣ほどではないが、堀底からの築造なので高い石垣となった。ここも地盤はしっかりしていたので、穴太《あのう》の八ツ割の法で石垣を積むことにした。

ロ櫓から二段下がった南崖《なんがい》の裾、坪井川沿いに新美組が石垣を築いている。石垣は高くはないがその長さは三百五十余間（約六百三十メートル）もある。その半分ほどが仕上がっていた。

阿佐古組、小野組、天野組も東崖《とうがい》、西麓を強固にする石垣を着々と築いていく。

普請は順調であるが、城としての体裁はまだ整ったとは言えなかった。

（二）

翌、慶長九年（一六〇四）一月。

家康から大々的に伏見城を改修するという書状が届いた。そこには清正に改修工事を手伝え、などの文言は一切なかった。しかし、清正はその書状を家康がなにゆえ新年早々送りつけてきたのかを瞬時に覚《さと》った。清正は迷うことなく伏見城の手伝い普請を家康に申し出て、普請人足を伏見城に送ることにした。

そこで清正は領内から三百人の百姓を徴用した。

百姓の徴用を支城主らに控えるよう命じていた清正が自らこれを破ったのである。この年を境にして百姓達に課せられている年間三十日の徴用が復活することになった。二年続きの豊作で百姓達が疲弊から立ち直ったと清正は判じたからである。

二月、清正は徴用した三百人の百姓と家中の者二百人、あわせて五百人を豊後鶴崎港から船で難波《なにわ》まで航行させ、京、伏見城に送った。

伏見城手伝い普請は新城普請に影響した。清正が送った家中の者二百人の中に新城普請に加わっていた百人が含まれていたからである。その中に新美八左衛門も入っていた。また阿佐古組、天野組と小野組に属していた家中の者がそれぞれ半数ほど引き抜かれ、伏見に向かった。

新美を伏見城手伝い普請に加えたのは新美の石工としての腕を清正が認めたからである。それは三郎太にとって喜ぶべきことであったが、その一方で手塩に掛けて新美を育て上げ、これから新城普請の中心的役割を果たしてもらおうと期待していただけに落胆も大きかった。

各組には新たな補充があったが、そのほとんどは徴用された百姓であった。

百姓の徴用を再開したことにより、清正は膨大な労力を無償で手に入れることとなった。一方、百姓からすれば三十日間も無給で働かされたうえに稲税を納めなければならない労苦を強いられることになった。それは清正が唐入りしていた頃の窮状に戻ったような思いを百姓達にもたらした。ただ唐入りの頃の国情と異なっていたのは米が豊富に出回っていて、稗《ひえ》や粟《あわ》を食べなくてもすむことであった。

清正はこの有り余る労力を河川の洪水対策に向けることにした。

肥後は多くの河川が有明湾に注いでいる。その中で白川、緑川が氾濫《はんらん》をくり返し、稲作に多大な被害を及ぼしていた。

清正は大木土佐に命じて、まず緑川の改修工事に着手した。むろん改修工事の担い手は徴用した百姓である。先にも記したが大木土佐は佐々成政の家臣であった頃、土木事業を得手とした。その手腕を清正は買ったのである。

緑川は阿蘇外輪山の南側に聳《そび》える三方山《さんぽうさん》（標高千五百七十八メートル）を水源として急峻な山岳地帯を流れ下り、御船川、加勢川、佐保川などの中小河川が流れ込み大河となって有明海に注ぐ。総延長は十九里（約七十六キロ）である。

緑川の改修はこの後も続けられ、改修工事期間は四十年にも及ぶことになる。

この年は新城普請、伏見城手伝い普請、内牧、野津原、八代などの支城改修工事、それに緑川改修工事が重なったうえに、百姓の徴用再開という領民にとっては苦難が始まる最初の年となった。


翌、慶長十年（一六〇五）二月。

徳川家康は三男の秀忠に征夷大将軍の職を譲って江戸城から駿府城に移ることにした。

駿府城に移るにあたって家康はまたしても清正に書状を送った。その内容は伏見城手伝い普請の内容に酷似していた。すなわち、駿府城に移るにあたって今の駿府城はあまりにも貧弱であるので、家康の隠居所としてふさわしい城に改修をする、というもので、そこには改修に手を貸せなどという一文はどこにもなかった。

まだ伏見城手伝い普請は続いていて、五百人はそのまま伏見に留まったままである。

清正は書状を受け取ると迷うことなく、八百人の人足を駿府城改修普請に送ることにした。

三月、清正は徴用した百姓五百人と家中の者三百人を連れて駿府へ赴いた。

この手伝い普請に今度は新城普請に加わっていた小野弥五兵衛ら五十人ほどが引き抜かれた。抜けた後に補充されたのは徴用された百姓らで、この者達が小野らの穴埋めになるはずもなかった。

「新城普請に加わっておられる御家中の者、それも石積みに長けた方々ばかりを次々に伏見や駿府へ送る御処置について、三郎太様はなぜ清正様にご配慮をしていただくようお願いなさらないのでしょうか」

李《リ》は新城普請の遅れに堪りかねたのであろう、いつになく強い口調であった。

「お願いしたいが殿の御心内《こころうち》を察すれば、そのようなことはできぬ。今の情況は太閤秀吉殿下が大坂城、伏見城、淀城などを築く際に多くの大名達に手伝い普請を命じた時と似ている。お大名方としては手伝い普請などに加わりたくなかったに違いない。しかし太閤殿下の命令を断ればお家の断絶を招くやもしれぬ。仕方なく皆、普請に加わったのだ」

「では清正様が伏見城、駿府城の改修普請のお手伝いを断れば、加藤家はお取りつぶしになるのですか」

「わからぬ。だが家康様の機嫌を損ねるようなことはなるべく避けねばならぬ」

「新城普請を遅らせてまで家康様のご機嫌をとらなくてはならぬほど清正様のお力は弱いのでしょうか」

「太閤殿下が生きておられた頃は、殿と家康様は石高の差こそあれ対等に話ができる間柄であった。しかし関ヶ原の戦い以後、肥後一国を殿が領された時から御両所の間に大きな差が生まれた」

「対等なお立場ではなくなったとしても、清正様は家康様の臣下ではないはず。臣下でない清正様がなぜそのように家康様の御心を忖度《そんたく》なさるのでしょうか」

「確かに殿は太閤殿下の臣下であって家康様の臣下ではない。しかし太閤殿下は五年も前に薨去《こうきょ》なされている」

「ならば清正様は誰の臣下でもない、そういうことになりませぬか」

「李《リ》の申す通りかもしれぬ。だが殿を肥後一国の領主と認めたのは他ならぬ徳川家康様だ。殿はこれに従った」

「この日本《くに》の仕組みにわたくしはいつも戸惑います。太閤様の思惑で壬辰《じんしん》和乱(文禄の役)が起こり、わたくしの国に侵攻した武将の多くは清正様のように太閤様に忖度《そんたく》して殺戮《さつりく》の限りを尽くしました。しかしそうした武将は必ずしも太閤様の家臣と限ったわけではなく、しかも壬辰和乱に反対の武将も居た、と聞いております。そうした壬辰和乱の役に反対の武将までもが、なぜあのような無法を平気で行ったのか。わたくしはこの日本《くに》に連れてこられて四年経ちますが、未だにこうした日《ひ》の本《もと》の人達の心の動きがわからず、戸惑っているのでございます」

「唐入りのとばっちりを受けて朝鮮から連れてこられた李からすれば困惑するかもしれぬが、わたしにはそうした武将達の動きは当たり前のことに思える。わたしは今でこそ穴太者として生計《たつき》を立てられるようになったが、以前は石見《いわみ》という国の領民だった。石見の領主は毛利輝元様」

「あの関ヶ原の戦いの一方の旗頭となられた毛利様ですか」

「その毛利様だ。毛利輝元様は関ヶ原の戦いで敗れ、周防《すおう》、長門《ながと》の二国三十六万九千石の領主に移封されたが、それまでは石見などを含む八カ国百二十万石の大大名であった。輝元様は太閤殿下の家臣ではなかったが、大坂城普請をどこのお大名よりも大人数で手伝われた。そうすることが毛利家を存続させるためには必要だったのだ。ために八カ国の領民は塗炭《とたん》の苦しみを嘗《な》めた。朝鮮で不法を働いた太閤殿下の家臣でない武将も、生き延びるために人の道に反することを行ったに違いない」

「だからと申して、それらの暴挙を朝鮮の民が許すことはないでしょう」

「わたくしはどこに住んでいたが、李はしばらく黙っていたが、朝鮮の民のひとりです」

と言葉を押し出すようにして告げた。

「話が私事になりました。城のことに戻します。毛利様の領民のように肥後のお百姓もこれから塗炭《とたん》の苦しみを味わうことになるのでしょうか」

「家康様は関ヶ原の戦いが終わった翌年から今年までの四年間に五つの城を全国のお大名の手を借りて作り直している。その五つの城とは、膳所《ぜぜ》城、伏見城、二条城、彦根城、そして駿府城だ」

三郎太がそうした城関連の情報に詳しいのは、穴太《あのう》の郷《さと》を束ねている義父であり石工の師匠である戸波鷹之助が定期的に送って寄こす城情報を認《したた》めた書状による。

「家康様はこれからもお大名方に命じて新しい城を作らせたり、古い城の改修を手伝わせたりなされるのでしょうか」

「おそらく、まだまだ続くであろう」

「そのたびに清正様は肥後の百姓を徴用して城普請の手伝いをさせるのでしょうか」

「そうなるであろう。そしてそのため新城の竣工は遅れていく。だが新城普請もいつかは終わる。それが一年後か三年後か定かではないが、遠からず終わる」

三郎太は自分に言い聞かせるように言った。

七月、伏見城の手伝い普請に従事していた五百人が肥後に引き揚げてきた。死者七名、病人三十四人、怪我人多数という中で新美八左衛門は元気な姿を三郎太にみせた。

そのひと月後、清正が駿府から戻ってきた。

清正は帰還すると直ぐに三郎太と新美、阿佐古、天野の四名と新城普請に加わっている主だった組頭らを呼び出した。何事かと二の丸の館に駆けつけると、清正と覚兵衛が待っていた。そこで清正は呼びつけた家臣らに加増をすることを告げた。

共に三十石であった小野と天野は六十石、阿佐古は百石から二百石とそれぞれ倍の加増となった。驚いたことに新美は百二十石から四百石の大幅な加増となった。また組頭達にもそれぞれ加増があった。

三郎太には加増の沙汰はなかったが、それは三郎太が新城竣工まで加増はしないでほしいと清正に願い出ていたからである。

清正は江戸や伏見で城の普請を通して、多くの武将が血眼《ちまなこ》になって穴太者や石垣積みに長じた者を高禄《こうろく》で召し抱えている現状を目にしてきていた。いつ新美や阿佐古などに他の大名から誘いの手が延びるかもしれない。高禄で召し抱えると言われれば新城普請を辞めて肥後を出ていくことも考えられる。彼らを肥後に留め置くには加増するしかなかったのである。

新城普請は新美が復帰したことで幾分は楽になったが、変わらずに支城改修は続いており、それに大木土佐が指導した緑川の改修普請も加わって、この年も肥後国内は土木事業一色で過ぎていった。

慶長十一年（一六〇六）、正月気分が抜けきらぬ清正の許に徳川秀忠から書状が届いた。書状には、江戸城を改修するので手伝い普請をせよ、と認《したた》めてあった。秀忠は徳川幕府二代征夷大将軍である。すなわち徳川幕府が初めて正式に加藤家に手伝い普請を申しつけたのである。

清正の正月気分はいっぺんに吹き飛んだ。

一月中旬、清正は莫大な金子《きんす》と家臣、百姓千人余を伴って江戸に向かった。この中に新美が再び加えられた。

二十日ほどを掛けて江戸に着いた清正はかねてより築いておいた加藤家江戸屋敷に入った。出迎えたのは江戸屋敷留守居役の中川重臨斎である。重臨斎が江戸屋敷に詰めてすでに四年が経っている。すっかり江戸慣れした重臨斎に、かつてのような横柄な素振りはみられなかった。

江戸城は長禄元年（一四五七）、太田道灌《どうかん》によって築かれた。築城から百五十年、その間に上杉氏、北条氏らが城主となり、天正十八年（一五九〇）北条氏滅亡の後、徳川家康の城となった。その時の江戸城は土塁で固めた城で石垣はほとんど使用していなかった。家康はこの江戸城を好きではなかったらしく、入城しても改修はほとんどしなかった。したがって家康が秀忠に江戸城を譲って駿府城に移った時の江戸城は近畿、中国の城から比べると時代遅れの感を免れなかった。

家康から江戸城を譲られた秀忠は江戸城改修に着手することとした。これを契機に、以後寛永十六年（一六三九）までの三十四年間、江戸城の改修と拡充は全国の大名の手伝い普請によって続けられることになる。

その手始めが土塁を石垣に代えることであった。

この時、秀忠から江戸城改修を命じられたのは毛利輝元（長門、萩城主）、細川忠興（豊前、中津城主）島津家久（薩摩、鹿児島城主）をはじめ福島正則（安芸、広島城主）、鍋島直茂（肥前、佐賀城主）、山内一豊（土佐、高知城主）、池田輝政（播州、姫路城主）、藤堂高虎（伊予、今治城主）らでほかにも多数の大名が命じられた。これらの顔ぶれは豊臣秀吉に縁の深い大名が多かった。

手伝い普請は工事費用、すなわち人足はもちろん宿舎の手当て、食料、衣類、縄、木材、石材、木車、修羅、轆轤《ろくろ》、鋤《すき》、鍬《くわ》、モッコ、人足の路銀、等々の全てが自前である。肥後のように遠国からではこれらを運んでくるのが難しい。そこで銭を払って買い上げるか借りあげることになる。その中で最も費《つい》えの多いのが城石である。特に今回の手伝い普請は石垣築造であるから、石の調達が全てと言ってもよかった。

清正は国許から持参した莫大な金子を重臨斎に与えて、城石を集めさせた。

（三）

清正が留守となった肥後では新城普請が引き続き行われていた。

慶長四年（一六〇〇）五月に鍬入《くわいれ》（起工）してからすでに六年の歳月が費やされている。その間、清正が大坂、京、江戸などに出向いて肥後に腰を落ち着けることは少なかったが、新城は三郎太らによってようやくその偉容を現し始めていた。

二の丸最下段の石垣は阿佐古組によってほとんど完成し、その上段に築く石垣も暫時築かれていた。坪井川に沿った長い石垣は新美が抜けた後を李《リ》が引き継いで無事に終えた。さらに茶臼山東崖《とうがい》の最下段の石垣は小野が抜けたあとも続けられ完成をみていた。

ただ茶臼山頂に築く本丸御殿の土台石垣はまだ手つかずのままだった。本丸御殿とは多くの殿舎で構成された建物群の総称で、藩主が政務を執《と》る殿舎もあれば食事等の日常生活をする殿舎もある。主な建物は大広間棟、大台所棟、小姓部屋棟などである。

御殿の土台石垣築造が遅れたのは当初、想定していた位置が変更になったからである。

八月、清正が数名の家臣と共に江戸から戻ってきた。清正が連れていった家中の者と百姓ら千人余は江戸城の石垣普請に従事したままで、いつ帰還できるかは定かでなかった。

戻ってきた中に竜蔵院慶長《よしなが》がいた。慶長は奈良に赴《おもむ》いていて、江戸から戻ってくる清正と難波で合流し、海路で戻ってきたとのことだった。慶長が奈良に行ったのは新城の殿舎を造る宮大工をみつけることであった。奈良には古い寺がたくさんあり、その寺々を修理修復する宮大工が大勢居た。そのなかで特に東大寺の宮大工は優秀であった。慶長が探し出して連れてきたのは東大寺宮大工の一派に属する三名であった。

清正は戻った翌日に慶長を伴って新城普請場を訪れ、石垣をひと通り検分した。

「わしが肥後に腰を落ち着ける間もなく上方や江戸に出張《でば》っている間に、よく、これほどの石垣を積みおおせたものだ。わしから礼をいう」

清正は満足げな顔で三郎太に告げて、

「遅れていた本丸御殿の土台石垣の縄張図が仕上がった。慶長、縄張図を三郎太に渡してやれ」

と命じた。慶長は懐から半紙を取り出し、無言で三郎太に渡した。三郎太は半紙を開いて縄張図を仔細《しさい》に見る。

縄張図には南北に細長い形状の土台石垣を二つ、並行して築くように描かれている。石垣の高さは二間半（約四メートル五十センチ）ほどである。二つの土台石垣の間は三・五間（六メートル五十センチ）ほどで、そこが通路となっている。しかもその通路は地表より一間ほど低く掘り下げた半地下で、御殿正面出入り口に通じるようになっていた。

この縄張図からでは土台石垣の上に建つ殿舎が大広間棟なのか大台所棟なのか、それとも他の棟なのか三郎太には想起できなかった。

「なにやら本丸御殿は複雑な形」

三郎太の独白に、

「この二つの土台石垣を跨《また》いだ上に大広間棟が建つのです」

と慶長が答えた。

「と申すことは御殿への通用路が大広間棟の下、石垣と石垣の間を抜けていく仕組みとなるのですな。しかもその通路が地表より低い」

三郎太が知っている限りではこのような半地下式の通路は他の城にはみられない。

「通路が地表より低ければ雨水が流れ込んで往来に支障をきたす恐れがありますが、なにか手立てを施してあるのでしょうか」

三郎太は清正に訊《たず》ねた。

「雨水が通路に流れ込まぬよう、しっかりした排水溝を設けることになっている。排水溝については本丸御殿の土台石垣が仕上がった後、三郎太に改めて頼むことになろう」

そう告げる清正に三郎太は無言で頭をさげた。


二日後、清正は作事《さくじ》奉行に森本儀太夫を任命した。また作事方の棟梁に善助を任命し、慶長が奈良から連れてきた宮大工三名を善助の補佐役に就《つ》けた。善助は瑞龍院《ずいりゅういん》の移築を清正から任された宮大工である。その瑞龍院は新城三の丸の一郭に移築し終わったばかりであった。瑞龍院は移転後、〈本妙寺《ほんみょうじ》〉と改称された。

日が経つにつれて、新城の工事は普請（土木工事）から作事（建築工事）へと移っていく。

金宦《キムカン》の指示に従って朝鮮から連れてこられた瓦工《かわらこう》達が焼成窯《しょうせいがま》を築造して、天守や櫓《やぐら》の屋根瓦を作成しはじめた。

今まで石を運搬していた平腹船《ひらぼて》には木材が積まれて船着き場から次々と本丸へ運びあげられてき

た。

三郎太は李と共に最後に残された本丸御殿の土台石垣の築造に専念した。これといって難しい積み方でも形状でもない石垣は半月ほどで竣工した。

十月、新城の石垣は全て完成した。

清正は三郎太を隈本城二の丸内に建つ殿舎のひとつに呼び出した。参上するとそこに覚兵衛、儀太夫、善助、それに慶長が顔を揃えている。しばらく待っていると清正が現れた。

「今日、集まってもらったのは、本丸御殿のことだ。慶長、皆に半紙を配れ」

清正は前触れもなく切り出した。

「本丸御殿への通路は地表より一段低く設ける。そこでこの通路に雨水が流れ込まぬよう排水溝を御殿の周囲に張り巡らすことにした。慶長が皆に配ったのはその排水溝の配置図だ」

清正は皆に半紙が行き渡るのを確かめて告げた。

排水溝は御殿の敷地内では地表と同じ高さに敷設され、敷地を出ると地中に潜り暗渠《あんきょ》となって北に向かい、天守の土台石垣の裾《すそ》を通ってさらに北へ延び、北崖《ほくがい》の階段状に築かれた石垣の犬走りまで達し、そこで地表に出た排水溝は途切れて、流れてきた雨水は石垣の表面を滝のように流れ落ちる仕掛けになっていた。

本丸御殿から茶臼山北崖までの延長はおよそ五町（五百五十メートル）もある。しかも暗渠の埋設深さは北崖の地点で五間（九メートル）もあった。

覚兵衛と儀太夫が首を傾《かし》げた。

「本丸は東から西に向かって下り傾斜となっております。雨水の排水溝は西に向かって敷設するのが良いように思われますが」

儀太夫が清正をうかがう。

「本丸御殿の通路を地下などに設けず地表と同じ高さにすれば、このような大がかりな排水溝は不要かと」

覚兵衛が言い添えた。三郎太はふたりの意見をもっともだと思った。

「今、加藤家の者達が江戸城の改修に手伝い普請をしている。手伝い普請は関ヶ原の戦いの翌年から始まった膳所《ぜぜ》城を皮切りに、伏見城、二条城、彦根城、駿府城、そして江戸城と続いている。これらの城は秀頼公の居わす大坂城を包囲する位置にある。右府様はこの城々で大坂城を封じ込めるつもりだ。わしは右府様が秀頼公成人の暁《あかつき》には将軍職を秀頼公に譲るのではないかということに一縷《いちる》の望みを持っていた。昨年二月、右府様は秀忠様に将軍職を譲った。つまりは世襲制にした、ということだ。もはや秀頼公が天下を統《す》べることはない。秀忠様が二代将軍になったことにより、秀頼公は徳川幕府にとって取り除くべきお方となった。右府様と秀頼公の間で一朝事あるとき、わしは大坂城から秀頼公をこの新城にお移しいたすつもりだ」

「殿の御本意、そこに座す儀太夫もこの覚兵衛も重々心得てござる。しかしながら今は本丸御殿の排水溝の儀ではなかったのでは」

覚兵衛が排水溝と無縁に思える話に苦言を呈した。

「この城に秀頼公をお迎えしたとしても守りきれるとは限らぬ。秀頼公には是非とも生き延びて豊臣家を元のようにしていただかなければならぬ。本丸御殿の排水溝はこの城が陥落せし時、秀頼公が脱出するための秘密の脱出路だ」

覚兵衛と儀太夫が息を呑んだ。三郎太は今まで茫洋《ぼうよう》としていた本丸御殿をめぐる一連の動きがはっきりと見えてきた。

「排水溝は幅一尺（約三十センチ）、高さ二尺もあれば十分な大きさ。とても人がその中を通ることなどできませぬ」

儀太夫が首を傾げながら清正をうかがう。

「ここに敷設する排水溝は幅二尺、高さ五尺（一メートル五十センチ）。鎧兜《よろいかぶと》に身をかためてもこの寸法ならどうにか通れる」

「茶臼山北崖石垣の犬走りに行き着いてもそこから先、どこに落ちのびると申されますのか」

覚兵衛が訊ねた。

「犬走りを伝い下りれば、そこは武家屋敷と寺々が建ち並んでいる。寺が合戦時に防備の拠《よ》り所となるのはおぬしらも周知のことであろう。寺は台地の麓にある。台地は樹林に覆《おお》われて阿蘇山まで続いている」

清正はつとめてさりげなく言った。

「わたくしは一年前、この台地をひと月掛けて歩き回りました。密集した樹木が行く手を阻《はば》んでおりますが、獣道《けものみち》が縦横に走っております。これを辿《たど》れば阿蘇山まで落ちのびて、支城のひとつ内牧城まで行けましょう」

慶長《よしなが》が清正の言葉に言い添えた。

「なるほど、それで加藤右馬允《うまのすけ》殿を内牧城主に任じ、大加増をしたのですな」

儀太夫が思わず声を高めた。清正はそれについては何も答えず、

「三郎太、明日からこの縄張図をもとに排水溝の普請に入ってくれ。ただし人足らにはこの排水溝が間道であることを申してはならぬ。新美ら信のおける者らだけで普請にあたってくれ。さて次は、天守についてじゃ。もそっと近くへ寄れ」

と遠慮がちに座している善助に命じた。

「殿から『天守の土台石垣の傾斜が緩やかで敵兵が石垣をよじ登ることが容易である。この弱点を天守の楼閣でなんとか補え』、との命を受け、奈良から参った三名の宮大工と知恵を出し合い作図いたしたのがこれから皆様にお見せするものでございます」

善助は携えていた包みを解いて一枚の半紙を取り出し、三郎太らの前に置いた。覚兵衛らは半紙に描かれた天守の楼閣に見入った。

「なんと……」

ややたって三郎太が唸《うな》り、絶句した。

そこに描かれていたのは、天守の土台石垣の天端から楼閣(天守)の床が大きく張り出した図であった。三郎太が今まで見てきた天守は土台石垣の面と天守壁面を同一面として配置するか、あるいは土台石垣に犬走りをとって天守壁面をやや後退させて建てるかのどちらかであった。それが土台石垣面より一間（一メートル八十センチ）近くも張り出しているのである。

「これは殿からお示しいただいた案を、わしらが絵図に起こしただけでございます。敵兵が石垣をよじ登って参っても、石垣天端から張り出した天守の床で内に進入することはできませぬ。また張り出した床を取り除けば、よじ登った敵兵を弓や槍で撃退することも叶《かな》います」

善助の説明に三郎太は今まで気にかかっていた天守の土台石垣の弱点をこのような形で解決する清正に驚き感じ入るばかりであった。

（四）

慶長十二年（一六〇七）五月。

本丸御殿をはじめ天守、イ櫓《やぐら》（宇土櫓）、ロ櫓、さらには二の丸、三の丸の門や櫓が竣工した。

天守は外観が五層で内部は六階地下一階の造り、最上階には高欄（手すり）つきの周り縁《えん》、屋根は入母屋破風《いりもやはふ》で瓦葺《ぶ》き、壁は板張りで黒色に塗られている。

この頃から流行《はや》り出した漆喰壁《しっくいかべ》の造りでなく板壁の天守としたのは、石垣天端から張り出した床にかかる上部の重さを軽減させるためである。

漆喰とは消石灰にふのり、苦汁《にがり》を加え、これに糸くず、粘土を配合して練り上げた壁材で、日本独特のものである。

イ櫓の外観は三重で内部が五階、天守と見間違《みまご》う偉観は他の殿舎を圧倒していた。

ちなみに今日目にする天守に近接して建っている小天守は後世に建造されたもので、清正の手によるものではない。

天守の南方に建てられた本丸御殿の中で特に目をひいたのは大広間棟であった。この棟は多くの部屋からなっていて、各部屋にはそれぞれ名が付けられている。

一番東側に面する六十畳ほどの部屋は〈鶴之間〉、それから西（奥）へ向かい〈梅之間〉〈櫻之間〉〈桐之間〉〈若松之間〉と続き、それぞれの部屋は襖《ふすま》で仕切られて、奥に向かって左側（南側）に縁側が配置されていた。

その最も奥に〈昭君之間《しょうくん》〉という特別な部屋が造られていた。この部屋の床には段差が設けられ、天井は折上格天井《おりあげごうてんじょう》となっている。高貴な者が家臣らを謁見《えっけん》する時に使用する特別な部屋で、こうした部屋を備えているのは、天下を取った秀吉の居城である大坂城、伏見城しかない。それがこの新城に造られていた。


五月二十日、本丸御殿大広間に新城普請で主要な役を果たした家中の者三百人ほどが集まっていた。戸波三郎太や竜蔵院慶長《よしなが》の姿もあった。

部屋を仕切る襖《ふすま》は全て取りはらわれ、櫻之間の中央に清正が座していた。

その前には酒樽が五樽、何十枚もの皿にうずたかく盛られた肴《さかな》が置いてある。

「静粛に」

覚兵衛が立ち上がって参集者に向けて大声をあげた。ざわついていた場が一瞬にして鎮《しず》まる。清正が立ち上がって、

「七年を掛けて新城は竣工した。皆の力添えがあったればこそ、ここまで堅固な城を作り上げることが叶《かの》うた。礼を申す。今日は新城の竣工を祝うために集まってもらった。おおいに呑みかつ喰らって七年の労苦を癒《いや》してくれ。その前に新城にはまだ名がない。そこでわしはかねてより考えていた名をここで披露する」

清正はそう告げて一渡り参集者を見回した。皆、清正の方へ耳を傾ける。

「新城の名は、く、ま、も、と、と命名した」

皆が唖然《あぜん》とする。隈本城なら今までの城の名をそのまま踏襲するだけで、清正が殊更に披露することもない。清正は参集者がざわつくのを気にもせず、

「金宦《キムカン》、城の名を披露せよ」

と命じた。清正の傍《そば》に控えていた金が巻物を抱えて立ち上がり、一礼すると、巻物を解いて参集者に見えるように晒《さら》した。

そこには、〈熊本城〉と記されていた。

「わしは、くまもと、という名を気に入っている。しかし、隈、という字は好《す》かぬ。金宦によれば、隅は『阝』と『畏』からなる。『阝』は阜《おか》（丘）をさす。『畏』は恐れ、を表すそうじゃ。すなわち、隈は丘を恐れるということ。なんとも不吉な字である。そこでわしはこの隈の字を熊に改めることとした。新城の名は、熊本城」

清正は高々と宣言した。

家臣らはしばらく訝《いぶか》しげな顔をしていたが、やがて大きく頷《うなず》き、よい名だ、と口々に言い合った。

「今日は無礼講じゃ。酒も肴《さかな》も十分に用意した。心ゆくまで歓談してくれ」

清正の声に座は一挙に賑《にぎ》わった。

（五）

「三郎太殿、起きてくだされ」

襖《ふすま》の外から菊乃の声がした。三郎太は一瞬自分が何処に居るのかわからなかった。昨日久しぶりに深酒をし、熊本城本丸御殿の大広間を退出したのは、折しも天空に上がった十六夜《いざよい》の月が天守最上階の屋根に半分ほど見えた時だった。それからどのようにして我が家に戻ってきたのか、全く記憶になかった。

「なにかあったのか」

自邸の寝所であることに安堵《あんど》しながら三郎太は襖越しに訊《き》いた。

「飯田様の使いの者が参られて、すぐにお越しになるようにとのこと」

覚兵衛とは昨日の宴席で何度も酒を酌み交わしている。その覚兵衛が早朝に使いの者を寄こして自邸に呼びつけるのだから、よほどの重大事であろう。そう思いながら三郎太は寝具から抜け出し、着替えをすませると飯田屋敷に急いだ。

飯田邸に着くと、すぐに一室に通された。

「来たか」

覚兵衛の顔はどことなくむくんでいる。おそらく宴《うたげ》が明けて後、就寝をしなかったのかもしれない、と三郎太は思った。

「早朝の呼び出し、迷惑は重々承知。実は竜蔵院慶長《よしなが》殿が殺された」

「慶長殿が？　何故《なにゆえ》に」

酔いがいっぺんに醒《さ》めるとはこういうことかと感じながら聞き返した。

「左胸を刺されて札《ふだ》の辻に倒れていた」

城東の豊後街道入り口に札の辻はある。

昨日、宴に慶長の姿を見かけたが話し合うこともなかった。しかし慶長が人と争うようなことはなかったはずだ。

「慶長殿のご遺骸は今どこに」

「札の辻から一町ほど北に行った町奉行所の番所が引き取った」

「番所に行けば慶長殿の遺骸に会えるのですな」

「いや、番所からはすでに運び出された」

「どこへ運んだのでしょうか」

「本妙寺じゃ。今頃、慶長殿はその墓所のどこかに葬《ほうむ》られておるだろう」

「本妙寺は殿の御尊父の菩提寺《ぼだいじ》。そこに葬ったのですか」

本妙寺は日蓮宗の寺である。修験者の慶長が日蓮宗を信奉しているわけがない。本妙寺に葬ったことに三郎太は不自然さを感じた。

「下手人《げしゅにん》は？」

「わからぬ」

「覚兵衛殿に下手人の心当たりは？」

「ない。おそらく物取りか」

「そのようなことはありますまい。慶長殿は物取りに襲われるほど銭《ぜに》を持っていたとは思われませぬ」

「では誰ぞと口論の末の刃傷沙汰《にんじょうざた》か」

どこかよそよそしく短い応答に終始する覚兵衛に、三郎太は何かを隠しているのではと思った。

「覚兵衛殿とわたくしの仲。腹を割って話してくだされ」

覚兵衛はしばらく無言でいたが、やがて、

「昨日の宴で慶長殿は浴びるように酒を喰らった。目が据わり、相貌が変わった」

「慶長殿が酒を飲むと饒舌になることは覚兵衛殿も十分ご存じのこと」

「知っておる。しかし浴びるが如くに呑んだ慶長殿は見たことがない」

「それで慶長殿はどうなったのでしょうか」

「熊本城の間道の秘密を誰彼かまわずに吹聴してまわった」

「なんと排水溝のからくりを、ですか」

「それを殿が聞きつけてしまった。………」

覚兵衛は口をへの字にした。

「早朝にもかかわらず来てもらったのは、慶長殿の死について一切、詮索してはならぬ、と三郎太殿に忠告するためだ」

三郎太は覚兵衛の顔を睨《にら》みすえるようにしていたが、

「下手人を覚兵衛殿はご存じなのですな」

と質《ただ》した。

「存じておる」

「教えてくだされ」

「詮索《せんさく》はならぬ」

「それでは慶長殿が浮かばれませぬ」

「下手人はわしかもしれぬ」

覚兵衛は首を横に振りながら苦々しげに告げた。


慶長の死は三郎太以外の新美、阿佐古、小野、天野、それに李のみに報《しら》された。平素から慶長は何処に居るのかわからぬほど家臣らの間では影の薄い存在だったこともあって、その死は誰の口の端《は》にものぼらなかった。

熊本城の普請が終わって手がすいた三郎太は自邸の庭に人の背ほどの石を運び込んだ。慶長の碑《いしぶみ》を刻むためである。碑には〈権大僧都《ごんだいそうず》法印竜蔵院慶長〉とだけ刻んだ。刻み終わるとそれを熊本城から北に一里半（約六キロ）ほど離れた城下の端（現池田町）に据《す》えた。むろんこの碑を据え付けるにあたって清正と覚兵衛に了解をとった。清正はひとこと、「手篤い供養を頼む」

と三郎太に告げ、

「わしの心中を三郎太ならわかるであろう」

と頭をさげ瞑目《めいもく》した。三郎太もそれに倣《なら》いつつ、慶長の口を封じねばならなかった清正の苦衷《くちゅう》に思い至った。

慶長の碑を建ててからの三郎太は、しばらく家に籠《こ》もったままであった。菊乃との暮らしは日が経つにつれて馴染んできて、ふたりが交わす話にも心の内をさらけ出せるようになってきた。ただ決まってふたりが口にするのは故郷《ふるさと》のことであった。菊乃は山城、三郎太は近江《おうみ》、穴太《あのう》。そしてお互いの共通の風景は比叡山と琵琶湖であった。

第九章　空蝉《うつせみ》の城

（一）

熊本城が竣工してみると城下町の不備が否応なく浮き彫りになった。

不備とは城下町を二つに割って蛇行する白川のことである。

城下町を西に向かって流れている白川は本庄（現・代継橋付近）から大きく城に向かって北に曲がり、瘤《こぶ》状にふくらんで本山（現・長六橋）あたりで再び西に流れていく。この蛇行が原因で梅雨時や野分《のわき》（台風）の季節になると、しばしば城下に氾濫《はんらん》をもたらした。

熊本城普請中はこの瘤状蛇行のおかげで普請場至近に建設資材を船で運搬できた。しかし竣工してみると、外堀となる白川の蛇行は余りに熊本城に近すぎた。

外堀（白川）の内側（右岸）に武家町を造りたかったが、白川右岸と熊本城との間の空地が狭すぎて造れない。

そこで清正はこの瘤《こぶ》状の蛇行部分を切り取って、白川の流れを直線的に西流させることにした。この工事（白川流路掘り替え普請）は熊本城竣工半年後の慶長十三年から大木土佐の指揮によって始められた。

大木土佐は緑川の改修普請を指導している最中であるが、それも兼務して白川流路掘り替え普請を受け持つことになった。

その一方で清正は花畠《はなばた》（現花畑《はなばた》地区）に自分の居宅と役所を兼ね備えた殿舎（花畠屋敷）を造ることにした。花畠地区は白川の左岸に位置する。すなわち城外である。

これが白川（外堀）の流路変更によって外堀の内側（城内）に取り込まれることになる。

清正は花畠屋敷の整地、石垣築造等の普請を三郎太に命じた。

普請は三郎太の下に新美や阿佐古ら顔なじみが加わった。花畠屋敷は防備用の石垣塀で四周を囲い込む縄張図になっている。しかし石垣の高さは熊本城の石垣から比べればはるかに低かった。

清正はこの石垣を野面積みでなく打ち込み矧《は》ぎで積むことを命じた。

そこで三郎太は野石（自然石）でなく岩山を掘り崩した石を加工して石垣を築くことにした。石はなるべく直方体になるように切り出し、特に石垣の表《おもて》となる面は鏨《たがね》と鎚《つち》で平たく加工した。これらの石をすき間がないように積んでゆく。もはや石に何処へ行きたいか、問いかける必要もなかった。

——石を均一な形にすれば、石と語り合うこともない。穴太者は要らなくなるかもしれない——

三郎太は花畠屋敷の石垣を積みながらそう思った。

普請は三ヶ月ほどで終了し、宮大工の善助の手に移った。

その頃になると、九つの支城の改修普請も終わって、主城・支城態勢がほぼ出来上がった。

この年の後半、肥後国内の公事《くじ》（公共土木工事）は白川の流路掘り替え普請と緑川改修だけとなった。


翌、慶長十五年（一六一〇）一月。

清正は花畠屋敷で新年を迎えた。

主だった家臣が清正に祝賀を述べに花畠屋敷に参集した。三郎太もその席に加わった。

一通り挨拶が終わった時、清正は江戸屋敷の留守居役、中川重臨斎から送られてきた書状を読み上げた。

そこに記されていたのは、徳川家康が息子（九男義直《よしなお》）を尾張の大名にするにあたって名古屋に城を築くことにしたので、清正に手伝い普請を申し付ける、というものだった。

挨拶に集まった家臣らは、またか、とささやき合い、うんざりした顔をした。すると清正は、

「名古屋に城を築くねらいは秀頼公が居られる大坂城ににらみを効かせるためである。右府様は太閤秀吉殿下恩顧の大名が江戸幕府にどれ程の忠誠心を持っているかお試しになっておられる。もしこの手伝い普請にわしが少しでも不満を漏らせば、肥後は右府様の軍勢で取り巻かれることになろう。熊本城に吾等が籠《こ》もり戦えば、おそらく一年は籠城できる。その間に心ある太閤殿下恩顧の大名がわしに与力してくれるやもしれぬ。そうなったとしても激烈な戦《いくさ》となろう。運良く幕府を倒せたとして

も、ここに集まったおぬしらの多くが戦いで命を落とすことは必定。おぬしらに籠城に耐えながら何十万もの兵と戦う覚悟があるなら、わしはその先頭に立つ。どうじゃ」

清正は家臣らを見回した。誰ひとり戦おうと声をあげる者は居なかった。

「時の流れには逆らえぬ。逆らえぬなら時の流れに乗るしかない。乗る以上は他の大名よりも華々しく乗らねばならぬ。わしはおぬしらと百姓、合わせて五千人を率いて尾張、名古屋に向かう。これは戦《いくさ》じゃ」

三郎太は清正の〈戦じゃ〉という言葉に大坂城の普請を思い出した。あの時も、手伝い普請に駆けつけた毛利家の家臣達は、〈これは戦じゃ、戦じゃ〉と呟《つぶや》きながら石垣積みに邁進《まいしん》し、ある者は負傷し、ある者は病に倒れ、そしてある者は石に押しつぶされて死んでいった。おそらく名古屋城手伝い普請も加藤家の家臣の幾人かが命を落とすにちがいない。その死を陣没《じんぼつ》と同格に扱うことによって武士の面目は保たれるであろうが、徴用された百姓らには面目などどこにもない。それは犬死に他ならない。そう思いながらも三郎太の心の隅には、高い石垣を清正流の手法で積んでみたいという願望が隠しようもなく潜《ひそ》んでいた。

（二）

二月、名古屋城手伝い普請を命じられた二十家がいっせいに普請に取りかかった。二十家は前田利《とし》常《つね》（加賀百三十万石）、黒田長政（筑前五十二万石）、鍋島直茂（肥前四十六万石）細川忠興（豊前三十九万石）、福島正則（安芸五十万石）などの豊臣家恩顧の大名ばかりであった。

清正は自ら幕府に申し出て、名古屋城普請の中で最も困難かつ華やかである、と評判の天守の土台石垣（天守台）を築くことにした。城石を積む旗頭はむろん清正である。その下に三郎太が就《つ》いた。三郎太の下には熊本城普請で石積みの技を習得した新美らおよそ二千の家臣と百姓三千人が加わった。天守台は清正流で築くことになった。

普請はまさに戦《いくさ》といってよかった。三郎太らが名古屋城の天守台普請にかけた情熱はもはや手伝い普請の域を超えていた。新美らにとって清正流の石垣積みは熊本城で培《つちか》った石積みの技をさらに充実、発展させることで、それは石工としての技をさらに高度に引きあげるものであった。

天守台の勇姿が仕上がっていくにしたがって、手伝い普請に加わっている大名の家臣らがひきも切らずに物見に訪れる。また清正の下で石積みを学びたいと申し出る者も多数にのぼった。清正はこれら他家の者を等しく受け入れた。

余談であるが、清正は石垣積みの技を他の大名に盗まれないために天守台を全て筵《むしろ》で囲って普請した、と口伝されているが、それは後世の人々の潤色《じゅんしょく》である。

清正流の石積みと三郎太らが工夫して取り入れた切り石での石積み（打ち込み矧《は》ぎ）は、名古屋城完成後、全国の城普請で採用され、それはさらに精緻な〈切り込み矧ぎ〉の石垣へと変わっていくことになる。

八月、名古屋城の天守台は完成をみた。


三郎太は清正と共に肥後に戻った。菊乃は一緒になった頃より、ややふくよかになり、その分、若やいで見えた。ふたりの共通の話はやはり比叡山と琵琶湖であった。人は老いると一番心惹《ひ》かれた風景を見たくなるのかもしれない。人間五十年といわれた時代、三郎太は四十九歳になっていた。


慶長十六年（一六一一）三月。

大坂屋敷の留守居役から清正に〈徳川家康が駿府の城を出て、京に向かった〉、との報を受けた。

清正は迷うことなく大坂屋敷に向かうことにしてその人選を急いだ。

清正が肥後を発つ前日、覚兵衛が三郎太の屋敷を訪ねてきた。

「明日から殿に従って大坂に参る。此度《こたび》は殿にとって最もお気を遣《つか》う役が京で待っている」

「京で何がありますのか」

「殿が豊臣家存続のために秀頼公が右府様と会われ、臣下の礼をとっていただけるよう、前々から秀頼公の母君である淀様にお願いしていたこと、三郎太は存じていたであろう」

「何度かそのことで大坂城に殿が赴《おもむ》かれましたな」

「それがやっと叶《かな》うことになったのだ」

「それはめでたいこと。して御両所は何処で会われますのか」

「京、二条城と決まった。秀頼公は御歳十七歳。お二方が顔を合わせるのは太閤様が薨去《こうきょ》なされた時以来だから十三年ぶりとなる」

「殿が最もお気を遣《つか》われる役とは？」

「秀頼公の護衛役じゃ。江戸幕府にとって太閤殿下のご子息である秀頼公はなんとも悩ましいお方だ。此度《こたび》の会見は右府様がもちかけたそうじゃ。もし会見を断ればそれを口実に豊臣家を攻め滅ぼす腹づもりであった、と聞く。そのような右府様であってみれば、大坂城から十三年ぶりに出てくる秀頼公を取り除く絶好の機会と考えているやもしれぬ。殿はそのことを慮《おもんばか》って秀頼公の護衛を御決断なされたのだ」

「家康様は御孫の千姫様を秀頼公に娶《とつ》がせております。その家康様が秀頼公の御命を奪うなどとは思えませぬ」

「天下を取るような英傑は肉親などに寸毫《すんごう》の未練も持たぬ。でなければ天下など取れぬ。わしは殿を護衛するために京に向かう。殿に危害が及ぶようなことがあれば、わしは命に代えて殿をお守りする。今日参ったのは、わしが無事に戻ってこられることを三郎太に祈ってもらうためじゃ」

覚兵衛は今まで三郎太にみせたことのない真剣な眼差しをしていた。

翌日、清正は二千余人の家臣を従えて熊本城を出立した。いずれも清正が選りすぐった刀槍《とうそう》に優れた者ばかりであった。

熊本城で清正一行を見送った三郎太は李《リ》を伴って久しぶりに竜蔵院慶長《よしなが》の碑《いしぶみ》を確かめに行った。

碑はひっそりとひと目につかず建っている。ふたりは碑に向かって手を合わせる。

「わたくしは慶長殿が好きでした」

李がぼそりと呟いた。

「慶長殿は修験者《しゅげんじゃ》。城普請などに関わらずに野山を友として一生を終えたかったに違いありませぬ。慶長殿が酒を飲むと口が軽くなることは存じておりました。あの宴《うたげ》でわたくしは慶長殿の近くに居りました。今になって思えば、あの時、慶長殿の軽口を諌《いさ》めておれば、と悔いております」

「それは申すまいぞ。慶長殿は酒が入ると人が変わる。李が諌めたとて止まらなかったであろう。慶長殿が殺害された今となっては碑に向かってただただ手を合わせるしかない」

「もしものことでございますが、わたくしが大殿(清正)様のお怒りに触れ、闇に葬《ほうむ》られたとしたら、三郎太様はわたくしのために密《ひそ》かに碑を建ててくださりますか」

「冗談は言わぬものだ。李が殿の逆鱗《げきりん》に触れるような行いをするわけがない。それに李は殿の家臣ではない。わたしが召し抱えたのだ。李が闇に葬られるような違法を行えば、わたしがその責をとらねばならぬ」

「なるほどそうでした。とんだことをお訊《たず》ねしました」

李はそう言って慶長の碑に深々と頭をさげた。

四月、熊本城城代の下川又左衛門は主だった家臣を本丸御殿大広間に集めて、家康と秀頼の会見が三月二十八日に行われたことを伝え、

「殿はご立派に大役を果たされた。しばらく大坂屋敷に御逗留なされて来月下旬に大坂屋敷を発ち、六月にはこちら（肥後）に着く」

と報じた。

三郎太は安堵《あんど》しながら本丸御殿から自邸に戻ると、そこに覚兵衛の妻女登世《とせ》が来ていた。

「京に参られた殿様はじめ家中の方々は御無事だったのでしょうか」

おそらく登世は覚兵衛から此度《こたび》の上方《かみがた》行きが如何《いか》に危険であるかを聞かされていたのであろう。

「覚兵衛殿が切死《きりじに》しなくてはならぬような事態は起こらなかったようです」

「では秀頼公と家康様の御会見は無事にお済みになったのですね」

登世が大きく息を吐《は》く。

「どのような会見であったのか知りたかったのですが、下川城代から秀頼公と家康様の会見が済んで、殿が六月には肥後にお戻りになる、としか報《しら》されませんでした。細かなことは覚兵衛殿が戻ってくれば聞けましょう」

「覚兵衛の無事さえわかれば、大坂屋敷に居残ってもらった方がわたくしにとっては手間が省けると申すものです」

先ほどまでの不安げな登世の顔からは想像もできないほどにうち解けた様子に、三郎太は改めて登

世の覚兵衛に対する深い思いを知った。そうした登世の心の動きを菊乃は知り抜いているのか、

「そのような強がりはわたくしには通じませぬよ。覚兵衛様が大坂屋敷に居残るようなことはありませぬ。殿様と共に六月にはお戻りになりましょう」

と笑いかける。

「これでしばらくの間、秀頼公の行く末を殿がご案じなさることもなくなりました。また手伝い普請を命じられるような築城も当分は無さそうです。となれば殿は今度こそ肥後、熊本城に腰を落ち着けて国政に心魂を傾けるに違いありませぬ。それを肥後の領民はどんなに待ち望んでいたか。覚兵衛殿も帰還なされば一層多忙になるでしょう。まずは殿と覚兵衛殿の元気な顔を一日でも早く見たいものです」

三郎太は登世にというより自分《おのれ》に言い聞かせるように話した。

五月になり、清正の帰還を熊本城で迎える準備が下川城代の下で進められた。

大木土佐が進めていた白川流路掘り替え普請は清正の帰還に間に合うように徴用する百姓を増やして続けられていた。

五月中旬、清正の御座船《ござぶね》が難波《なにわ》の港を出た。

（三）

御座船《ござぶね》が半月ほどを費やして豊後鶴崎港に入ったのは五月二十九日であった。

数日前から下川城代らは鶴崎に出張《でば》って清正の帰還に備えていた。船着場に立って下川城代は清正が船から下りてくるのを今か今かと待った。だが清正が下船してくる気配はない。じれて待っていると飯田覚兵衛が単身で下船し、下川城代の許《もと》に来た。

「殿は？」

下川又左衛門の苛立《いらだ》ちは頂点に達していた。

「二日前、殿は船中で突然、正体（意識）を失われた」

「なんと殿が。して今の御様態は？」

いらいらは一瞬にして失せた。

「立つことはもちろん、話すこともままならぬ」

覚兵衛の顔は悲痛に歪《ゆが》んでいた。

帰還の歓迎はいっぺんに消し飛んだ。

急拵《ごしら》えの輿《こし》に臥《ふ》せった清正は二日がかりで熊本城に戻ってきた。

清正、病に倒れる、の報はたちまち城下に広まった。

案じた三郎太は熊本城に駆けつけたが、清正に会うことは許されなかった。

一日経ち、二日経ち、三日と過ぎてゆく。三郎太は覚兵衛に清正の病状を教えてもらおうと李《リ》を伴って覚兵衛の屋敷に赴《おもむ》いた。出てきたのは登世だった。

「覚兵衛は昨日戻って参りましたが、一刻（二時間）ほど居て、着替えを済ませると、また城に向かわれました」

「覚兵衛殿は殿の御様態について何か申しておりませなんだか」

三郎太は祈るような気持ちだ。

「重篤《じゅうとく》だとのこと」

登世は言ってはならない言葉を口にした、というようにあたりをはばかりながら暗い顔をした。

「それほど重いのでしょうか」

李が前にのめるように訊《たず》ねた。

「医者《くすし》の看立てでは病篤《あつ》く、御本復は十にひとつ、とか」

「病ごときで大殿は死んではならないお方です」

李は呟《つぶや》いて首を横に振った。三郎太は李がそれほどまでに清正に心を寄せているとは思ってもみなかった。

「どうであろう、これから本妙寺に詣《もう》でて殿の快癒《かいゆ》を祈りに参らぬか」

三郎太は誘《さそ》ってみた。

「是非、お連れください」

李はなにか心に期するものがあるのか、まなじりを決して頷《うなず》いた。

三郎太と李はそれから五日ほど朝早く起き出して本妙寺詣でを続けた。

六日目早朝、三郎太はいつものように本妙寺に行こうと自邸で李を待ったが、訪れがない。とうとうその日、李は姿をみせなかった。

同じ日の払暁《ふつぎょう》、熊本城二の丸御殿の寝所に清正は寝具に包まれて伏せっていた。枕頭《ちんとう》には御殿医《ごてんい》の公庵《こうあん》がただひとりで控えていた。清正が小康状態であったので、他の医師と小姓らは寝所から下がっていた。

障子越しに朝の陽が射して寝所が明るくなると、公庵は気がゆるんだのか、急激な眠気に襲われ、座したままうつらうつらした。それを何度かくり返した時、ヒュッという笛のような音が聞こえた。

公庵は目を見開いて清正を窺《うかが》い、それから上掛け布団を半分ほどめくって清正の腕を取り、手首の脈に指を当てた。

「……、御脈がない」

公庵はあわてて清正の口許に自分の顔を近づけた。

「息をなされておらぬ。身罷《みまか》われた」

立ち上がり、障子を開けると濡縁《ぬれえん》に出て清正の死を報《しら》せるために同じ二の丸に建つ城代、下川又左衛門屋敷へと走った。

又左衛門はまだ就寝中であった。公庵から清正の死を報《しら》されると、着替えもそこそこに二の丸御殿へと駆けつけた。

ふたりが寝所に入るとそこにはすでに側室の小夜《さよ》と小姓が枕元に座していた。又左衛門は小夜の後方に座して労《いたわ》るように小夜に深々と頭をさげた。

覚兵衛が清正の寝所に駆けつけたのは又左衛門に遅れること四半刻（三十分）であった。すでに加藤平左衛門ら数名が寝所に顔を揃えていた。

覚兵衛は清正の枕元にいざり寄り、清正の顔を痛々しげに拝した後、深いため息をついて寝具に目を向けた。

――はて――

と心中で呟《つぶや》き、

――何かが違う――

と首を傾《かし》げた。昨夜、清正の小康に安堵して寝所を退出した時と上掛け布団の形がどこか異なるのである。覚兵衛は上掛け布団をなおも仔細に見た。そして上掛け布団が不自然に盛り上がっていることに気づいた。

「公庵殿は昨夜、殿の御胸《おんむね》になにか施療なされたか」

「ご存じのように殿は御胸を患っていたわけではございませぬ。施療はいたしておりませぬ」

それを聞いた覚兵衛は、

「ご免仕《つかまつ》る」

と告げて上掛け布団をめくった。小夜が短く叫んで着物の裾で顔を覆った。清正の左胸に短刀が突き刺さっていた。

「どういうことだ」

覚兵衛が見開いた目を公庵に向けた。

「わたくしは今朝、殿の御息《おんいき》と御脈《おんみやく》を確かめるため上掛けをめくりました。そのとき殿の御胸はいつも通りでございました」

「いつも通り、とは殿が小康であったと言うことか」

「いえ、御息も御脈も絶えておりました。殿の御逝去《ごせいきょ》をお伝え申すため、わたくしは御城代の館に走りました」

「その折、御寝所には公庵殿の他に誰ぞが控えておりましたか」

「いえ、わたくしだけでした」

「では公庵殿が寝所を後にした隙《すき》に賊が寝所に忍び込み、殿の御胸《おんむね》に短刀を突き立て逃走した、ということになる。もう一度訊《たず》ねるが、公庵殿は殿が逝去なされたのを確かめてから寝所を後にしたのですな」

「殿が息を引き取ったからこそ、わたくしは、この場を離れたのでございます。ご覧くだされ。殿の御胸からは、わずかな血しか出ておりませぬ。殿の御命《おいのち》あるうちに刺されましたら御寝間着《おねまき》に多量の血が滲《にじ》むはずでございます」

「賊は殿が身罷《みまか》ったことを知ったうえで刺したのであろうか。とすれば詮《せん》なきこと。それと短刀を突き立てたままにして去ったのは何故《なにゆえ》か」

覚兵衛は首を傾げて短刀の柄《つか》を見すえた。

「なんと加藤家の御紋」

柄《つか》に蛇の目の家紋が刻まれていた。

「このまま捨て置くわけには参らぬ」

覚兵衛は重臣らを見回して、短刀を抜くことに異議を申し立てる者がいないのを確かめてから引き抜き、懐から取り出した懐紙に包んで脇に置いた。

「狼藉《ろうぜき》を働いた者を野放しにしてはおけぬ。わしが身命を賭して捜し出す。家紋入りの短刀であれば、いずれその持ち主は判明するであろう」

又左衛門は短刀を取ろうと腰を浮かせた。すると覚兵衛が素早く短刀を懐に収めた。

「渡されよ」

又左衛門が手を差し出した。覚兵衛は無言で首を横に振る。

「なぜでござる」

又左衛門が怪訝《けげん》な顔をする。

「江戸幕府は全国に間者《かんじゃ》を送り、国情を探《さぐ》ろうと躍起《やっき》になっている。そのこと城代はよくご存じのはず」

「むろん存じておる。この肥後にも間者が潜《もぐ》り込んでいる、と聞いている」

「殿が重篤《じゅうとく》な病に陥《おちい》っていることを幕府はすでに間者を通じて握っているに相違いない。たとえ御逝去された後であっても殿の胸に短刀を突き立てた者が居た、などという恥ずべき失態が幕府に漏れれば、若君忠広《ただひろ》様のお世継ぎに支障を来《きた》すは必定。それればかりではない。この失態が家臣らに知れれば、城に詰めていた城代や平左衛門殿ら重臣の方々の警護や介護に手落ちがあったと責められるは明らか」

「であっても下手人を放っておくわけには参らぬ」

又左衛門は眉間《みけん》に皺《しわ》を寄せて口をへの字に結んだ。

「むろん下手人は捕縛せねばならぬ。だがそれは若君が加藤家五十四万石を無事にお継ぎになった後に、極秘で行うのが肝要。下手人探索が公になれば、六千の家臣らが城代殿らの失態を言いつのり、果ては肥後を追われることになるやもしれませぬぞ。ここに顔を揃《そろ》えた方々は保身のうえでも、この失態を末代まで秘さねばなりませぬ」

覚兵衛の半ば脅しに似た口ぶりに、又左衛門も平左衛門も苦虫を噛みつぶしたような顔をするだけで言い返すことはできなかった。

「短刀は忠広様がお世継ぎと決まるまで、この飯田覚兵衛が極秘で預かり申す」

覚兵衛は強い口調で告げた。

翌六月二十五日、清正の死は公にされた。享年五十歳であった。

その日の夕刻、金宦《キムカン》が喉を短刀で突いて清正の後を追った。その同じ頃、大木土佐が自邸で追い腹を切った。

翌、二十六日、早朝、三郎太の許《もと》に覚兵衛から、すぐに飯田屋敷に参れ、との呼び出しがかかった。

——覚兵衛殿は殿の御葬儀準備で繁多。わたしを呼びつけている暇などないはず——

そう思いながら飯田屋敷に赴《おもむ》くと、すぐに覚兵衛の居間に通された。

「これに見覚えはないか」

覚兵衛は前触れもなく三郎太の前に抜き身の短刀を置いた。柄《つか》に加藤家の家紋が螺鈿《らでん》で施されている。三郎太は手にとって仔細に検分する。

「これは菊乃が殿から賜《たまわ》った懐剣。それがなぜここに」

「それはこのわしが三郎太殿に訊《き》きたい」

覚兵衛の顔は今までにない厳しいものだった。

「そう申されても、まるで雲を摑むような話」

「この懐剣が殿の胸に刺さっていた」

「何と、殿の胸にですと」

「菊乃殿はこれを何処《どこ》に置かれていた」

「居間の仏壇」

「それを知っているのは」

「菊乃とわたくし、それに李《リ》」

「李も知っていたのか」

「まさか李が持ち出したとでも」

「李しか考えられぬ」

「わたくしと李は殿の快癒《かいゆ》を祈るため本妙寺に毎朝、詣《もう》でておりました。その李がそのような大それた事をするなど及びもつきませぬ」

「殿が御逝去された日の朝もふたりは本妙寺に詣でたのか」

「いえ一昨日は李の訪れがなく、参りませんでした。それ以後、と申しましても二日の間ですが、李には会っておりませぬ」

「ならば、これから直ちに李の許《もと》に参り、二十四日の朝、何故《なにゆえ》本妙寺に詣でなかったのか質《ただ》されよ」

（四）

李の家は三郎太の館から東に半町（五十メートル余）ほどの所にある。李はそこにひとりで住まっている。李は三郎太から三十石の禄を受けているのだから、下僕や賄婦《まかないふ》を雇い入れてもよいのだが、頑《かたく》なにひとり住まいを通していた。

「居るか」

李《リ》の家の出入り口に立った三郎太は大声で呼びかけ、戸を開けようとした。閂《かんぬき》が掛けられていた。

「訊《たず》ねたい儀がある」

三郎太は戸を拳《こぶし》で叩いて家内《いえうち》の様子を窺《うかが》った。

「殿が御逝去なされたことは存じておるか」

三郎太は大声で語りかける。

「居るのはわかっている。出てくるまでここで待つ」

さらに呼びかけ、しばらく待つ。

戸がゆっくりと開いて、李が顔を出した。

「一緒にきてもらう」

三郎太は李の肩を押すようにして自邸に導いた。李は素直に三郎太に従った。

「本妙寺詣でを急に止めたので、どうしたのかと案じていたのですよ」

土間続きの部屋の床に座した李の前に白湯《さゆ》を運んできた菊乃がつとめてさりげなく言った。李は無言で椀《わん》を取り、口に運んで一口飲む。

「飲み終えたらわたしの部屋に来るように」

三郎太は李に言い含めるように告げた。

待つ間もなく、菊乃に伴われて李が三郎太の部屋に来た。

「なにもかも話してもらうぞ」

李が座すのを待って三郎太が切り出した。

「わたくしは込み入った話になりそうな気配を感じて、その場を去ろうとした。

菊乃は下《さ》がっておりますね」

三郎太の何時《いつ》にない厳しい口調に驚きながら菊乃は部屋の隅に座した。

「菊乃もここに居れ」

「一昨日、本妙寺詣でに参らなかったのは何故だ」

李はしばらく黙していたが、やがて、

「その日、わたくしは丑刻《うしのこく》（午前二時）頃、家を出ました。折しも居待月《いまちづき》（十八日の月）が明るさを増して頭上にありました。その明るさを頼りに西におよそ四半刻（三十分）ほど歩《あゆ》んで、西大手門に着きました」

腹を決めたのか毅然《きぜん》とした顔を三郎太に向け、次のように話を続けた。

大門は閉まっていたので、脇門に回って小扉《ことびら》を押した。開いたのをさいわい門内に入った。城内は月光で青白く見えた。門から二の丸に通ずる城道を登った。通い慣れた道である。迷わずに二の丸に達し、二の丸御殿に向かった。そこに病を得た清正が養生している寝所がある。庭に忍び込み、御殿を窺《うかが》う。障子《しょうじ》を通して明かりが漏れてくる部屋がある。

――清正の寝所――

呟いて寝所まで近づき、植え込みの陰に身を隠した。右手を懐に当て、忍ばせた懐剣を確かめ、寝所に目を注ぐ。なんの動きもない。

半刻（一時間）が過ぎ、一刻が経《た》った。居待月が西の空に傾いている。障子は閉まったままだ。植え込みの陰に身を潜めてひたすら待つ。すでに夜は明けていた。

突然、寝所の障子が開き、男が慌てた様子で濡縁《ぬれえん》に姿を現すと小走りに去った。障子は開け放たれたままだ。寝所内に目を遣《や》る。誰もいない。

植え込みから一気に寝所に走った。濡縁に足を掛け、跳ね上がって寝所に入った。上掛け布団が半分ほどめくられ、銀糸の寝間着《ねまき》に包まれた清正の上半身が目に飛び込んできた。

「わたくしは懐剣を取り出して鞘をはらい逆手に持って、ひとつ大きく息を吸い込み腹に力を溜《た》めて、清正の左胸に突き立てました。清正はひと言も発しませんでした。清正の目を見ると半眼でどこを見ているのかわかりませんでした。突き立てた懐剣を抜こうとした時、奥の部屋とを仕切る襖《ふすま》越しに人の声が聞こえてきました。わたくしはとっさに上掛け布団を清正の肩口まで被《かぶ》せ、庭に飛び降り、植え込み伝いに二の丸御殿を抜け出しました」

李の表情は、いつも三郎太に向けるそれと変わらなかった。

「李と初めて会った慶長四年から今年（慶長十六年）までのことをわたしは思い起こしてみた。李と交わした話の端々《はしばし》に、しばしばかみ合わぬ遣《や》り取りがあった。しかしわたしはそのことを深くわかろうとせず、わたしなりに曲解し、得心していた。だが李からそのような重大事を聞くに及んで、李がなぜ、親族の死についてわたしに話そうとしなかったのか、また何故《なにゆえ》わたしの家臣になることを渋ったのか、そして慶長殿の死にこと寄せて、自分《おのれ》が殿（清正）の逆鱗《げきりん》に触れて死するようなことになったら、碑《いしぶみ》を建ててくれるか、などと申したのか、今、やっと得心した」

「わたくしのなにがわかったと申されますのか」

「この肥後に来たのは、殿や覚兵衛殿に連れてこられたのではなく、自ら望んで参ったのであろう」

「なぜそう思われますのか」

「殿、加藤清正様のお命を奪うため。そうであろう」

李は固く口を結んで三郎太を見据《す》えた。

「答えなくてよい。だがわからぬことがひとつある。殿のお命が尽きることを李はわかっていたはずだ。李が手を下《くだ》さずとも殿は遠からず身罷《みまか》る。そのことがわかっていながら、なぜ菊乃が殿から賜《たまわ》った懐剣で殿を刺したのだ」

「清正は病ごときで死んではならぬのです。皆に看取《みと》られ、惜しまれてあの世に逝《ゆ》くことなど断じて赦《ゆる》されることではありませぬ。父母そして妹、いや朝鮮の民、数十万がそのような安らかな清正の死を赦《ゆる》すな、とあの世で叫んでおります。だから病で死する前、それがたとえ寸刻前であっても、清正の身を守るために作られた家紋入りの懐剣で清正の息の根を止める、それが清正にふさわしい死に方だとわたくしは断じたのです」

「殿の御胸《おんむね》に懐剣を突き立てたままで去ったのは、李の思いを知らしめるためであった、と申すのか」

「いえ、持ち帰ろうとしたのですが、隣室から人が駆けつける気配があったので、そのままにして去らざるを得なかったのでございます。懐剣を持ち帰れなかったのは取り返しのつかないこと」

「取り返しがつかないのは懐剣を持ち帰らなかったことでなく、殿に懐剣を突き立てたことだ」

李は唇をかたく結んで下を向いた。

「殿を慕って金宦《キムカン》殿が後を追ったぞ」

ややって三郎太が言った。

「愚かな男だ」

李が顔をあげて吐き捨てた。

「肥後の領民は金殿の殉死《じゅんし》を賞賛するであろう」

「だから愚かな男なのです。朝鮮人でありながら朝鮮の民を殺し尽くした清正を慕って後を追った金。考えただけで怒りがこの身に満ちてきます」

「李の父母妹の死はどのようなものであったのか」

「壬辰倭乱（文禄の役）の時、わたくしの家族が暮らしていた釜山浦《プサンポ》に押し寄せた倭軍《わ》（日本軍）が朝鮮軍の兵士の首を切り落とし、その顔に化粧を施す業《ぎょう》(作業)を釜山浦に住む子女に強要しました。母と妹も駆り出され、毎日戦地から送られてくる生首に化粧を施し続けました。そうして化粧を施した首は樽に入れて塩漬けにし、秀吉の許に送られました。なぜ化粧を施したかは、倭人である三郎太様や菊乃様にはおわかりでしょうが、母も妹も化粧を施すことによって首を立派な武将にみせ、大将首に仕立てて手柄を誇るためなどとは知る由もありませんでした。父とわたくしは石工であったことから、倭城作りに駆り出されました。それがしばらく続いたのですが、日が経つにつれ倭軍の兵はわたくし達を家畜のように扱うようになりました。安国寺恵瓊《えけい》という武将が占領した地域の子供達に、倭言葉をおぼえさせたうえで朝鮮の言葉を禁じて倭言葉で話すことを強要しました。増田長盛なる武将は捕虜とした朝鮮兵に倭名をつけて改姓させました。ですが壬辰倭乱の時はまだ倭軍にもそれなりの秩序がありました。しかしながら五年後の丁酉再乱（慶長の役）では倭軍の暴挙は口に出していうのも憚《はばか》るほどのむごいものでした」

李はそこで三郎太と菊乃にこれから話すことに耳を傾けていられるか、と問うような鋭い眼差しを送った。菊乃はまんじりともしない。三郎太は李の口許を食い入るように見る。

「丁酉再乱の倭軍は、朝鮮軍と戦うというより朝鮮の民全てを抹殺するための侵略者に豹変《ひょうへん》しておりました。破壊しつくし、殺しつくす。その一語につきます。朝鮮兵の首を秀吉の許に送る蛮行から朝鮮兵の鼻を削《そ》いで塩漬けにして送るように変わりました。かさばる首を送るだけのゆとりが倭軍にはもはや残されていなかったのでしょう。しかしこの倭軍の鼻削ぎは、朝鮮の兵でもないわたくし達領民におぞましく恐ろしい惨事をもたらしました。考えてもみてくだされ。削いだ鼻から三郎太様や菊乃様はそれが朝鮮の武将であるかどうか見分けられましょうか。…………。判ずることは叶《かな》いますまい。なぜそのように鼻を集めたかったか。三郎太様は十分おわかりでしょうが、秀吉は送られてきた鼻の数で倭軍の武将の論功行賞を行ったからです。倭軍の武将は朝鮮全土を駆けめぐって鼻狩りに狂奔しました。誰の鼻でもよかったのです。男でも女でも老いていようが生まれたての赤子であろうが、目に入る朝鮮人全てを殺戮《さつりく》し鼻を削いで塩漬けにし、樽に詰めて秀吉に送り続けたのです。とくに清正は従軍した家臣のひとり一人に鼻三個を取ってくるように厳命し、これを守れなかった家臣には取ってくるまで陣中に入ることを禁じました。ために清正の兵の過酷さは、他の武将の兵から比べれば群を抜いておりました」

加藤清正の家臣山本安政はこの鼻狩りを戦功として〈覚書〉に次のように残している。
——男女生子《なまこ》までも残らずなで切りに致し、鼻をそぎ、来る日も来る日も塩に致し、戦功として清正に届けた——

生子とは生まれたばかりの赤子のことである。

李はさらに続ける。

「わたくしの家族は清正の軍に捕らわれ、母と妹は〈つかい女〉として清正配下の武将達の慰《なぐさ》み者となり、清正軍が敗退する際に、殺されて鼻を削がれました。わたくしはこの時も倭城作りに駆り出されましたが、父は病弱のこともあって、加藤軍は役に立たないと思ったのでしょう、切り殺されて鼻を削がれました」

医僧として日本軍に従軍した豊後臼杵《うすき》安養寺の住職、慶念が記した〈朝鮮日々記〉には、
——慶長二年八月十六日、南原城内に籠もる男女全てをうち捨て、生け捕った者はなし。同十七日、昨日までは死すべきことも知らず、今日は有為転変の習いなれば、無情の煙りとなりし。同十八日、夜明けて城の外をみれば道のほとりにうち捨てられた死人の数はいさこ（砂）のように無数である——

と記されている。

「倭軍が秀吉の許に送った鼻の数は十万に及ぶでしょう。わたくしは石工であったがために命を永ら

えました。そのような無謀な所業を続ける倭軍が朝鮮領民に受け入れられるはずもなく、戦《いくさ》に負け続けて撤退することになった時、倭軍の武将達は日本で使えそうな朝鮮の者を連れ帰りました。むろん武を持って強引に連れ帰ったのです。しかしわたくしは自ら求めて加藤軍の飯田覚兵衛様にお願いして肥後に連れてきていただきました。むろん母、妹そして父、それに何万もの同胞を殺した加藤軍の総大将加藤清正の命を奪い、恨みをはらすためでした」

「殿が病に陥《おちい》る前に殺害する機会は何度もあったはずだ」

「ありました。三郎太様の供をして、清正と三人だけで縄張図の話をしていた折。また普請場で清正の後ろに立った折」

「その折になぜ思いとどまったのだ」

「三郎太様のことを考えたからでございます。肥後に来てまともに人として扱ってくだされたのは三郎太様だけでした。その三郎太様に迷惑をかけてはならぬ、との思いが心の隅にあったのです。人は少しでも心にかかることがある時、大事《だいじ》を為すことは叶《かな》いませぬ」

「李が倭言葉を覚え、城作りにわたしの片腕となって走り回ってくれる。その姿が李の仮の姿だったとは思えぬ」

「三郎太様と熊本城を作り上げた喜びは今でもこの胸中に残っております。三郎太様の下で城作りをしていると父母のこと妹のことを忘れることができました。だが三郎太様から離れてひとりになると父母、妹さらには釜山浦《プサンポ》のことが蘇《よみがえ》ってきました。毎日がその繰り返しでした。しかし今、その繰り返しも終わりました」

「終わったとは、殺すべき相手を殺した、ということか」

「清正をわたくしの手で殺すという思いがわたくしを今日まで生かさせてくれた唯一の力でした」

「殿は李の刃《やいば》で死んだのではない。その寸刻前に黄泉《よみ》の国に旅立たれていた」

「いえ、わたくしが清正の息の根をとめたのです」

「事実《まこと》を曲げることはできぬ。これから李はどうしたいのだ」

「わたくしに、これから、はないと思っております。清正を殺した朝鮮の男として処罰してくださりませ」

「生きたいとは思わぬか」

「清正の命を奪うこと。それだけを為し遂げるために苦渋を忍んでこの肥後で露命をつないで参りました。本懐をとげた今、もやは生きようとは思いませぬ」

「もう一度申すが殿は病で御逝去なされたのだ」

「死ぬ前にひとつだけ三郎太様にお伺《うかが》いいたしたいことがございます」

李は淡々とした語り口でさらに続ける。

「丁酉再乱（慶長の役）で敗退し肥後に戻ってきた加藤家家中の方々の口から、朝鮮での暴挙をわたくしは今に至るまで聞いたことがありませぬ。方々は皆、少なくとも三人の鼻を切り取り、朝鮮の娘達を蹂躙《じゅうりん》し、家という家に火をかけて焼き尽くしました。そのことをなぜ妻や子、さらには周りの者に話さないのでしょうか。三郎太様がもし清正の軍に加わっておられ、戦い終えて菊乃様の許《もと》に戻って参りましたら、やはり朝鮮での無法に口をつぐみ、素知《そ》らぬ顔で共にお暮らしなさるのでしょうか。また菊乃様はもし三郎太様から暴挙を報《しら》されましたら、三郎太様をどのように思われますのか」

李は厳しい顔を三郎太と菊乃に向けた。

「わからぬ。わからぬが、おそらくは御家中の者達と同じように決して口外はしないであろう。むろん菊乃にもひと言も話さぬ」

ややたって三郎太は無理矢理言葉を押し出すように告げた。

「菊乃様は三郎太様から暴挙を聞かされましたら、何といたしますか」

「そのような恐ろしいことを三郎太様がすると李殿は思っておられますのか」

「三郎太様が清正の軍に加わっていれば朝鮮人の鼻を三個削ぎ取り、清正に差し出したでしょう」

李は容赦なかった。菊乃は困惑し、自分が不当に責められているような気がしたが、李のすさまじい境涯を聞くに及んで、逸《そ》らさずに答えなければならないと覚悟した。

「何もなかった、何も聞かなかった。そう思い定め家事に勤《いそ》しむに相違ありませぬ」

「なるほど、この日本《くに》の民がなぜあのような朝鮮での暴挙について語らぬのかということが、少しわかりました」

「何がわかったと申すのだ」

「この日本《くに》では、人として許せぬ行いを為した者は黙することによって、またその行いを見てしまった者は見なかったことにして縁者、友人に生涯、口を閉じ続ける、そのことがわかりました。そうして子や孫の代になる二十年後、三十年後には、誰ひとり丁酉再乱の暴挙など知る者が肥後に居なくなることでしょう。いえ、これは肥後一国に限ったことではないように思えます。日《ひ》の本《もと》の民は秀吉に命じられた兵が朝鮮に侵攻し、罪なき民を何万も殺して、その鼻を削ぎ取ったことなどなかったかのように住み暮らすのでしょう。しかし朝鮮の民は、このことを決してなかったことなどにはいたしませぬ。百年先、いえ五百、千年先まで子々孫々にこの惨事を憤怒《ふんぬ》と悲しみを抱《いだ》いて語り継ぐでしょう。そしてわたくしは鼻を削がれて殺された両親と妹を持つ朝鮮人なのです。さらに申せば子孫にこの暴挙を伝えぬ日本《くに》の民は五十年後、百年後、五百年後、同じ過ちをくり返すに違いありませぬ」

李はそこで力尽きたように深いため息をついた。

「どうであろう。李の命をわたしに預けてくれないだろうか」

しばらくの沈黙の後、三郎太は抑えた声で言った。

「預けたとて、死の他になにが残されているのでしょうか」

「太閤殿下は朝鮮から送られてきた十万余の鼻を京近郊の地に埋葬して塚を建てたと聞いている。おそらくそこに李のご両親、妹御の鼻も埋葬されているであろう。その塚に詣《もう》でてから身の処し方を決めても遅くはないと思うが」

「その塚に眠る朝鮮の人々の誰ひとりも秀吉に塚など建ててもらいたくなかったにちがいありませぬ。ですがその塚に父母、妹の鼻があるのならば、参りたいと思います」

「今、わたしにしてやれるとすれば、李をその塚まで連れていってやることくらいしかない。今日からこの家に移ってきてくれ。李ひとりにしておくわけにはいかぬ」

李は微かに頷《うなず》くのみだった。

（五）

「今夜、参りましたのは李《リ》のことでございます」

飯田屋敷を訪ねた三郎太は神妙な顔で覚兵衛と向かい合った。

「やはり殿の胸に短刀を突き立てたのは李であったか」

「李に間違いありませぬ」

「で、李をどうするつもりだ」

「わたくしに任せてくださりませぬか」

「任せるとはどういうことか」

「李のこれからを、でございます」

「これから？　李にこれから先があるのか」

「わたくしが肥後より立ち退《の》くことで、李の罪を容赦していただきたいのですが」

「家禄《かろく》を返上するというのか」

「菊乃とも考えたのですが、そのようにしたいと」

「つまりは李を召し抱えた責を三郎太殿がとって加藤家を辞する、そういうことか」

「李が懐剣を殿の胸に突き立てた折、殿はすでに息を引き取られておりました」

「だからと申して李が許されるとは思わぬ。しかし殿を殺そうとした李の心中をわからぬではない。この覚兵衛でさえ思ったことがあったのだから」

「覚兵衛殿が殿を殺そうと思ったですと」

「殿は秀吉様一筋で生きてこられた。秀吉様のどんな御命令にも殿は忠実にお応えしようと懸命だった。その懸命さがしばしば、わしや森本儀太夫、床林隼人などに苦渋を背負わせた。その最たるものが、唐入りでの殿の所業じゃ。伏見にあった太閤殿下が、唐入りした大名方に敵将の首の代わりに鼻を削《そ》ぎ取って送れとお命じになると、殿はそれをわしらに押しつけた。さらに、太閤殿下が兵ひとりにつき三個の鼻を削ぎ取るようにお命じになると、他の大名は無視をしたにもかかわらず、殿はわしら家臣にその数を強要した。三郎太殿にはわからぬであろうが、二度目の唐入りは敵将の首をひとつとることさえできぬほど、わが軍の戦況は不利であったのだ。だが殿は吾等に鼻三つを削ぎ取ってくるまで陣屋に戻ることを許さなかった。陣屋に戻れぬ兵らは仕方なく刀も槍も持たぬ朝鮮の領民を殺し、その鼻を削いで数を揃《そろ》えた。それを承知で命じる殿にわしは憎しみを募《つの》らせた。それもこれも皆、殿が太閤殿下に忠実であったがため。今まで言わずにきたが、菊乃殿の夫であった生駒利昌殿は領民の鼻削《そ》ぎを潔《いさぎよ》しとせず、吾等が止めるのも聴《き》かず、単身で敵陣に切り込み、敵将の鼻を削ぎ取ろうとした。……戻ってこなかった。わしはその時、心底、殿を刺し殺したいと思った。だがその時でさえ、わしは思っただけであった。思うだけでも赦されぬことだ。それを李は現《うつつ》に移したのだ」

「李は紛《まぎ》れもなく加藤家の兵によって殺され鼻を削がれた両親と妹を持つ身。李の苦渋はおわかりでしょう」

「わかったとてそれで李の罪が消えるものではない」

「李が下手人であると気づいた方は覚兵衛殿のほかに居られるのでしょうか」

「いや、今のところわしだけだ。これから殿の葬儀、それから若君忠広様の家督相続がある。それに家中の者は掛かり切りとなる」

「忠広様が二代目肥後守《ひごのかみ》に決まるのは、いつ頃になりますのか」

「二、三ケ月、いやもっと後になるやもしれぬ。忠広様が世継と決まれば、おそらく城代の下川又左衛門殿らが隠密裏《おんみつり》に下手人の探索に乗り出すであろう。そうなれば加藤家家紋入りの短刀を手掛かりに李にゆきつくのは必定」

「太閤殿下と殿（清正）、殿と覚兵衛殿。各々《おのおの》はそれぞれは切っても切れぬ主従の間柄です。わたくしと李も同じこと。李を見放すことはできませぬ。どうかわたくしに李を任せてくだされ」

覚兵衛は目を閉じて腕組みをした。

「三郎太殿が羨《うらや》ましい」

目を開け、腕組みを解いた覚兵衛がぼそりと呟《つぶや》いた。

「三郎太殿に任せよう。今となっては、わしもできるなら肥後を去り、山城に戻りたい。だがわしは殿のためにもうひと働きせねばならぬ。いつも損な役ばかり押しつけてきた殿が黄泉の国から、もうひと働きせよと、命じておられる。それが終わったらわしも肥後を出る。殿が居《お》らなくなった肥後にわしは何の未練もない」

「損な役目とは」

「忠広様が世継となるには使者を立て、徳川将軍のお墨付きを頂かねばならぬ。その使者に誰を立てるかで、下川殿らは言い争って殿の葬儀どころではないのだ」

「御使者は城代である下川様、あるいは御いとこの中川周防《すおう》様、あるいは加藤家第一の高禄《こうろく》を頂いておられる加藤右馬允《うまのすけ》様、それに江戸屋敷の留守居役中川重臨斎様。お歴々の方々がおられましょう」

「その誰もが皆尻込みして使者になろうとせぬのだ」

「なぜでございますか」

「殿の死を密かに喜んでおるのは江戸幕府の面々。特に右府様は欣喜《きんき》しておるに相違ない。考えてもみよ。秀頼公を誰よりも親身になって擁護し、豊臣家を存続させることに腐心してきた殿の死は幕府にとって安堵《あんど》以外のなにものでもない。右府様は大坂城に勝る堅城（熊本城）を築いた殿の企《たくら》みを存じておられる。三郎太殿は知らなかったであろうが、今でも幕府の間者が加藤家の内情探索に走り回っている。殿の死に少しでも疑わしきことがあれば、それを種《たね》にして加藤家を移封《いふう》し、徳川縁者を熊本城主にしようと画策《かくさく》するのは必定。だからこそ殿の胸に刃《やいば》を突き立てた者が居た、などの失態を間者に覚らせてはならぬのだ。それ故、先ほど、隠密裏にと申したのだ。そうした右府様や幕府の意向を下川城代や右馬允殿、さらに中川周防殿らはよく存じている。うかうかと使者を引き受けて、お世継ぎの交渉が不首尾に終わり、忠広様が何処《どこ》ぞの小領主に移封されるようなことにでもなれば、使者は加藤家追放、あるいは切腹。そのような損な役を誰が引き受けようか。下川殿らは言い争った挙げ句、こぞってわしにその役を押しつけた」

「なぜ、覚兵衛殿はそのような損な役をお引き受けなされましたのか」

「先ほども申したように、殿が黄泉《よみ》の国から、『加藤家のためにもうひと働きしてくれ』と頭をさげられたのだ」

「で、覚兵衛殿は忠広様を肥後国の二代目領主になさるための算段はついたのですか」

「このわしの弁舌しかない。いざとなれば殿が黄泉の国からわしの身体に降りてきて、わしの口を借り、幕府の方々を説得なさるであろう」

「首尾よく運びますことを祈るしかありませぬ」

「わしは下川城代らに城の蔵を開け、加藤家の財ことごとくを荷車に積むよう頼んである。これらを幕府に差し出すつもりだ。そうでもしなければ忠広様は肥後五十四万石をお継ぎになることは叶《かな》うまい。忠広様が肥後守に任ぜられれば殿(清正)の御遺骸を傷つけた下手人の探索が下川殿らの手によって極秘に始まる。そうなる前に三郎太殿は家禄を返上し、菊乃殿、李共々肥後を去るがよい」

「最後まで覚兵衛殿には世話になりました。礼を申します」

「李を三郎太殿の許《もと》に送り込んだのはわしじゃ。わしにも責の一端はある。ところで肥後を立ち退いて後、行くあてはあるのか」

「穴太《あのう》の郷《さと》に戻りたいと」

「それはならぬ。肥後侍《ざむらい》の心髄は、もっこす。もっこす、とは頑固《がんこ》で執拗《しつよう》ということだ。わしが加藤家の家紋〈蛇の目〉入りの短刀を城代に渡せば、三郎太殿にも嫌疑がかかるであろう。そうなれば三郎太殿の義父戸波鷹之助様が住まう穴太の郷にまで探索の手は延びる」

「言われてみればもっとも。わたくしの配慮が及びませんでした。義父《ちち》には迷惑をかけたくありませぬ。どうすればよいか」

「わしから鷹之助様に使いの者を出しておく。その者には三郎太殿の遺髪を持たせるつもりじゃ」

「遺髪？　わたくしは生きておりまする」

「戸波三郎太は加藤清正様逝去の後、肥後を退去して穴太の郷に戻る途中、何者かに襲われて死した、ということにしていただく。悪く思わんでくれ」

「そこまでしなければ義父に迷惑がかかると？」

「肥後もっこすを甘く見てはならぬ」

「となれば菊乃の故郷、山城にも探索の手はのびると考えねばなりませぬな。ならば、どこぞ琵琶湖と比叡山が望める地に居を求めたいと思います」

「住むところが定まったなら、必ずわしに便りをくれ。約束したぞ。それにしてもなぜ殿はわしを置いて黄泉《よみ》の国へさっさと旅立たれてしまったのか」

覚兵衛は唇を噛むと、おいおいと泣き出した。


クマゼミが鳴き狂っている。それは猛暑を呼び寄せるような鳴き方であった。

三郎太は綺麗に整備された庭に立って思い切り大きく息を吸う。すると南国特有の湿った草むらから匂い立つような香が鼻の奥をくすぐった。

――この香をわたくしは肥後を去った後、懐かしく思い起こせるのであろうか――

三郎太は庭を隔てた板塀越しに望める熊本城を見はるかす。これがこの家に移ってきて以来、習いになった。

城は五町（約五百五十メートル）ほど遠方にあるのだが、手塩にかけて築いた石垣は、庭先からでも一石、一石がまるで至近から見ているように三郎太には映る。飽かず眺めていると、時の経つのも忘れてしまう。

三郎太は城に向かってゆっくりと語りかける。

——わたくしは、今日をもって肥後を去る。肥後に来て十三年。その間、加藤清正様の下《もと》、飯田覚兵衛殿、竜蔵院慶長《よしなが》殿、李《り》、新美ら、それとわたくしで何十万もの石を積み続けた。そうして築き終えたのが今、わたくしの目の前に聳《そび》えるお主《ぬし》（熊本城）だ。つまりお主の生みの親は加藤清正様。清正様がお主のなかにどっしりと居座っていたから徳川様も秀頼公にうかつに手を出せなかった。その清正様が身罷《みまか》り、お主はひとりぼっちとなった。わたくしが傍《そば》にいてやりたいが、そうもいかなくなった。肥後を去ることになった今、お主にひとつだけ聞きたいことがある。主《しゅ》を失ったお主は、これから幼君忠広様をお守りし、また秀頼公に一朝事ある時はお主の懐《ふところ》に匿《かくま》って豊臣家存続のお役に立つことが叶《かな》うのか。さあ答えてくれ——

三郎太は耳を城の方角に傾けた。すると蝉時雨《せみしぐれ》が耳を覆った。三郎太はそれを振り払うようにさらに大きく城へと耳を近づける。

——さあ申してくれ——

しかし三郎太の耳に聞こえてくるのは喧《かまびす》しいクマゼミの鳴き声だけだった。三郎太は諦めて庭木の銀杏《いちょう》の樹に目を移した。今しも蝉《せみ》が脱皮を終わろうとしている。背を二つに割って抜け出した蝉の翅《はね》は折りたたまれて萎縮している。それが朝の陽光に照らされると少しずつ開いて半透明の見慣れた翅に変容した。三郎太は蝉がいつ飛び立つのか見続ける。

どのほどの時が流れたのか。蝉は数度、翅を震《ふる》わせると天空へと飛び立ち、たちまち見えなくなった。三郎太は空蝉《うつせみ》(蝉のぬけがら)に目を転じた。黄褐色の空蝉は六本の足を銀杏の幹に巧みに食い込ませ、朝の風に吹き落とされる様子もない。三郎太は空蝉を潰さぬように指先の力を抜いて挟んで幹から引き離した。なんの重さもない。空蝉をじっくりと見る。背割れして丸みを帯びた空蝉は何かに似ていた。

——この丸み、どこかで見たことがある——

——そうか、この丸みは竜蔵院慶長殿の背中に似ているのだ。いつも遠慮がちに背を丸めていた慶長殿——

三郎太は空蝉から城に目を転じた。

——清正様も慶長殿も蝉のごとくお主(熊本城)という空蝉を残して黄泉の国に飛んでいってしまった。そこで改めて訊《き》くが、お主は魂のぬけた空蝉になってしまったのか。この問いなればお主も答えてくれるであろう。さあ答えてくれ——

三郎太は再び熊本城に首を傾《かたむ》け、耳を澄ませた。

しゃあ、しゃあ、しゃあ、耳に届くのは朝の静寂《しじま》を破って鳴き続けるクマゼミの声だけだった。

「熊本で最後となる朝餉《あさげ》の支度が調《ととの》いましたよ。旅支度をすませた李殿がさっきから朝餉《あさげ》の膳を前にして待っております」

背後から菊乃の声が届いた。三郎太は傾《かし》げていた首を菊乃に向けて、大きく頷《うなず》いた。

終章

慶長十九年（一六一四）九月。

近江、草津（現滋賀県草津市）の琵琶湖畔に建つ家の縁側《えんがわ》に三郎太と菊乃が腰掛けて琵琶湖の夕景を眺めていた。ふたり揃って琵琶湖を眺めるようになったのは肥後を退去してこの地に居を定めた当初からで、それ以来三年が過ぎた。琵琶湖は四季折々その景色を変えて一日とて同じ姿をみせることはない。

今、沈もうとする陽が湖面を金色に染め上げていく。比叡山から吹き下ろす風で満帆になった荷船が黒い影となって金波《きんぱ》をかき分け東走していく。

「三郎太殿は居られるか」

門口から声が届いた。

三郎太は縁側から立ち上がり庭を抜けて門口へと行った。そこに背の低い初老の男が立っていた。

「三郎太殿、わしじゃ」

男が駆け寄って三郎太の手を握った。

「なんと覚兵衛殿」

三郎太は驚きながら手を握り返し、

「すこし老けましたかな」

すぐに気づかなかったことを言いわけするように覚兵衛の横に立つ女性《にょしょう》に目を移し、

「登世《とせ》殿、登世殿ではございませぬか」

と声を高めた。

「登世でございます」

満面を笑みにして登世が頭をさげる。

「これは懐かしい。息災であられたか」

三郎太は覚兵衛の手を振り切るようにして離すと登世に一歩近づいた。

「はい。この通り」

登世は三郎太に胸を張ってみせると、

「菊乃殿も息災でしょうか」

と親しげな表情を向けた。

「菊乃、菊乃。登世殿と覚兵衛殿が見えられたぞ」

三郎太は庭先に向かって呼びかける。すると門口に菊乃が姿を見せた。

「まあ、登世様。まこと登世様でありますのか」

菊乃の声は驚きでうわずっている。

「ともかく、お入りくだされ」

三郎太はふたりを家内《なか》に誘《いざな》った。

一室に通されたふたりの前に琵琶湖が絵のように広がっている。家は琵琶湖に向かって開放された造りになっていて、生け垣は低く剪定《せんてい》されていた。

「菊乃殿と肥後でお別れいたしたのが昨日のよう」

登世の声は弾んでいる。

「登世様は変わっておりませぬな」

「そう申される菊乃殿は三年前より若やいで見えますよ」

「おお、そうでした白湯《さゆ》をさしあげなくては」

そう言って席を立つ菊乃の後に登世も座を外して共に炊事場に向かった。どうやら女は女同士で積もる話があるらしい。

「加藤家大坂屋敷に出向かれたついでに、拙宅を訪ねてくだされましたのか」

ふたりが去って静かになった部屋で三郎太は覚兵衛にさりげなく訊《たず》ねた。

「いや、そうではない。実はひと月ほど前になるが一万五百石の俸禄《ほうろく》を返上し、肥後を離れた」

「なんと加藤家を辞したのでございますか。して今どこにお住みなのでしょうか」

「わしと登世の生まれ故郷である山城《やましろ》に居を定めている」

「何故《なにゆえ》にそのような仕儀になりましたのか」

「年初、徳川家康様が秀頼公を討つ、と公言されたこと、三郎太殿の耳にも届いているはず」

慶長十九年、すなわち今年の年初、家康は秀頼を討つことを公《おおやけ》にした。

秀頼側は大坂城に武器、兵粮《ひょうろう》を搬入し、石垣、櫓《やぐら》の補強を昼夜兼行で行って、徳川勢の攻城に万全を期している、との噂が草津にも聞こえていた。

「存じております」

「殿（加藤忠広）は家康公にお味方することをお決めになられた」

「加藤家は秀頼公を敵にまわすのですか。それでは大殿《おおとの》（清正）の意に反することになりませぬか。熊本城を築いたのは秀頼公の存命を図《はか》るためもあったはず」

「申す通りだ。吾等が懸命になって熊本城を築いたのは肥後を守ることはむろんであるが、一朝事ある時、秀頼公を熊本城にお迎えし、幕府と一戦交えることにあった」

「城に間道《かんどう》まで作ったのは秀頼公のお命をどこまでもお守りするためのもの。しかもその間道のことで竜蔵院慶長《よしなが》殿が殺されてもおります。そう申せば、かつてわたくしが慶長殿の死について問うた折、殺したのはわし（覚兵衛）かもしれぬ、と申されましたな。あれは真《まこと》でございますか」

「三郎太殿の下手人《げしゅにん》捜しを断念させるには、あのように申すしかなかったのだ」

「では誰が慶長殿を」

「大殿自らが手を掛けられた。大殿は慶長殿を屠《ほふ》るならばせめて自分《おのれ》の手でとお考えになられ、わしひとりを伴って札《ふだ》の辻で刺し殺した」

「大殿が慶長殿に少しでも憐憫《れんびん》の情をお持ちなら、遺骸《いがい》を札の辻に残すようなことはなさらないはず」

「本妙寺に手篤《てあつ》く葬ろうとなされ、遺骸を運ぼうとした折、札の辻近くの番屋から番卒が市中見回りに通りかかったのだ。それでやむなく慶長殿をそのままにして吾等は去るしかなかった。遺骸は番卒らによって運ばれた。大殿は置き去らねばならなかったことをずっと後まで悔いておられた」

「そのふたりはもうこの世に居ないのですな」

しみじみした口調で告げた後、

「覚兵衛殿も秀頼公と戦うことに賛意を示されましたのか」

と三郎太が訊《たず》ねた。

「徳川様に与力することにわしは異を唱えた。だが加藤右馬允《うまのすけ》殿らに押し切られた。ならばと殿（忠広）に直談判した。殿は言下にお断りなされた。そこでわしは大殿の御意志を重んじて、秀頼公にお味方なさるよう懇請し続けた。殿は『父は父。余は余じゃ。ならぬ』と激高なされた」

忠広は父（清正）亡き後を継いで加藤家の当主となって三年。その間、重臣達は事ある毎に忠広と清正を比べ、如何に清正が優れていたかを言い募《つの》った。十一歳で君主となった忠広には父と比べられることが理不尽《りふじん》であり屈辱《くつじょく》でもあった。覚兵衛の〈大殿の御意志を重んじて〉のひと言は忠広を怒らせるに十分だった。

「わしは加藤家を去ることにした」

「まさか殿の御遺志をついで秀頼公の下《もと》、大坂城に馳せ参じるとでも」

「そのつもりでおったのだが登世が『あなた様は五十三歳。鎧《よろい》を身に着けただけでふらつくのに、槍や刀を持てば身動きがとれませぬ。皆様の足手まといになるだけ』とさんざんな言いよう。それでわしは参陣をあきらめた」

「覚兵衛殿のご子息らは如何《いかが》なされましたのか」

「長男直国と三男直末は加藤家の家臣として肥後に残してきた。次男の直吉はわしの伝手《つて》で豊前《ぶぜん》福岡の黒田長政様に召し抱えてもらった」

直国の子孫は明治まで続く。伊藤博文の片腕として活躍し、大日本帝国憲法や教育勅語、軍人勅論作成に参画した〈井上毅《こわし》〉が覚兵衛の末裔《まつえい》である。また直吉は後に福岡藩の家老となった。

「李《リ》の探索はまだ極秘で続けられているのでしょうか」

「続いている。だが探索の人数は年ごとに減って、三年後の今はわずか二名だ。おそらく数年後には探索は打ち切りとなるであろう」

「穴太《あのう》の郷《さと》にも探索の手はのびたのでしょうか」

「下川殿から漏れ聞いたところによれば、探索の者は三郎太殿の義父《ちち》、戸波鷹之助様に会って、おぬしの消息を訊《たず》ねたとのことだ」

「義父はなんと答えましたのか」

「わしが使いの者に持たせた髻《もとどり》を見せて、『三郎太は死んだ』と答えたそうじゃ。『誰が髻を届けたのか』と探索の者が訊ねたが、鷹之助様は首を横に振るだけであったという」

三郎太は義父の顔を思い浮かべて胸が締め付けられる思いがした。

「李を養子にして菊乃と三人、この草津で終生住み続けるつもりでした。ここに参って一年ほど李と共に石臼や石灯籠を作って生計《たつき》を立てて参りました。ここから琵琶湖の対岸が見通せますが、そこは坂本、穴太の郷。義父のことを思うと居ても立っても居られずにひと目でもよいから健やかな姿を見ようと穴太の郷に赴きました。だが、義父を見ることは叶《かな》いませんでした。義父は比叡山に行ったまま郷を留守にしているとのことでした」

「鷹之助様は何しに比叡山に」

「延暦寺の復興を手伝うためでございます」

比叡山は元亀《げんき》二年（一五七一）九月、織田信長軍によって全山焼き尽くされた。

信長の後継者となった秀吉は比叡山の荒廃を憂《うれ》えて復興を許した。比叡山の山道や石段の整備に穴太の郷の人々が力を貸すことになった。

だが城の築造が盛んになると穴太の男達は築城者（大名）に召し出され全国に散っていった。それでも比叡山整備は多くの僧侶や穴太の老人達で続けられ、新たな延暦寺が創建されつつあった。

「義父は比叡山で石灯籠造りに励んでいるそうです」

「鷹之助様は穴太の里長《さとおさ》であったはず。してみると穴太の郷は今、誰が束ねておるのだ」

「義父にはわたくしの義母《はは》にあたる乃夢《のむ》様と申す方が居りました。その方は故あって義父の許《もと》を去りましたが、去る前に義父との間に生まれた男子《おのこ》を義父に託しました。その男子の名は戸波弥兵衛《やへえ》。弥兵衛の名は穴太の里長になる者にのみ許された名」

「してみると三郎太殿の義弟が穴太の郷の里長。穴太の郷はその弥兵衛殿に託されたということか」

「穴太の郷は弥兵衛の許《もと》でうまくいっているようです」

「それは重畳《ちょうじょう》。ところで李《リ》はどうしている」

「ここに居を定めて一年後、突然『比叡山の復興に自分の腕を役立てたい』そう申して、ここを去りました。それから一年後、修行僧になったとの報《しら》せがありましたが以後、便りはありませぬ」

「李は僧侶となって父母や妹の菩提《ぼだい》を弔《とむら》うつもりなのであろうか」

覚兵衛は意外な成り行きに首を傾《かし》げた。

「李の心底はわたくしの知るところではありませぬ。しかしながら信長軍によって延暦寺根本中堂をはじめ山中に散在する四千五百に及ぶ堂舎のほとんどが灰燼《かいじん》に帰し、僧侶や領民ら五千余人が殺されたことと、唐入りした日《ひ》の本《もと》の兵によって、李の故郷が焼かれ、多くの民が殺戮《さつりく》されたことが、李の心中で重なったであろうことは容易に察せられます」

「それ故《ゆえ》に比叡山延暦寺復興に手を貸し、さらに僧になったと申すのか」

「今、李が比叡山にあって何を思っているのかわかりませぬ。だがこれから後、李に手を差し伸べなくてはならぬようなことが起これば、何をおいても力添えをしたいと思っております。おそらく李は僧侶の身をもって故郷の釜山《プサン》に帰るのでは」

「三郎太殿やわしが故郷に帰ったように、李もまた故郷に戻ると申すか」

「李の帰郷とわたくし達の帰郷は全く別物《べつもの》」

三郎太の口調は覚兵衛を咎《とが》めるかのように厳しかった。それを感じてか覚兵衛は、

「大戦《おおいくさ》を間近にした今、城作りはますます盛んになる。そうなれば穴太者《あのうもの》を召し抱える大名も今よりさらに増える。穴太の郷はこれからさらに盛んとなろう。それなのに石垣積みの名手であった鷹之助

様が比叡山に籠もって石灯籠作り。そして三郎太殿はこの草津で石臼作り。なんとも、もったいない」

と話を変えた。

「穴太者は田畑の畦《あぜ》が崩れぬための石垣や道々が難儀なく通れるための石段、また寺に欠かせぬ石灯籠、さらには人々の生計《たつき》（生活）に供する石臼などを営々と作って参りました。それが信長様の安土城作りに駆り出されて以来、城の城石積みに狂奔するようになりました。これは何百年と続いている穴太の郷にとって徒花《あだばな》、狂い咲きのようなもの。決して長くは続きませぬ。世が治まれば穴太本来の地に根ざした日々に戻るに違いありませぬ。その日もそう遠くないと思われます」

「徒花、なるほど世が泰平になれば城など不要となろう。だがまだ世は治まっておらぬ。あと幾年かは穴太者が活躍するはずだ」

「穴太者と申せば新美や阿佐古、小野や天野はどうしておりますか」

「三郎太殿が何も告げずに肥後を後にしたことに当初戸惑いを見せていたが、今では三郎太殿の一番弟子とか申し、穴太者として肥後で幅を利かせている」

「それは頼もしいこと。しかし肥後はどうなりますのか。これから起こるかもしれぬ徳川様と秀頼公の戦が肥後を戦乱に陥《おとしい》れるやもしれませぬ」

「肥後がどうなるか、このわしにもわからぬ。だが熊本城がある限り肥後は安泰じゃ。何万もの領民を巻き込んで築き上げた熊本城は後々何百年も残るであろう。後世の領民は熊本城を仰いで加藤清正様を偲《しの》ぶに相違ない」

「何を偲ぶと申すのですか」

突然ふたりの背後から声が届いた。三郎太が振り向くと、そこに菊乃と登世が立っていた。

「殿御《とのご》と申す者は歳をとればとるほど古《いにしえ》を懐《なつ》かしむようになるのですね。おそらく城談議にでも花を咲かせていたのでしょう」

登世の〈殿御と申す者は〉という口癖を久々に聞いた三郎太は、

「城談議の楽しさを登世殿にも教えてあげたいものです」

と笑いかけた。登世は覚兵衛の隣に座すと、

「埒《らち》もない。城談議で口を糊《のり》することは叶《かな》いませぬよ。あのような無駄としか思えぬ高い石垣に精魂を傾ける殿御というものの心内《こころうち》は一体どうなっているのでしょう。女《おなご》にはさっぱりわかりませぬ」

と菊乃に同意を求めるように言った。

「それは違うぞ」

覚兵衛が口を尖《とが》らせた。

「なにが違うと申されるのか」

頭ひとつ高い登世が覚兵衛を見下ろす。その顔は穏和でとろけそうに甘い。

「城談議はその、なんだ」

覚兵衛は登世を見上げて声を詰まらせる。

「何なのですか」

登世がたたみかける。

「し、城は男の憧《あこが》れと夢じゃ。女風情《おなご》にわかってたまるか」

覚兵衛がやっとの思いで言い返す。

「憧れと夢？　殿御《とのご》と申す者は、年老いてもなおそのような絵空事にうつつをぬかして生きていくものなのですね」

「ならば女性《にょしょう》は何にうつつをぬかして生きていくのだ」

「女は憧れや夢にうつつを抜かすような無為なことはいたしませぬ。のう菊乃殿」

「まこと、登世様の申すとおりでございます」

「菊乃殿までそのようなことを申すのか」

「はい」

「はい、だと」

覚兵衛は口をさらに尖らせて三郎太に助けを求めた。三郎太は知らぬ振りをして琵琶湖に顔を向けた。

折しも数隻の帆掛け船が湖面に影を落として斜陽の中を航行していくところであった。その帆掛け船のはるか先の対岸に穴太《あのう》の郷《さと》の家々が、豆粒ほどに小さく霞んで見えた。

完

西野 喬（にしの たかし）
一九四三年 東京都生まれ

著書
「防鴨河使異聞」（二〇一二年）
「壺切りの剣」（二〇一五年）
「黎明の仏師 康尚」（二〇一六年）
「うたかたの城」（二〇一八年）
「まぼろしの城」（二〇一八年）
（発行所はいずれも郁朋社）

空蝉《うつせみ》の城《しろ》 ――穴太《あのう》者《もの》異聞《いぶん》――

令和元年十一月十六日 第一刷発行

著 者 西野《にしの》 喬《たかし》
発行者 佐藤 聡
発行所 株式会社 郁《いく》朋《ほう》社《しゃ》
東京都千代田区神田三崎町二―二〇―四
郵便番号 一〇一―〇〇六一
電 話 〇三（三二三四）八九二三（代表）
FAX 〇三（三二三四）三九四八
振 替 〇〇一六〇―五―一〇〇三二八

印 刷
製 本 日本ハイコム株式会社

落丁、乱丁本はお取替え致します。
郁朋社ホームページアドレス http://www.ikuhousha.com
この本に関するご意見・ご感想をメールでお寄せいただく際は、
comment@ikuhousha.com までお願い致します。

ISBN978-4-87302-712-8 C0093

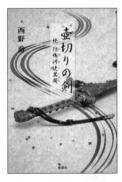

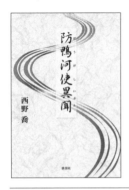

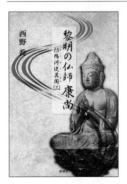